红色的披风如一面辉煌的旗帜，在流光溢彩的光芒之中，
昭示着一种无上的荣耀。

那种目光，仿佛来自鸿蒙之初，又好似坠入了时间的断层，
无声无息，却像一条永不停歇也不知所向的河流。

围观的人们完全不知道，在小镇这喧腾的乏味之中，
他们应该如何安放这样的声音。

萤火生于腐草，星光与尘埃相随。

他们的脸庞暗下来，又被不停地点亮，
和全息数字烟花一道，绽放于万千明灭之中。

我们的肉体每时每刻都在被三维世界束缚，
但思想是没有任何枷锁的，是世界上最自由的东西。

她遥望着前方的那片碧绿，想要离它越来越近，
去拥抱自己的命运——那隐匿在万千次吐息中的命运。

腐草生萤

筱青
/著/

九州出版社
JIUZHOUPRESS

图书在版编目（CIP）数据

腐草生萤 / 筱青著. — 北京：九州出版社，2021.8

ISBN 978-7-5225-0352-3

Ⅰ.①腐… Ⅱ.①筱… Ⅲ.①长篇小说－中国－当代 Ⅳ.①I247.5

中国版本图书馆CIP数据核字（2021）第156162号

腐草生萤

作　　者　筱　青　著
责任编辑　周红斌
出版发行　九州出版社
地　　址　北京市西城区阜外大街甲35号（100037）
发行电话　（010）68992190/3/5/6
网　　址　www.jiuzhoupress.com
印　　刷　天津中印联印务有限公司
开　　本　880毫米×1230毫米　32开
印　　张　10.25
字　　数　238千字
版　　次　2021年8月第1版
印　　次　2021年8月第1次印刷
书　　号　ISBN 978-7-5225-0352-3
定　　价　49.00元

01
红色披风
001

02
雨中的一只猫
017

03
堂吉诃德骑上战马，
又走入荒林
039

04
腐草生萤
058

05
灰　烬
085

06
什么是正事？
111

07
文明与生命
133

08
暗潮涌动
155

09
飞旋的汽车
180

10
不用害怕黑暗，
因为你会发光啊
197

11
青春是一种光荣的贫瘠
216

12
真正的跑道
249

13
流淌的汪洋
267

14
池鱼思故渊
297

后 记
312

01

红色披风

有些岁月就像无数光年外传来的星辉，多年以后，它真正的光芒才能完全显现。

方凌收到叶泽琳寄来的明信片时，是在一个漆黑的夜晚，但那一刻方凌的眼眸，仿佛太阳坍缩成了一颗新星。

每一张明信片都印着叶泽琳拍的照片，在第一张照片里，叶泽琳的背后是万丈风沙，头顶是星河流转，远处此起彼伏的沙丘和线条流畅的星云交相辉映。她穿着纯白的长裙斜斜地坐在砂砾之上，双眼微闭，嘴角隐隐露出一种特别坦然的笑意，仿佛静静地聆听沙漠的荒凉。南半球的卡利纳星云散发着瑰丽的红，如一抹宇宙尺度的夕阳。

“一月的阿卡塔马沙漠遍地风沙，但夜晚的天空格外干净。我在沙漠里的月亮谷，仿佛站到了月球上，银河系的光在身旁旋转。

“从未想过我能走这么远，到了你最想去的地方。”

照片背面是叶泽琳的字迹，字迹依然娟秀，但少了曾经的局促，有了鸾漂凤泊之感。

“这里的星空，比你说的更美。”

项链上的星芒跳跃，在她脸上反射出了点点明亮，方凌认出来这是她八年前戴过的项链。

看着照片中的这串项链，方凌想起了八年前的那个晚上。

一件纯白的礼服从行李箱中浮现，叶泽琳一直将它小心地叠放着，直到今天才拿出来。狭窄的衣柜里有些皱巴巴的运动服有气无力地躺着，书架上各种杂物拥挤地互相推搡着，无一不在昭示着一个学生初来乍到的慌乱和仓促，除了这件不染纤尘的礼服。这件礼服宛如来自异次元的魔法棒，一出现便让整个屋子仿佛笼罩了一层洁白的光芒。

叶泽琳还记得暑假时，她成了那个贫困破败的小镇里唯一一个考上菁世大学的学生，因此拿到了一笔不菲的奖学金，那也是她多年来第一次没有听从母亲的话——没有拿它购买以后学习会用到的电脑，而是偷偷买了一件能看得过眼的礼服。

她穿上了礼服，镜子映出了一张灵动而稚嫩的脸，圆圆的眼睛忽闪着单纯与期许，时不时飘过一丝不易察觉的胆怯。那是一张素面朝天的脸，却有着不须去凸显的生气，像是高原上的一弯天然湖泊，些许皮肤的瑕疵都是因生命的搅动而微微泛起的涟漪。

叶泽琳正一丝不苟地缓缓戴好银色的项链，下方的水钻围成一个微微晃动的六芒星。这是她考上大学后小心翼翼地向爸妈求来的犒赏。

今天，是菁世大学新生报到后的第三天。今晚，商学院的新生舞会将在附近的华玺酒店举行。

“华睿，你真的不一起去吗？”叶泽琳在出门的前一秒，回头望向了正在课本上勾勾画画的杨华睿。面前的人有些矮胖，正背对着叶泽琳定定地坐在椅子上，高高的马尾辫直勾勾地对着叶泽琳的脸。

杨华睿摇了摇头，高马尾也随之颤动，“我就不去了，我对这些不感兴趣。”叶泽琳轻叹了口气，只好作罢。

走出宿舍楼，淅淅沥沥的小雨从天而降，打在那双平淡无奇的黑色皮鞋上。而皮鞋之上的裙摆恰好被雨伞遮住，独特剪裁的花纹渐次盛放。

从学校走到酒店的路其实很美，一排排向日葵被风悄然拂过，一圈圈金黄的花瓣仿佛芭蕾的裙摆，在雨滴的击打下微微颤动、姿态翩然，和着细密的雨点，在恣肆的盛放中多了几分楚楚动人的风情。远处的银杏仿佛泛着光的神祇，缓缓挥动着宽厚的巨掌，想要把地面水洼的皱纹抚平。这场小雨让这条路蒙上了一层朦胧的美。

但叶泽琳记住的，只有一摊污泥，一摊隐藏在一块石头之后的、倒映着自己扭曲表情的污泥。

事情发生得猝不及防，叶泽琳从来没有想到过会如此，但这种恐惧又似乎一直隐秘地潜藏在她的潜意识之中。

她是侧身被石头绊倒的，倒下后视线正对着学校旁边写着“砥砺前行”四个大字的大楼，那块不及手掌一半大的石头滚到了一边后停住，卧成了一声凝固的嘲笑。那摊污泥不仅仅溅满了她右半身洁白的裙摆，还攀上了她的手臂和额头，化作一团浓稠的黑暗永远流入了她的记忆深处。

此时，叶泽琳的大脑仿佛变成了蜂窝，世间的一切道理、公式和言语全部都在她的大脑里嗡嗡作响。为什么不好好看路？懊悔又顿时被不安所替代，离酒店只剩六百米了，现在该怎么办？叶泽琳慌乱地转了转头，看见周围没人后长舒一口气，心想幸好没被人看见，然后忍痛站了起来，急忙从包里掏出卫生纸把身上的泥泞擦净，可费了好大力气还是难以完全擦去裙子上的污迹。她看了看表，心想回去换衣服肯定来不及了，况且自己也只有这一条拿得出手的裙子。

叶泽琳深深叹了一口气，她提起裙摆，紧抿着嘴唇，拖着沉重的脚步准备往回走，但刚走了几步，她又停了下来，肚子不听话地咕噜噜作响。她低着头默默思忖：到时候从后门偷偷溜进去就好了吧，反正原本也只是想去蹭点高级料理吃而已，那种场合下谁也不会注意到我这么普通的人。

此时酒店的会场里一片喧闹，巴赫的旋律和嬉笑声一道，像初春柳树下的蜂飞蝶舞，大家三三两两拿着酒杯交谈着，头顶的吊灯将会场照得通亮，清脆的碰杯声仿佛晨露落入溪流溅起的水花。如果此时有不知情的路人走进，绝对不会相信这些是刚高中毕业的学生。

方凌随意整了整裙摆，瞥了一眼挂钟，沉默着望向这片喧腾，眼中闪过一丝倦怠。

叶泽琳小心翼翼地走进了酒店的大门，看见大厅只有寥寥几人，便低着头继续往前走。

方凌走到台上，开始主持舞会前的抽奖环节。不知不觉已经宣布完了两个小奖，现在正要揭晓整场活动的终极大奖获得者。

骚动的人群渐渐安静了下来，上百双眼睛齐刷刷望向方凌，眼中都多了一种迫切而奇异的光芒。方凌看着这种光芒，想起一周前参与新生活动策划的时候，自己执意要把抽奖环节从最后移到最开始，虽然遭到了不少的反对，“这样大家才都能准时来，否则活动就别按时开始了。”方凌对着面前的众人微微一笑，心里想的是果然不出所料。

作为知名作家沈秋月的女儿，方凌从小就开始参与各种社会活动，刚开始是被妈妈带着，久而久之就将受人瞩目当成了习惯，对各种观众心理了然于心，现在更是直接被院长邀请担任一系列新生活动的主持。

旁边的小桌子上放着一个精致的盒子，里面有220张纸条，上面写着从1到220的序号。这场活动总共有220人报名，每个同学在门外用手机签到之后会按先后顺序自动生成序号，这个序号对应着之后的抽奖号码。在大家的注视下，方凌把手缓缓伸向了身旁的盒子，即将触碰到那个代表着终极大奖的号码。

叶泽琳有些踉跄地走到了宴会厅门外，看到220的序号显示在手机屏幕上，苦笑着心想自己果然是最后一个到的。又无奈地看了看裙子上擦不掉的污迹，想着要赶紧从后门溜进去为好。

“现在要揭晓终极大奖啦！”方凌在舞台上拿着麦克风浅笑着，一头长发随意地流淌到了腰间，米黄色的裙摆烘托出了几分知性雅致，但不对称的剪裁配上修长的身材，又散发着些许凌厉与孤傲。舞台上的她时不时含着笑，她的笑初看温润亲切，细看则带着几分狡黠和机敏。她的身边的一个架子上挂着一件红色披风，是为今天最大的幸运儿准备的专属标志，谁穿上它，无疑就会变成全场舞会的焦点。

“嘎吱”一声响，上百人屏息的沉寂被瞬间打破。

慌忙之中，叶泽琳在门口一下子踩到了裙摆，猛地向前推开门迈出一步才没有滑倒。刹那间，原本聚焦在舞台的目光齐刷刷扫向了侧后方，人群中响起一阵阵窃窃私语："她的裙子是怎么了？这是什么新潮流?""这是谁啊？怎么最晚到还这么大动静？""这裙子是滚过泥地吗？"

突然一束镁光灯光束打到了她的身上，灯光控制台后的人笑了笑，他瞥了一眼人群后，对着叶泽琳打了一个顽劣的响指。相机快门的声音从四面八方传来，如同轰隆隆的雷声不断响起。

叶泽琳嘴唇微抖，不知所措，带着惊愕的眼神朝着门的方向后退。

室友李木子见状，急忙向叶泽琳快步走了过来，一把搭上了叶泽琳的肩膀。李木子穿着一身休闲牛仔服，显得和这里的世界格格不入，她的手里正拿着还没吃完的杯子蛋糕，嘴角还沾着点点彩色的印记。她似笑非笑地跟叶泽琳闲聊了几句，身体刻意挡到了叶泽琳裙子的污迹处。可是众人的目光并没有因此移开，只不过聚光灯下的异类从一个变成了两个。

"终极大奖得主是……"方凌顿了顿，抬头看了一眼有些骚动的人群，然后静静地望向无比狼狈的叶泽琳，眼中露出一丝难以言说的复杂。

方凌上一秒还不以为意的事实，此刻突然变成了一个秘密——刚才方凌在后台看到只有219人签到，为了方便抽奖她就把220号从盒子里拿了出来。现在，这个号码就在桌子下方悄无声息地躺着，没有人看见过它。

此时的方凌，不知为何突然在叶泽琳的眼中感受到了一种隐秘的相似，尽管此刻她们一个光芒万丈，一个狼狈不堪。这种久违的相似感，让她不由得有些恍惚。

这无比漫长的一秒，让方凌萌生了前所未有的想法。她皱了皱眉，有一瞬间，那双明媚的眼眸露出了难以察觉的忧伤。

方凌假装从盒子中拿出一张纸条，然后以迅雷不及掩耳之势掠过桌子下方，将220号的纸条攥在手里，然后重新面带笑容，举起印着220号的纸条对着前方的摄像机，纸条随即被清晰地投射到了屏幕上。方凌屏气凝神，心想：曾经闲来无事自学的魔术手法，居然在这种时候派上了用场。

“恭喜220号！220号将获得平板电脑和价值三万元的欧洲游！”方凌恬淡的笑容掩饰着她狂跳的心脏。

偌大的会场顿时炸了锅，仿佛原本淅淅沥沥的小雨滴瞬间变成瓢泼大雨，议论声倾盆而下，“谁是220号？”“真不该这么早来签到！”“我果然是中奖绝缘体。”“好好学习吧；别总是做梦”，兴奋中夹杂着失望，大家都开始不停地左右张望，叽叽喳喳地聊着，想知道这位幸运儿到底是谁。

叶泽琳蓦然间愣住了，又呆呆地后退了几步，过了几秒才急忙掏出手机，反复确认着屏幕上显示出的号码。

“后台显示有220人报名，那这位大奖得主必然是最后签到的同学啦。”方凌悠扬的声音飘荡在会场，仿佛一串鲜明的旋律，将嘈杂的背景音都变成了和声。

“真是太巧了！这位幸运儿居然是我的室友，可以沾沾好运了。”方凌真诚地露出了无比诧异的表情，随即笑着取下旁边的红色披风，快步走向原本躲在角落的叶泽琳，“我们还专门为今晚的幸运儿准备了披风。谁拥有这个红色披风就代表是今天最大的幸运儿，也希望在场的各位都能沾到好运气。”

方凌眨着眼睛拿着麦克风说罢，挥手为叶泽琳披上了这件红色披风，纯正的红蔓延开来，完完全全遮住了裙子上的黑色污迹。

“再次恭喜泽琳同学！祝大家都能有这样的好运！”为叶泽琳披上披风后，方凌举着话筒大声说道。

少顷，方凌放下话筒将声音压到了最小，“永远不要想着躲到角落去，大家不会就此忘记你的尴尬，最好的方式是制造另一种关注。”

方凌露出了一丝复杂的微笑，旋即转头走回了舞台。

红色的披风如一面辉煌的旗帜，在流光溢彩的光芒之中，宛如昭示着一个帝国的荣耀。

“泽琳，你火了你知道吗！”一个惊雷般的声音响起，将叶泽琳的美梦瞬间炸成了一片废墟，她一下子从床上弹了起来。

迎面而来的是室友李木子不停晃动的手机，“你昨晚抽中大奖的照片已经传遍了各种群聊还有学校论坛了……想不到吧，刚来就能火！方凌早上有课刚出门，她应该也知道了。不得不说，你昨晚的运气也太好了吧！”

听到李木子的话，叶泽琳不顾蓬乱的头发，赶紧一把抢过李木子的手机。

她疯狂划动着手机，屏幕在清晨昏暗的寝室中发着刺眼的光。

舞会迟到的她竟抽中大奖

她挥一挥衣袖，带走了终极大奖

扒一扒人间锦鲤叶泽琳：压线进入菁世，后竟被调剂到商学院

除了学院群聊中铺天盖地的讨论之外，论坛中竟然出现了关于她的十几个帖子，每篇都有几十个评论，充斥着各种艳羡、好奇和质疑，还有匿名用户自称是她高中同学，爆料了她635分断档进入菁世，之后竟奇迹般捡漏被调剂到了最热门的商学院的事。这个帖子竟被顶到了最高热度，“人间锦鲤”的名号在这里被牢牢地坐实。

叶泽琳呆坐着睁大了双眼，这件事她原本一直不想让大学同学知道，只有在她小县城的高中被传得沸沸扬扬。她止不住地想，这个人会是谁呢？她的高中明明没有其他人考上菁世的啊。

幽暗的寝室此刻仿佛变成了一个秘密实验室，手机像一枚混合了不明反应物的试管，不知道下一秒会变色、结晶、爆炸，还是会一切如常。

再往下翻，叶泽琳看到了一个热度很低的帖子，发了一张她刚进会场狼狈不堪的照片，裙子上的污渍和她差点摔倒的丑态让她神经一紧，看角度应该是在灯光控制台那里拍的，她突然想起了当时那束故意瞄准她的灯光，不禁一阵寒意袭来。她紧皱眉头划到末尾，看了看阅读量只有5，才长舒了一口气。

上课的路上，阳光中萦绕着鸟儿的啼啭，秋风携裹着雨后绿叶的清甜，拂过脸颊带来丝丝爽意，但叶泽琳却感觉浑身不自在。无数个不经意投来的目光，或许是学姐投来的善意微笑，或许只是完全陌生的游客随意一瞥，都成了一个个天书般的谜面，让叶泽琳忍不住去猜想这谜面的谜底。

当你感觉身上汇聚着各种目光，却不知这些目光从何而来的时候，每走一步，周遭的一切都会变味。

在这个明媚如春的秋日，叶泽琳开始恐惧目光。

微观经济学第一节课，叶泽琳低着头迅速找到一个角落坐下，她悄悄歪了歪头，看见身边的同学都在专注地盯着老师，并没有一个人望向她。她依然同从前一样，毫不起眼。可是不知为什么，那种对目光的恐惧挥之不去。

“泽琳！”刚下课，一个温柔而有力的声音响起，方凌挎上书包向她快步走来。一大早便出门的她，脸上挂着无比精致的妆容，眼中却露出一丝隐忧。

有很多话想对方凌说，但叶泽琳却选择了沉默。方凌拍了拍她的肩膀，仿佛读懂了这一刻的静默。

走出教学楼，林荫大道下的正午，难得如此清净。

“你觉得李老师讲得怎么样呀？听学姐说他好像给分特别严。”方凌努力地找起了话题。

叶泽琳有气无力地小声答道：“啊，是吗？我感觉他看起来人蛮好的。”

沉默半晌，方凌终于再次试图开口：“我刚才看你好像脸色不太好，没有哪里不舒服吧？”

叶泽琳嗯了一声，在心里深深地叹了口气，不知心中万般感受该从何说起。

“昨天的抽奖，我作弊了，我故意拿出了你的号码让你中那个大奖。”方凌的这一句让叶泽琳大惊失色。

“我也没有想过会做这种事，但那一秒钟就突然有了这个想法。”两人的步伐都突然放缓，只有跳跃的光斑打破了空气的凝固。

无数种情感朝叶泽琳涌来，她呆呆地望着方凌。

“当时你突然摔进来，而且还穿着脏了的裙子，我看到后面有人在拍照，甚至还有人专门把光打到你身上，或许是不怀好意或许只是下意识。我当时就想，今天一定会有人把你那么狼狈的照片发出来的，搞不好还会传遍整个学院。”

叶泽琳苦笑着缓缓说道：“昨天，我就不该来的。”

空气又停顿了几秒，微风也仿佛消失了。

“昨天确实是想替你解围，我也想到了可能会引来很多关注，但还是这么做了。唉，不过那些后续的七七八八的爆料我是真的没想到，真的不好意思。”

“我以为昨天是我狼狈和幸运的极点，原来只有狼狈而已。”

叶泽琳投来了一束无比悠长的目光，和此刻天空中的飞鸟一道，仿佛落下了长长的影子。

“没事，其实我今天一上午彻底想通了，原本很感谢我自己的运气，但现在，我只想谢谢你。”叶泽琳理了理额前的碎发，冲方凌笑了笑。

“你真的这么想吗？”方凌抬起头惊讶地问，忧虑和诧异同时夹杂在她的眼中。

叶泽琳望着方凌，停了两秒答道：“是的。”

“如果那天我没有被贴上幸运的标签，如果那天是我狼狈的照片上了热门，是不是论坛下面的帖子就会变成……”叶泽琳突然停顿，眼眶开始微微泛红，“变成爆料我家在贫困县，变成我弟弟偷东西被关到了少管所，变成我初中曾经因为作弊被通报批评。”

方凌彻底愣住了，没想到叶泽琳会突然和自己说这些，她无声地望着叶泽琳又渐渐垂眸，过了几秒钟缓缓说道：“真的没有想到，你会看得这么清楚。”

一阵阵秋风袭来，看起来薄如蝉翼的树叶在不停地颤动。树枝一下下地被风压低，仿佛在向地面拼命攫取着什么。

“不过，既然如此，那些奖品我还是不要了。”叶泽琳缓缓说道，“就留给下次学院的活动吧。”

方凌转头望了望叶泽琳，“好的，你放心吧，我想办法转到下次活动。”

“不过那件红色披风，是真的很好看。”叶泽琳微微抬头看了看湛蓝的天空，淡淡地说道。她的声音渐渐微弱，眸中似乎掠过一层稍纵即逝的雨雾。

“我一直在想，其实对大部分人来说，一种标签就是一副滤镜。我那天无法帮你摘除不好的滤镜，只能用另一副滤镜替代。”

“幸好，他们一次只能戴上一副滤镜。”方凌语气放缓，苦笑着说。

叶泽琳欲言又止，半晌终于开口：“你知道吗，其实我从小到大，一直不喜欢被人说运气好，我总是希望自己的一切成果，都能百分百是努力的结果。”叶泽琳低下了头，“很可笑，对吧？每次考试蒙对了题，我从来不会告诉别人自己是蒙对的。如果别人问我这道题是怎么做的，我那个时候会拼命地想可能的思路，可就是不肯放过自己，不肯说自己是蒙对的。”

方凌怔怔地望着她，良久缓缓说道：“其实我也挺可笑的，我和你正好相反。”

“我总是不愿意承认自己的努力，总希望别人觉得我很幸运。很多时候明明是几个通宵做出来的成绩，我却总是希望自己能看起来毫不费力。我总是觉得，过于努力的样子，不够体面。”方凌深深地叹了一口气。

叶泽琳惊诧地望着她，仿佛在看着一个苏美尔文明难解的字符。

“但不管怎么样，拥有一个幸运的标签，并不是什么坏事。”方凌顺手递给叶泽琳一罐可乐，冲着满脸不解的她露出了灿烂的笑容。

旋即她又敛了敛笑意开口：“不过放心，即使是这一个标签，大家也会很快忘掉的。”

她们朝着宿舍的方向渐渐加快脚步。到了正午，风渐渐平息，而空气中的暗涌分毫不减。

一身疲惫地回到宿舍，叶泽琳卸下书包便开始午休，方凌揉了揉眼睛，正准备拿出电子书。突然间，方凌的手机上跳出了一条消息。

青骑士：最近很忙吧？看你好久都没上线。

这个名叫Moonlight的App是最近非常火爆的匿名聊天软件，“青骑士”是方凌在这个软件上的唯一好友。三个月前方凌原本只是出于好奇下载了Moonlight，但那天“青骑士”这个网名突然引起了她的注意，方凌便加了好友。青骑士是方凌最喜欢的近代艺术团体，但不同于康定斯基《青骑士》里的那股弥漫四周的不安，不知为何，方凌和这个陌生人聊天感觉格外得安心。

渐渐地，方凌把“青骑士”当作了自己一个特殊的朋友，开始向这个陌生人吐露各种不为人知的烦忧。

但他们彼此一直遵守着Moonlight倡导的原则：从不试图询问对方的具体个人信息。

看到突然跳出的消息，方凌连忙拿起手机回复了起来。

池鱼：嗯，是挺忙的，最近要去各种新生活动帮忙。

青骑士：我就不一样了，刚开学反而闲得出奇。

池鱼：你说，为了帮助朋友而破坏规则，错了吗？

青骑士：你现在问我这个问题，真的是想让我说实话吗？

青骑士：我猜，你一定想让我说你是对的吧。

方凌愣了一下，她愈发觉得，屏幕另一头的这个陌生人，似乎有种奇特的魔力。

商学院教学楼和食堂之间有一片树林，起起伏伏的小径交织缠绵，中心是一个别致的小亭子，林子旁边有一块矗立多年的清朝石碑，自然气息和历史风尘在此地交融。方凌第一次来到这里便被惊艳了，清晰地记得那一瞬感受到的出乎寻常的平静，不由得想起了那句脍炙人口的诗："曲径通幽处，禅房花木深"。这片树林有个奇特的名字，一个老旧的木牌上刻着三个行楷——"稀物林"，据说一方面意味着每一处自然风物皆为珍宝，另一方面则指在此的莘莘学子亦是头角峥嵘。这里到了夏天便成了一块磁石，吸引着成群的学生来此乘凉闲谈。方凌远远望去，发现今日那里人头攒动，似乎比往日更热闹些。

"我想起来了！听说这周树林那边有新生摄影展，你想去看看吗？"一旁的叶泽琳指着前方，突然轻轻拍了一下方凌。

"好啊，突然想起来我也投了稿。"方凌笑着答应，和叶泽琳一起走上前去。

"哎呀！你怎么没告诉过我，那必须去看看了！"叶泽琳面露兴奋地望向方凌，又加快了脚步。

一排排的立牌沿着小径在林中穿插放置，上面印着各种各样的摄影作品，从山川湖海到寻常烟火，行走其中，移步易景。

"看到你的了！"叶泽琳突然拉着方凌靠近一块立牌，名为《天上与地上的星星》的作品旁赫然写着方凌的名字。

黑夜中，一朵烟花腾空而上，慢门曝光让它的轨迹得以尽情描摹，像一幅挂在天幕上的水彩画。烟花之上，满天繁星在黑暗中闪烁，似乎在和下方的烟花对话。升起的烟花带着一身的绚烂，好似想要尽力触摸繁星，但就是怎么也无法触及。远处的山峦只剩下黑暗的轮廓，在遥遥注视着这天地之间的赤诚呼唤。

叶泽琳在一旁怔住了，似乎被这种美震撼了："这也太美了……这是怎么拍的呀？"

"是我去年在东北的一座山上用二次曝光拍的，那天我去爬山，天空一点污染都没有，我知道当地的公园那个时候会放烟花，于是就在山顶提前放好了相机，先拍完烟花，然后拍星星。"看着这张照片，方凌的世界蓦然安静了下来，仿佛又回到了那个寂静又明媚的夜晚。

又到了下课时间，这里的人渐渐多了起来，摄影展的每块立牌上印着三幅作品，几十块立牌让这片波澜不惊的树林变成了映照世界的万花筒。

"欸，你看我下面的照片居然是木子的！"方凌神情惊讶，"这真的太巧了！"

下面的作品名为《别离》，即将驶离的火车车窗下有一对母子，裹着大棉袄的母亲弯腰抚摸着十岁模样小男孩的脸颊，母亲年纪不大，相貌平平，梳着朴素的大马尾，头上别着一个粉色的简陋发卡，但眉眼之间流露出一种令人难以忘怀的温柔与哀愁。小男孩似乎还读不懂妈妈眼中的这抹无比复杂的光，胖乎乎的脸蛋红彤彤的，看起来十分兴奋。他们上方的车窗内，一个陌生男孩透过玻璃怔怔地望着他们，看起来反而是这个男孩读懂了这个母亲的眼神，抑或怅然回忆起了自己的故事。

"只有对世界非常敏感的人才能拍出这样的照片。"方凌低声喃喃道。

叶泽琳沉默不语，只有她自己知道，面对这个画面，她的心仿佛被谁狠狠揪了一下。

方凌随意一瞥，倏忽间视线便被旁边的一幅摄影吸引了过去。

一片晨曦中的原野上，几株向日葵在逆光拍摄下明暗强烈，镜头将它们拉得很近很近，一滴露珠映出了右上角新生的太阳，露珠里的太阳如一盏装点绿叶的灯，而向各个方向伸展的花瓣如阳光一样灿烂。一只灰褐色的苍鹰在左上方回旋展翅，逆光下它的轮廓遒劲有力，从它的喙到它的尾部，光线由明变暗。仰角让远处的苍鹰变得和向日葵一般大，它的喙看起来似乎紧紧贴着那金黄的花瓣，好像是它的喙点亮了花瓣，又像是向日葵的金黄浸染了它那坚硬的喙。它们的身后，红霞如染，山林如墨。

一种奇特而强烈的生命感，从这幅如画的摄影中溢出四散，恍惚间方凌发现自己的手正在无意识地触碰它。此刻，方凌感觉自己被无尽的山河与无限的生命裹挟着，而所有的飞禽猛兽，都泛着黄油般的光。

这股生命感，竟温柔又肆意。

“真有意思，这个作品居然叫《吻》。”过了一分钟，叶泽琳突然说道。

方凌垂眸会心一笑，“是的。前有猛虎细嗅蔷薇，今有苍鹰轻吻向日葵。”

准备离开时，方凌回头又瞥了一眼，看到作品下方写着：艺术学院设计系梁渊。

02

雨中的一只猫

“江叔叔！”一个熟悉的身影映入眼帘，方凌兴奋地小跑了过去。

江教授手中拿着一本书，穿着一身灰色西装，正静静地坐在湖边时不时远眺，又看了看手表，似乎在等人，夕阳的光芒有一瞬在他的金边眼镜上流淌。听到清脆的女声，他蓦地转过头来。

“上了大学就是不一样啊，才一个月没见就感觉突然长大了。”看到方凌，笑容不由自主地挂到了他的脸上。

“我早就长大了好不好，是您总想着我小时候的样子。”方凌坐在了湖边的石头上，晚风吹起了她的长发，遮掩着她漾起的嘴角。

“刚来菁世，感觉怎么样啊？没有碰到什么问题吧？”江教授关切地问道。

“没有，要是真有什么，您放心，我可一点也不怕麻烦您！”方凌扑哧笑了出来，眼中倒映着湖水与霞光。

“你真是这么多年一点没变，”江教授被逗笑了，眼镜也遮不住眼角的皱纹，“没问题就好。我之前还跟你妈妈说，学校有我，让她放心，我可不能说空话。”他顿了顿，突然问道，“你妈妈这几天还好吧？怎么没看到她来菁世送你？”

“您也知道的，她爱她笔下的人物远胜于我。”方凌转过头笑着打趣道。

此时晚风停歇，湖面如明镜，天地万物都无可逃遁。“好吧，她最近是在法国参加一个文化交流活动。”方凌收起了笑容回答道，过了几秒又说，“其实我也不想让她来，不想张扬我是她女儿这件事。”

“嗯，这也是对的。”江教授望着即将消逝的晚霞，缓缓说道。少顷，他注意到了方凌脖子上闪耀的金色月牙项链，神色有些复杂地问，“这是你妈妈一直戴着的项链吗？”

方凌笑着答道：“是的，我来菁世之前她给我了。”

“哦哦，就是有点眼熟。”江教授连忙把目光移向一边。

世界在如染的天空下静谧了，初秋的凉意渐渐袭来。

“欸，您拿的是什么书呀？”方凌突然又打破了寂静，瞥见江教授手里的书便好奇地一把拿过。

朴素的灰色硬皮封面上，“废名”二字歪斜而不羁。

“《废名集》，我好像听我妈说起过这套书，记得早就绝版了……没想到今天能在您这里见到，居然还是精装版，您可真不愧是菁大文学院的名师呀！”方凌有些惊奇，忽然又换了种不怀好意的语气，压低声音说道：“您那里还藏着什么别的宝贝吗？悄悄告诉我呗。”

“你啊，就别再开叔叔玩笑了！”江教授哭笑不得地看着方凌。

暮色四合，校园中来来往往的人变得稀少。天地如一双渐渐闭上的眼眸，一切笑容与沉默、希望与忧伤、光明与暗淡、过往与明天，都被裹挟在了一片厚重的浓墨里。

“爸！”一个清亮的男声响起，“方凌，你也在这里啊！”

方凌还未转头便知道是谁，“好久不见，”她又笑着说，“哦，好像也没有很久，半个月而已。”

江若云穿着一条黑色裤子，上面是米黄色衬衣，衬衣的衣领和袖口一如既往地格外对称而整洁。

“爸，这是您的钥匙。”说罢将手里的一串钥匙递给了江教授，然后看似不经意地望了望方凌。

“好，这是你要的书。”江教授拿起了躺在怀中的《废名集》递给江若云。

那双原本无比平静的眼眸突然泛出了光，和身旁朵朵涟漪的湖水交相辉映。

“原来这本书是你要的呀？”方凌有些错愕。

“你是不知道，他最近一直在问我要这本书。还有以前，他也经常问我要一些特别稀有的版本图书。我这个爸都快被他榨干了。”江教授开玩笑地对着方凌做出一脸无奈的表情。

“那您还总是丢三落四，今天又把钥匙落在我这里，每次我都要再专门送过来。我们彼此彼此呗。”江若云说着便指了指那串耷拉在爸爸手中的钥匙。

方凌扑哧笑了出来，抬手看了看表，“对了，你们一会儿有什么安排吗？”

“我要去趟办公室备课，还要再开个研讨会。”江教授神色略显疲惫，“对了，方凌你刚来还不太熟悉吧。若云，你就带着方凌再转转校园，把你知道的都给她说说。”说罢拉了拉帽子，笑着站起来收拾东西。

“叔叔您也太忙了吧！”方凌望着江教授的背影，那背景倒映在湖面，既陌生又熟悉。

两三秒钟的安静后，江若云指了指左边的路，“我们从天华路这边走吧，正好能送你到宿舍。”

傍晚的校园没了白天此起彼伏的吵闹，身旁的路灯刺出一束束金黄的光，仿佛在探照夜晚每个幽暗的角落。蔓延的尘埃却让这金黄的利剑不再锋锐，变得朦胧而不可言说。

“其实没想到你会选商学院，我以为你会去文学院，毕竟你一直以来都太像你妈妈了。”江若云转过头看了看方凌，“还记得以前和你们家一起吃饭的时候，你还在饭桌上和沈阿姨争论普鲁斯特作品的译名，旁边其他人都呆住了。”说到这里，江若云低头漾开了笑容，“毕竟，你可是九岁就开始看毛姆，十三岁就在杂志有自己专栏的人。你和阿姨身上的那股劲儿，真的太像了。”

“我都不知道你这是在夸我还是损我，”方凌白了一眼江若云，“说实在的，我挺喜欢我妈的作品，但并不喜欢她平常那种特别高傲的感觉，她对自己要求太高，给自己加的包袱太多了。我嘛，就只是想自由自在的。”方凌轻快的声音萦绕着，又没入了茫茫黑暗中。

“你不是也一样嘛！我之前一直以为你会去文学院，还想到时候你和江叔叔做师生岂不是很有意思，没想到最后去了法学院。”方凌拍了一下江若云的肩膀，“你可是不知道，我妈之前看过你写的东西，可是专门跟我夸过你呢。”

江若云扑哧一声笑了，“那真是谢谢阿姨了，我爸都没夸过我写的那些东西。”旋即摸了摸书包带，望向远处的天空，望向那深不见底的夜幕，突然开口，“如果我说，我学法是因为想去做法律援助，你信吗？”

方凌愣了一下，少顷，嘴角微微上扬，发出坚定而轻快的声音：“我信。”

时不时有夜跑的人划破身旁的空气，带来一阵阵稍纵即逝的风，比起湖边温软的晚风，这种一瞬又一瞬的凉意使人更加清醒。三三两两的学生骑着自行车经过，轮灯如暗夜中朵朵绽开的马蹄莲。

方凌放低了声音缓缓开口：“如果我说，我来商学院是不想被所谓的文学天分和我妈的身份限制住，想探索更多的东西，想接触到社会的方方面面，你信吗？”

“我信。”江若云放慢了脚步转过头，却低首垂眸。

方凌依旧平静地望着前方，然而却深深地吐出了一口气，眉眼颤动。

“我知道其实有很多人在背后议论我来商学院的事，有人说沈秋月的女儿也不过还是想赚钱而已。”方凌沉默了几秒钟，“我现在也并不想去反驳什么，更不想去刻意证明什么。一切还是都需要靠时间来证明。”说罢望向江若云，淡淡地笑着，“你也一样。”

“嗯，没错。”江若云突然抬头定定地看着方凌，“唉，不用想这么多啦。做好眼前的事情，问心无愧就好。”他顿了顿继续说，“最近刚来学校感觉怎么样？这几天事情多吗？”

“是挺忙的，不过还挺开心的，最近有一堆迎新的活动，我还主持了几个。”方凌的眼神又明媚了起来，脚步也轻快了，“后天有各种社团的招新会，我也想去看看。我记得你好像是诗社社长，对吗？我是不是到时候又能碰到你。”

“是的，”江若云不好意思地挠了挠头，“不过话说回来，如果你要是有兴趣来我们诗社，我可以直接让你当副社长。你要不要加入啊？”

方凌怔住了，突然又笑着说：“好啊！那我可要好好想想怎么多招点新生了。”她沉思片刻，“对了！你们有没有想过和广播台合作，比如一起办个栏目什么的，把你们的作品放到广播台去读诵播放。”

“这个主意不错，我们之后可以去问问他们。”江若云赞叹地点了点头。

又走了两步，方凌突然窜到江若云面前：“只要你不怕到时候你的社员们只听我的，不听你的了。”

“放心，怕是你想多了。”江若云提高了声音，脸上漾开了难以察觉的涟漪。

月光从漆黑的天空深处倾泻而出，熔化了那路灯刺出的金黄利剑，世间万物皆处于一种盛大的静谧之中。

回到宿舍，方凌看到叶泽琳正坐在椅子上划动着手机屏幕，便走过去询问：“泽琳，后天的社团迎新会要不要一起去啊？听说会有一百多个摊位呢。”

叶泽琳转过头轻快地答道：“可以啊，只是我也不知道自己想参加什么社团。”

“我也只是想去看个热闹而已，你有什么兴趣爱好吗？肯定有相关的社团。”方凌笑着说。

听到“爱好”这个词，叶泽琳突然愣住了，这个听上去稀松平常的词汇，对她而言竟如此陌生。

“我……”叶泽琳沉默了几秒，眼中的光渐渐暗淡了，“我其实……没什么爱好。”

“不过你想去哪个，我可以陪你的！”叶泽琳放下了手机，又望向方凌说道。

方凌露出了明快的笑容，随即看了看表，突然问道：“这都十一点多了，怎么木子和华睿还没回来？”

“华睿还用说吗，肯定又去图书馆学习了。至于木子，谁知道她又去哪儿玩了。”叶泽琳有些无奈地耸了耸肩。

陡然间，咚的一声巨响传来，李木子风风火火地撞开了门，大声喊道：“泽琳！我需要你的帮助！”

“怎么啦？”叶泽琳和方凌都无比惊疑。

李木子眼巴巴地望着叶泽琳，表情又谄媚又无辜：“帮我抽一下游戏卡吧，现在是终极大战，需要锦鲤分我一点运气。有你，我一定能通关的！”

叶泽琳扶着额头哭笑不得：“木子，你玩游戏不带这么吓人的……”

“你就帮我抽一下，求你了。”李木子抓住叶泽琳的手，继续可怜兮兮地望着她。

“好吧……不过我劝你最好别抱太大期望，我才不是什么锦鲤。”叶泽琳笑着说罢，突然看了一眼方凌，露出了一丝复杂的神情。

寂静无声的三秒钟后，李木子变成了瞬间被点燃的鞭炮，从座位上唰的一下弹了起来，目瞪口呆。

“天啊，你真的抽中了！这是武力值最强的卡！”手机背后，浮现出一张难以置信的脸。

“这游戏我玩了半年了，这是第一次抽中！你真的是锦鲤！”

李木子兴奋地一把抱住了叶泽琳。

“今晚，就是今晚，”李木子加重了语气，仿佛在进行一场荡气回肠的诗朗诵，“我就要刷新我游戏生涯的记录啦！我的小分队，我来了！”李木子继续自顾自地说着，沉浸在他人难以理解的喜悦中无法自拔。她仿佛开始了一场激情澎湃的个人秀，方凌和叶泽琳都顿时变成了台下静静围观的观众。

叶泽琳呆住了，怔怔地望着李木子激动难抑的神情，突然猛地站了起来，抢过李木子的手机，难以置信地又看了看，确认了几遍。惊喜、疑惑、不安，全都在她的眼角眉梢上演了一遍。

少顷，叶泽琳露出了释然的微笑，悄悄地长舒了一口气。

这倏忽间点亮的笑容，仿佛浓墨堆成的一团山峦被暗涌的清泉融化，这股林中清泉蜿蜒而明澈，带走了无尽的尘埃与暗影。一束光反射在这清泉的水面，将沙砾飞石染成了一地灿烂的金黄。

那晚，叶泽琳做了一个格外香甜的梦。

周五的最后一节课终于下课了，方凌走到湖边，想一个人静静地散散步。来菁世之后，初来乍到的生活表面精彩纷呈，实则鸡飞狗跳，还几乎没有过如此安静的时刻。方凌凝视着波澜不惊的湖面，隐约看到了自己小时候的倒影。飘落的金黄树叶在湖面打转，如此便被揉进了一池秋色，这让方凌想起小时候家乡的大片荷塘，那里不像北方，荷塘永远不会结冰。那时候，方凌经常跑去那里，把所有的心事都说给荷塘里的鱼听，有几个瞬间，方凌感觉它们听懂了，它们的嘴一张一合，仿佛迫切地想跳出水面。然而过了几年，当那里被旅行社的小旗子攻城略地之后，方凌感觉那种隐秘的交流与心照不宣渐渐逝去了。

一抬头，天空突然变了脸，刹那间仿佛大片的深黛色海浪卷上了天空，裹挟着瞬间惊醒的狂风，尾随的是几声不知藏匿在何方的闷雷。一滴、两滴，天空的试管滴下了实验溶剂，实验结束，便是肆虐的雨水倾泻而下，白色的水花在空中爆裂、绽放、消亡，如昙花般稍纵即逝，旋即融于天地的低吼。在这绵延不绝的撞击与湮灭之中，世界万物皆无可遁形。

方凌神色惊愕，在慌乱不堪中她顶起书包试图挡雨，可终究无济于事，这暴虐的雨水山呼海啸一般从四面八方袭来，她被浸湿的头发紧紧贴着面颊，她甚至能感受到书包上雨水的重量。

她迈开腿开始奔跑，一边小心躲避着地面的水洼，一边左顾右盼搜寻着躲雨的去处。

湖边小路的尽头，咖啡厅的落地窗映入眼帘，这个咖啡厅因为地处偏僻，方凌几乎没有来过。身旁几个同学飞快地跳上台阶，窜进旋转门。方凌随即托着沉甸甸的被雨水淋湿的书包有些踉跄地跑了进去。

棕色的墙壁环绕四方，将这里围成了一个自成一格的小世界，白色的门框变成了画框，将窗外的一切凝成了一幅朦胧的画。方凌有些恍惚，仿佛此时此刻，只有画框的这边是真实的存在。她微微抬头，瞳孔中映出了几颗星，头顶几个别致的吊灯发出昏黄的光，映着磅礴雨水仿佛笼上了一层若有若无的雾气。

谈笑声、喘息声、点单声和音乐声混成一团，让这里越来越嘈杂。方凌皱了皱眉，心中有些烦闷，又瞥了眼窗外，雨势更加凶猛，随即她无奈地点了杯热咖啡。时不时有人一身湿漉漉地闯进来，踏出的脚印也裹挟着缠绵的水汽。此时的咖啡馆里不知不觉分成了两种人：一种是狼狈不堪的落汤鸡，一种是下雨前就坐定的悠闲客，后者正泰然自若地品着咖啡，一边刷着手机，一边观望着这突如其来的荒诞与窘迫。

方凌渐渐注意到，有一个人的目光既不在手机上，又不在这幅狼狈不经的光景上，而在窗外的一只猫上。

它悻悻地来到几片芭蕉叶下团成一团，棕白相间的毛软塌塌地贴在它的身上，在雨中它时不时抽动几下，又用爪子抓了抓脸上的泥水，然后小心翼翼地转头看了看雨势，然后像孩子般睁着温软的双眼懵懂地望着奔跑的行人。

过了几秒钟，它突然从那绿色的大伞下窜了出来，三两下便矫健地迈到了旁边收发室的台阶上。它紧紧靠着那有些斑驳的绿墙漆缓缓走了几步，突然猛地跳进了收发室的窗户里，消失了踪影。霎时间，木桌旁的他眼角微微颤动，露出了一丝释然的笑，终于低头喝了一口咖啡，表情微妙。

“梁渊你在这里啊！怎么不回我消息，快看看我在群里发的好东西！”一个胖胖的男生用尖厉的声音喊道，把旁边的方凌吓了一跳。他一看到梁渊，双眼便放出了光，橙色卫衣的帽子遮住了他的头发，让他的脸彻底变成了一个粉润的圆盘。

“啊，不好意思，刚才没看手机。”他突然惊醒一般地回过神来，有些不好意思地挠了挠头，赶忙打开了手机。

方凌有些迷惑，梁渊——感觉这个名字在哪里见过，突然听到服务员叫号叫到自己了，于是一边走向前台一边在脑海中努力搜寻着。

拿起了咖啡，方凌转过身，看见此时的他依然望着窗外。只不过这次，他看向的不是猫，也不是任何东西。令方凌惊奇又不解的是，这束悠长的目光没有任何一个明确的落点，但却并不是发呆的眼神，也不像是思考的姿态。

他静静地望着窗外，时不时地抿一口面前的咖啡，宛若全然听不见咖啡厅里的喧哗与嬉笑。这双眼眸静若深潭，却又十分天真与明澈，恍惚间，方凌感觉自己可以透过这深潭窥见万千生灵。在这朦胧的雨雾中，方凌仿佛看见了维米尔的少女，达·芬奇的天使和拉斐尔的圣徒，也感受到了米勒的农民，库尔贝的打石工和杜米埃的洗衣妇。

那种目光，仿佛来自鸿蒙之初，又坠入了时间的断层，无声无息，却像一条永不停歇也不知所向的河流，潺潺流走，漫过了坚固的玻璃窗和冷峻的水泥路。

周日，社团嘉年华终于开始了。熙熙攘攘的人群在草坪上涌动，一旁立着的音响播放着令人兴奋的鼓点和旋律。方凌和叶泽琳还未出宿舍，音乐声和说笑声就透过窗户让人无法忽略。

正当两人准备出门的时候，宿舍门被猛地打开了，李木子紧张兮兮地跑了进来，随即长舒了一口气。她穿着一身黑，戴着黑色鸭舌帽，活像一个准备飞檐走壁的夜行侠。

“怎么了？”方凌疑惑地看着李木子非比寻常的表情。

此时的李木子一脸神秘，指了指自己鼓得胀胀的书包：“你们猜，我书包里有什么？”

方凌和叶泽琳看了看对方，都摸不着头脑。

“你这葫芦里卖的什么药啊？赶快告诉我们。”方凌笑着催促道。

李木子拉开了黑色书包的拉链，像一个要带领观众见证奇迹的魔术师，下一秒，方凌和叶泽琳顿时惊得说不出话来。

只见李木子拿出了一个蓝色的笼子，而笼子里竟是一个活物！

“你……你怎么拿回来一个活物？这不会是刺猬吧？”叶泽琳顿时语无伦次，露出了难以置信的神情。

李木子看着叶泽琳的表情，扑哧一声笑了出来：“这是非洲迷你刺猬，以后啊，它就是我们的团宠了。”她一边说着，一边将刺猬放到了手上，用手指逗它玩。

“可是……我们学校不是禁止在宿舍养宠物吗？”方凌忍不住问道。

“哎呀，今天各种人都在忙着社团嘉年华，整个一楼都乱糟糟的，是多好的时机啊！我跟着两个穿着汉服的女生走进来，宿管阿姨一直盯着她们看，根本没注意到我。”李木子头也不抬地说道，目光仍然聚焦在手中的刺猬上，它正懵懂地瞪着浑圆的眼睛，灰色的身躯时不时地颤动一下，似乎还在熟悉环境。

“那……它会被关在笼子里吧？”叶泽琳低声问道，面露忧虑。

“我会把它放在笼子里的，放心吧。它很乖的，绝对不会弄乱你们的东西的。”李木子依然在低头逗着刺猬，神情极其专注。

“那好吧……你就好好安置它吧，我们先出去啦。”方凌有些无奈地笑了笑。

走到草坪，眼前的社团嘉年华比方凌想象的还要热闹。最吸引眼球的莫过于魔术社的社长，他戴着一顶黑色高帽，飘扬的黑色披风翻出了红色的领子，正拿着一沓卡牌一脸神秘地向几个女生表演；推理社的立牌与众不同，是一场凶杀案的描述，一个戴眼镜的男生正津津有味地在旁边的白板上画着案件逻辑，面前的同学煞有其事地频频点头；一阵勾人的香味猝不及防地飘来，美食社的摊位摆着几道色泽诱人的菜，一个胖胖的男生不停地扯着嗓子喊：“每个人只能吃一口！”他看起来很怕菜被这么快试吃完而脸色有些涨红，着急的样子好像鼓足了气的粉色气球。

渐渐地，叶泽琳放慢了脚步，眼神时不时飘向左边舞蹈社的摊位，几个纤瘦高挑的女生正在向负责人咨询，笑容绽放在她们精致的脸上，叶泽琳蓦然转过头来，又加快了脚步。

到了草坪的中间，这里的摊位格外得火爆，两侧都挤满了人，方凌隐约看见其中一个的牌子上写着职业发展协会。

“你看！还有冷笑话社！”方凌像发现新大陆一般突然指向右边的一个角落。

“所以……入这个社团是就要互相讲冷笑话吗？”叶泽琳疑惑地盯着那边看了一会儿，又笑着望向方凌。

不知不觉又经过了十几个社团，摄影协会几个字瞬间映入了眼帘。

方凌走上前去，拿起一张宣传册，发现它不同于其他社团宣传册的七彩纷呈，只用了黑白红三种颜色，很有设计感，红色在这里显得格外有张力。方凌猛然发现四角可以打开，打开后就变成了有四朵花瓣的花。“这个宣传册好有意思啊！”叶泽琳在一旁惊呼。

“啊！你是方凌吧！”摊位后摄影协会的一个女生突然问道，她一头短发，恬静而不失灵气。

“是的。”方凌有些讶异地抬头。

“我也是商学院的！我之前看过你主持的新生晚会，你快来我们社团吧！”短发女生一脸兴奋地望着方凌。

“啊！这么巧，我确实是原本就想加入摄影协会的！听说你们每学期都有主题活动，想问问具体的安排。”

“太好了！”短发女生突然笑着拍了一下桌子，“不过你稍等，我们社长去买水了，马上回来，具体的情况等他回来给你们细说。”

到了正午，太阳直勾勾地紧盯着大地，空气中弥漫着一股燥热，可大家看起来还是热情不减。方凌又不由自主地低头仔细看了看宣传册，翻到背面，上面印着森山大道的话：摄影是一种青春的行为。

“你终于回来了！”短发女生突然发出了幽怨的声音。

两瓶可乐猛地滑到了桌子上，“你们要的可乐，”一旁的男生开口，同时也带来了一阵风。接着他拧开了一瓶矿泉水，大口大口地灌进那隔绝了热气的甘甜。

放下瓶子，方凌一抬头看清了他的脸。阳光在水中折射、蜿蜒，被打湿的阳光仿佛凝成了雨。倏忽间奇异的任意门被记忆打开，回忆和潜意识混为一团，多个时空开始交叠。骄阳似火变成了大雨滂沱，雨中，一只灰褐色的苍鹰向着天空盘旋，一只棕白相间的猫懒洋洋地卧到了向日葵下的泥土上。

有些人，你刚看到他的那一瞬，就知道他永远不会成为家禽，只会是野兽，是飞鸟。

“你好啊，你是……梁渊？”方凌有些恍惚，试探着问道。

“是啊，你认识我？”

刹那间方凌有些慌了神，不知如何作答，猛然看见桌子的边缘放着一张印有社团成员简介的海报，连忙一把拿过来，指着这张有些发皱的彩页说：“你看，上面写着呀。”

阳光又从容不迫地洒在了方凌笑意盈盈的脸上，清脆的语调仿佛某种吟唱。

“哦，差点忘了他们还印了这张海报。”梁渊不好意思地垂下了眼眸，露出了孩子般的笑容。

“跟我们讲一下摄影社的活动安排吧。”方凌急忙地想要岔开话题。

“除了每个月会有固定的拍摄之外，我们社团一年大概有五六次大型活动，每年的夏季和秋季，都会进山拍摄。下个月会去崇乐山秋游，毕业影展也是我们社团主办的。”梁渊拿起了宣传册，指着活动页跟方凌详述了所有活动的安排。

一听到秋游，方凌立马有了兴致：“还有秋游啊！也会进山拍摄吗？”

“嗯！我们还会带上望远镜和赤道仪，准备拍一些深空摄影。具体日期还不确定，要看情况挑天气好的一天。”

“泽琳，一起加入吧！”方凌的眼中闪着晶亮的光。

“啊？可是，我不会摄影啊……也没有设备。”叶泽琳迟疑了一下，低着头小声说道。

“没关系，这一点都不难，我教你啊。”方凌拉着叶泽琳，目光中多了一丝恳切。

梁渊放下水瓶，望向叶泽琳说道：“这些都没关系的，我们社团可以在每次活动前向学校借设备的。”他一边说着，一边笑着拿起了桌子底下的相机，“你可以先用自动模式试试。”

叶泽琳愣了一下，然后小心翼翼地接过相机，有些笨拙地摆弄着。

“方凌！”一个响亮的男声响起，方凌一回头，看见江若云正朝着自己走来。他神色温和，步伐很大却轻快，如一首古雅而铿锵的骈俪文。

“终于看见你了，刚才我看了一圈都没找到你。”方凌向前走了两步，眨着眼睛说道，“你那边需不需要我过去帮忙啊？”

“不用，那边人手完全够。”江若云笑着答道。

“对了，这是我室友叶泽琳，这是摄影社社长梁渊。”方凌指了指两人，说罢又向大家介绍了一下江若云。

“你是要加入摄影社吗？”江若云问方凌。

“已经加啦！要不你也加入吧？下个月有秋游，一起去吧！”

“我就算了，再加社团就忙不过来了。”江若云思索片刻，有些不好意思地说道。

“没关系的，我们社团秋游是可以带朋友的，你不加入也可以一起去的。”梁渊突然冲江若云说道，眼神安静而灼热。

方凌欣喜地拉了一下江若云的衣角：“和我们一起去吧！你别忘了，江叔叔可是让你陪我好好逛的。”

“那好啊，我们就一起去。”江若云望向方凌，眼角的笑意如荡漾的泉水。

一阵阵清脆的快门声传出，叶泽琳不停地变换着朝向，低头摸索着相机的各种功能，嘴角时不时地勾勒出一抹不易察觉的喜悦，像一只稚嫩而天真的云雀。

“泽琳，你刚才拍得怎么样？我想看看。”

“啊，可以的。”

方凌一张一张看着，就在方凌要再点击下一张照片的时候，叶泽琳急忙说道：“就这些，没了。”然后盖上镜头，有些慌乱地迅速将相机放回了桌子上。

方凌顿了一下便移开了视线，拍了一下叶泽琳的肩头：“真的不错，不知道的肯定不信你是第一次拍。”

黑色的相机在喧哗的桌子上静默着，伸出的镜头仿佛能看透一切微末的尘埃。

下一张照片里，是梁渊仰起头喝水的侧颜，他的手在下半边脸投射出了一道弧线，五官像是起伏的山峦，线条分明却不凌厉。阳光下，他的耳尖呈现出温暖透明的色调。而他的双眼，恰到好处地置于最强烈的光线之中，仿佛成了某种发光体。

一周后，方凌下了晚课又自习了一会儿，一个人静静地走在回宿舍的路上，身旁的路灯愈发晦暗。

月亮像一只黑猫的眼睛，无论走到哪里，那幽幽的目光总是紧紧相随，来自遥不可及的九霄，却又仿佛来自漆黑莫测的深渊。

平常夜晚的校园总是热闹无比，可不知怎么，今晚却出奇得寂静。方凌不由自主地加快了脚步，突然间不小心踩中了一个可乐罐头，便有些慌乱地将它踢开，罐头碰上了石子，发出了无比清晰的脆响，在鸦雀无声的夜色中，这声脆响宛如宏大的晨钟暮鼓，让方凌猛然打了一个寒噤。

路灯透出的光仿佛在流动，而它所覆盖的一切也不外如是，方凌感觉自己处于一个巨大的水幕剧场之中，想要拨开这重重叠嶂，可是发现自己也身处其中，永远无法脱身。

倏忽间，她看见自己的影子旁闪过了另一个高大的影子，可是一转头，背后空无一人。

恐惧如洪水般漫延，方凌害怕极了，可是却发现自己发不出声音，仿佛这股肆虐的洪水早已漫过了她的咽喉。

另一个黑影陡然乍现，但这个影子和上一个不同，格外的娇小纤瘦，但还没等方凌转头，这个影子就以矫健的姿态隐没在漫无边际的黑暗之中。

方凌开始小跑，身边依然万籁俱寂，她却感觉有无数双眼睛隐匿在黑暗之中，仿佛下一秒就会探出头来。世界仿佛只有她身处灯光之下，每一个细节都如此明晰，仿佛赤裸。

跑了很久，方凌却感觉这条路怎么也到不了尽头，她停了下来擦了擦汗，突然眼前的一切都开始模糊，全世界都在渐渐失真。而地面，开始塌陷，开始扭曲着掉向深渊。

"救命！"当还有最后一缕光线照射在脸上的时候，方凌终于拼命发出了自己的声音。

"你怎么了？"一个熟悉的声音响起，眼前的一切如玻璃一般骤然化为碎片。

揉了揉眼睛，方凌看见叶泽琳在右边的床上急忙坐了起来，神色疲惫而忧虑。

方凌定了定神，环顾了一圈周围的摆设，才终于确信自己是在做梦。

可是为什么那种感觉，甚至比现实更加真实？

"现在几点了呀？"看见旁边的李木子和杨华睿依然在沉沉酣睡，方凌轻声问叶泽琳。

看了一眼手机，叶泽琳说："早上六点半，你继续睡吧。"

"算了，都早上了，我不睡了。"说着方凌便从床上爬了下来，坐到椅子上，迷迷糊糊中拿起了手机。

方凌突然发现，一夜之间，手机如爆炸般多了几十条新消息。

猛然清醒的方凌在疑惑中解锁了手机，发现所有的消息都是来恭喜她的。

母亲沈秋月昨晚入围了某世界级文学奖的提名，这是有史以来第三个提名该奖项的华人，作为一个偏向于通俗文学的作家，她是这次入围名单里出乎意料的黑马。只是一个昼夜的距离，便有无数短讯铺天盖地地袭来。

虽然母亲身为公众人物，方凌时不时地会看到一些关于她的采访和新闻，但这次的密集程度是方凌从小到大从未见过的。方凌在欣喜之余有些懵，各种想法开始排山倒海地涌现。

从今天起，方凌世界里的一切都似乎还是原样，可又似乎注定要变得与众不同。

准确地说，是方凌暗中期待一切会有所变化，却又对潜在的变化有着隐秘的畏惧。

走出宿舍楼，一个又高又瘦、戴着眼镜的男人从角落里冲了过来，不由分说地将手中的麦克风递上来。

“请问您是方凌吗？可以采访您几个问题吗？”

大清早方凌有些恍惚，一瞬间又分不清究竟是梦境还是现实，虽说这些年自己经常引人注目，但往往都是在被母亲带着的场合，而有记者专门来采访自己一人还是头一回。

方凌“嗯”了一声，瞥见旁边的摄像师戴着鸭舌帽躲在摄影机后，正一言不发地望着自己。

“请问您最喜欢沈老师的哪部作品？”

“您如何评价这次沈老师获得提名的作品呢？”

此时又有一个明艳动人的长发女生风一般地出现在眼前，她从容不迫地举起手机，方凌觉得眼熟，忍不住盯着她看了几秒，突然想起来这是一个挺有名的视频博主。

“打扰您了，我们在做一个直播。想问一下，沈老师在生活中有什么让您印象深刻的事情吗？”

“我们知道您很小就开始发表作品，您觉得自己的优秀是受了妈妈的影响吗？”甜美的声音软软地在耳边响起。

方凌有些不好意思地笑了笑，在欣喜中又有些不安，莫名感觉自己是在水面上漂浮着，自己什么都没有做，一切都只是依仗着水的浮力而已。水位越涨越高，自己也和水面上的每一粒尘埃一样，越浮越高，但谁都不知道，上涌起的水流究竟会不会溃坝而出。

半个月后，沈秋月新书上市的日子到了。在大奖提名的加持下，新书受到了社会各界空前广泛的关注，溢美之声不绝于耳，各大书店都将其放在最显眼的位置。

到了学期末，赞美的热潮才如喷发完的火山一般平静了下来，方凌的心境也渐渐平复如常。

可是寒假过后，一些方凌从未听过的声音开始悄然浮现。很多人看完书之后开始注意到书里的人物设定，惊觉书中的富人形象全都是善良慷慨的，而穷人全都是卑劣可耻的，便开始发文称沈秋月宣扬嫌贫爱富的价值观。原本只是个别的嘲讽之声，方凌和妈妈都完全不以为意，可不知为何，这种声音如同干柴上被点燃的火苗，一阵微风就能让它越烧越旺，而这不断蔓延的火势让原本只言片语的嘲讽声有了更大的底气，不到十天，嘲讽就此变成了一场声讨。赞美和声讨水火不容，让沈秋月的热度达到了前所未有的高峰。

下了课，方凌走过熙熙攘攘的人群，有几个似曾相识的身影朝自己走来。

同样是拿着麦克风，跟着一个摄像，只不过这个男人不戴眼镜，穿着一身随意的休闲运动服，看起来似乎温和亲切很多。

“请问是方凌吗？能否占用几分钟让我们采访一下。”

“很多人都很好奇，你是如何在参加了这么多课余活动的同时还能保持好成绩的，请问有什么学习的诀窍吗？”

方凌舒了一口气，感觉他们不会为难自己，于是便谦虚地说了一些自己的学习方法。

对方满意地答谢了一句，又立刻继续发问，“你出身文学世家却选择了商学院，如何看待很多网友说你只想着赚钱？”

方凌感到错愕，欲言又止。

“众所周知，沈老师既是知名作家又是画家，她之前说过，工作的时候会把房门紧锁，谁都不许打扰。你觉得，她常年在这种状态之下，尽到做母亲的责任了吗？”

对方的语气依然无比平和，仿佛在念波澜不惊的天气预报。方凌静静地看着这张冷静温和的脸，嘴唇紧抿，身边的空气带来了阵阵寒意。无数的回忆突然如潮水般涌来，肆意拍打着她心中的暗礁。那些暗礁久久伫立，浸泡在一股隐秘的哀愁之中。

“不好意思，我还有课。”方凌声音微颤，低着头快步离开，然后开始小跑，仿佛想要将一切都抛在身后，她就这样小跑着进了宿舍楼。

刚开寝室门，方凌就迎面撞上了低头看手机的李木子，“啪”的一声，手机被猛然撞到了地上。李木子慌乱地捡起手机，她紧皱着眉头，脸色发白。

“没事吧？对不起对不起。”李木子有些语无伦次地跟方凌道歉。

“没事的，你怎么了？感觉脸色不太好。”方凌整了一下被撞乱的围巾，有些疑惑地望着李木子，总感觉哪里不对劲。

“呃……没什么。我去上课了，拜拜。”李木子拎上书包便快步离开，一只手快速关掉了正在看的视频。

方凌在门口愣了几秒，然后缓缓走了进来放下书包。刚坐到椅子上，叶泽琳便拿着几个快递气喘吁吁地进来了，“对了，刚才在信箱看见有你的信，就给你放桌子上了。”

桌子上果然躺着一个信封，可是该写寄件人的地方却是空白的。方凌有些不解地拆开了信封。

“方凌，一会儿的班会一起去吧？”叶泽琳边收拾东西边问道。

宿舍一片寂静，无人应答。窗外摩托车的声音时隐时现。

“方凌？”叶泽琳转头望向方凌，看见方凌呆坐在椅子上一动不动，如一尊被渐渐风化的雕塑。

叶泽琳怔怔地放下了手中的东西，缓缓起身走向方凌，顺着方凌的目光瞥向她的桌子，桌面上有一张白纸盖在信封之上，那张素洁的纸面上写着两个刺眼的大字：

去死。

03

堂吉诃德骑上战马，又走入荒林

屏幕里闪烁着秘密
电磁中跳动着笑意
我看得见文明
却看不见生命

真理在点击中诞生
岁月在照片里静好
我看得见晴朗
却看不见光芒

日出在薄雾中湮灭
闹钟在马蹄上响起
我看得见草原
却看不见旷野

时光在云端中闪耀
记忆在芯片里永恒
我看得见强大
却看不见力量
——方凌于诗社

三个月前，校庆晚会的演出后台，嘈杂的空间里混乱不堪，大家在疯狂地找一个跳舞的女生。

压轴节目马上要开始了，这是一个很复杂的诗朗诵和舞蹈的混合节目，可是其中一个参加表演的女生却突然不见了。方凌不停地看向墙上挂着的钟表，时间一秒一秒地砸在她的心头。

过了几分钟，一个短发女生气喘吁吁地跑了进来，额前的刘海凌乱不堪，汗水让几缕头发横斜地搭在脸上。她上气不接下气，十分狼狈地低着头开始整理道具，似乎不敢抬头看大家的神情。

方凌一看到她便长舒了一口气，又忍不住很生气，还没等这个女生吐出一个字，就加快语气说道："你去干吗了，怎么才来？你们节目不仅是编排最复杂的，还是压轴，能不能拜托认真一点！"说罢方凌意识到自己有些太着急了，随即顿了几秒，克制住了自己，转头望向领舞的同学说道："紫琼，麻烦你带着大家按提前排好的位置上台。"然后又看了一眼流程，补充了一句，"别忘了是旁白念到'且乘春色动蠢蠢'的时候再上台，加油！"

"那是什么？到底发生了什么？"方凌皱着眉头急忙问道，语气散发着悲戚与惶惑。

一阵风如幽灵般从窗外袭来，宿舍门被"啪"的一声关上，天地仿佛也随之颤动。

叶泽琳看了看方凌，又瞟了一眼手机屏幕，迟疑了一下，还是惴惴不安地将手机递给方凌，“我也是才看到这个视频，看样子已经流传了两三天了。”叶泽琳心乱如麻，声音变得有些沙哑。

方凌指尖微微颤抖，旋即点开了视频。

视频里的画面是三个月前的演出后台，最后一个节目上场之前。看拍摄视角应该是在后台右边的角落。画面不是特别清晰，但还是很容易就能辨认出方凌的脸。

“你干吗去了，怎么才来？能不能拜托认真一点！真是不仅穷，还真的蠢。”

一阵无比熟悉的声音从画面中传来。那是自己的声音。

画面里除了方凌，就是那个迟到的女生，正怏怏地低着头，满脸的狼狈与委屈。

视频的标题赫然写着：*沈秋月女儿歧视贫困生（视频为证）*

这一刻，方凌感觉灵魂深处有什么东西坍塌了，它无形无相，却发出了百虫齐鸣、雷霆万钧的轰鸣。

万丈高楼拔地而起需要数载，大厦崩塌只在一瞬。

下方的评论里，似乎观看者都认为自己发现了沈秋月女儿的某种真相，在他们眼里，方凌已经完完全全变成了一个高傲、虚伪、刻薄、有公主病的利己主义者，而这个他们眼中的人究竟是谁呢？方凌自己都不认识。

一石激起千层浪。更多的人开始爆料方凌的过往，有人拉出了方凌在新生活动策划中总喜欢把抽奖环节放在前面的事情，说她心高气傲、自以为是，宛如菁世小霸王。

各种谩骂、诅咒、鄙夷和声讨在屏幕上不间断地闪烁着，方凌呆呆地看着手机里的每一个字符，眼神无比陌生，仿佛在盯着一个新发现的海底生物。方凌想起了之前母亲新书引发的争议，如今再加上这个视频，意识到似乎一切都难以洗清了。她重重地瘫坐在椅子上，将手机猛地还给了叶泽琳，屏幕却还在一刻不停地闪烁着。

二进制的0和1构成了屏幕上万花筒般的一切，而这0与1之间，似乎并没有什么中间量。在芯片上绵延不绝的，一直都只有这两个数字而已。

一根根光纤和网线像盘根错节的神经元，一不小心便触发了几千公里外躁动的多巴胺。那些不同的昵称全都热血激昂，感觉一个个都像慷慨就义的战士，如金戈铁马中的斯巴达三百勇士。只是他们根本不清楚，自己究竟是为了什么而战。

“这到底是怎么回事啊？我感觉很不对劲。”叶泽琳一脸疑惑地转头望向方凌，终于打破了空气中的死寂。

方凌有些绝望地闭上眼睛，“如果我说，这个视频是被恶意剪辑的，你信吗？”

叶泽琳惊诧地愣住了，顿了顿后缓缓说道：“我信，我当然知道你不是这样的人。”

她的语气格外诚恳而坚定，方凌蓦然看向她，眼眶有些湿润。

“那这个视频，究竟是谁拍的呢？是谁，居然能干出这种事！”叶泽琳突然语气变得激动，身体不由自主地向前倾。

方凌苦笑着摇了摇头，“很难查出来了，那天在演出后台的人太杂了。而且不光有我们学校的学生，还有专门找来做道具和搭舞台的人。”

“那我们找一个也在现场的其他人澄清一下吧？”

“就算有别人替我澄清，可那些人会信吗？他们估计又会说是我花钱请的吧。”方凌淡淡地说道，波澜不惊的语气中充溢着难以描绘的悲伤，“真相有时候没那么重要，重要的是它被人想象出来的模样。”

方凌静静地望向窗外，似乎不想让叶泽琳看见她此时的表情，“这就是他们现在想要去相信的东西，不是随便一个澄清就能改变的。”

又是一阵狂风肆虐而来，如一只无形的猛兽疯狂地吞食着每一粒飘浮的尘埃。

“那现在看来，只有那个女生的澄清大家会相信了吧？”叶泽琳思索片刻，随即又补充道：“那个女生确实是贫困生，我之前申请补助的时候见过她。她好像叫林晓雨。”

方凌沉默了几秒，突然说道：“我想起来我有节公共课好像和她一样，明天下了课我找她聊聊吧。”

“嗯，这样也好，你问问她能不能录一个澄清视频。”叶泽琳看着方凌，顿了几秒微声说道：“你还好吧？先别去想这件事了。”

“没事的，反正我也不怕被人讨厌。”方凌轻轻说道，眼中却闪动着摇摇欲坠的悲伤。

夕阳将层层云朵染上了微妙的粉色，寝室的白炽灯此时显得愈发苍白和凉薄。方凌走向窗户，望着那抹温暖的粉红，呆立良久，似乎想要从中攫取一点点遥远的温度。

“方凌！”第二天下课后，一阵急促的声音传来，方凌一转头，看见叶泽琳背着书包气喘吁吁地跑过来。

“怎么样啊？晓雨同意帮你澄清了吗？”

方凌望向别处，叹了一口气，说：“她说可以，可是我总觉得，她听起来并不是很情愿。如果她不想，我也不想勉强的。”

叶泽琳低下头欲言又止，半晌终于开口。

“你知道吗，我刚刚在食堂听到有人议论说，最近她收到了很多陌生人寄的各种东西，有生活用品，有贵重物品，还有各种鼓励她的信。”

“贫困生加受害者的形象，真的无比容易收获同情。”叶泽琳抿了抿嘴唇，表情变得严肃。

“所以……替我澄清，可能就意味着要失去很多同情。”方凌深吸一口气，垂眸敛目。

方凌和叶泽琳都不知道该说什么了，她们一边思索，一边沉默着继续向前走，在教学楼的拐角处猛然撞见了江若云。

“你还好吧？”江若云轻轻拍了一下方凌的肩头，神色关切而忧虑。

方凌不知如何回答，余光瞥见一个熟悉的身影，梁渊正朝这边走过来，方凌抬起手打了个招呼。梁渊看见方凌，微微一愣，随即走上前来。

“那个视频，是假的对吧？”

方凌有些错愕，没想到梁渊一上来就直接这么问。“嗯，确实是恶意剪辑的。”她缓缓答道，声音显出了疲惫。

“我把声音放大，仔细听能听出来剪辑的痕迹。”梁渊点了点头，自己的猜想得到了肯定，但他目光里的忧愁更多了一点。

“那现在怎么办啊？”叶泽琳的语气越来越焦灼。

“我们必须做点什么了。”江若云在一旁若有所思，“如果能知道最开始散播视频的人是谁，就会好办很多。其实我刚才把所有发布者都理了一下，从发布时间上看，找到了一个比其他人都早一个小时的，而且转发量早就超过了五百，完全是侵犯名誉权。”

叶泽琳望向江若云，“太好了！或许我们可以从这个人切入。”

上课铃声响了起来，宛如一阵急促的号角。

“就算真的找到了源头，其实也没什么用。”方凌苦笑了一声，“如果去告他，无论判决结果如何，在大众心中，都反而坐实了我欺负弱者的形象。”

过了几秒，梁渊突然打了一个响指，提高了声音，“我想起来了，我一个室友负责做那场演出的幕后纪录片，他应该有所有的原始素材。”

“那如果我们能找到那个场景的原始视频，不就能证明那段视频是恶意剪辑的？”叶泽琳有些兴奋地说。

“是这样，没错。”梁渊目光炯炯，“那我今天去找他要一下存储卡，要到就联系你们，我们一起搜罗一下那一段视频。”

走进空无一人的教室，梁渊唰地一下从书包掏出电脑，又从口袋里拿出一张卡，无比迅速地插进了电脑里。

方凌和叶泽琳围到了右边，江若云坐在了左边，大家目不转睛地盯着屏幕。

成群的表演者围在一起等着化妆，道具师在一旁进行着最后的检查，一个个大箱子笨重地挤在角落里。

倒数第二个视频，点开刚好是压轴演出的准备场景。看到画面中林晓雨慌慌张张地跑了进来，四人顿时屏住了呼吸。

“你去干吗了，怎么才来？”方凌的声音在画面中响起。

林晓雨耷拉着头，悻悻地摆弄着道具，似乎不敢看大家的眼睛。

过了几秒，一切声音都消失了，大家才意识到一个事实：

画面停止了。

梁渊愣住了，急忙点开下一个——也是最后一个视频。

画面中几排同学穿着水蓝色的裙子，正一个个地从后台上场。

几秒的死寂过后，大家不得不认定一个事实：那关键的一段并没有拍到。

月色冷冷地飘浮着，教室的窗户反射出了他们单薄的影像，如幽深湖水上的浮萍，点缀在窗外漆黑的树林中。

叶泽琳朝方凌瞥了瞥，她默不作声，神色变得有些凝重。

“其实想一想，不管是谁负责拍摄，遇到这种尴尬的场面都会点暂停吧。”方凌第一个从座位上站了起来，打破了凝固的空气。

“不管怎么样，真的谢谢你们。”方凌的眼角变得湿润，不知是因为感动还是悲伤。

“其实我在想……”江若云突然开口，“那段视频并不能看清口型，所以大家只能听信恶意剪辑出的语音。”

大家纷纷抬头看着江若云，教室里瞬间鸦雀无声。他顿了顿又说：“所以我在想，我们能不能按照你当时说的原话，重新录一段语音，剪辑到这段视频里面，以原始视频的名义发出去？”

“你是说，制作假的东西，来证明真相？”方凌望着他，神情复杂。

“既然有人能把真的变成假的，那我们为什么不能把假的变成真的？”

“其实感觉这倒是一个方法。毕竟，当初在现场的人也都能证明这个才是真视频。”叶泽琳眼中闪着光。

方凌却沉默不语，真实与虚假的界限，突然变得如此模糊。如果重新按原话再制作一段视频，那这到底是真的还是假的呢？一瞬间，她开始不由自主地问自己，自己证明真相的意义是什么？

“我再想想吧。太晚了，你们先回去休息吧。”方凌背上书包，冲着三人露出了一丝淡淡的笑意与惘然。

清晨的曦光变得微弱，方凌睁开眼，窗外雾蒙蒙一片。

手机锁屏跳出了来自Moonlight的消息，方凌打开手机，看到了“青骑士”的回复。

池鱼：想问问你，你有在网上被人骂过吗？

青骑士：你是在监视我的手机吗？哈哈哈哈……这不就是我昨天遇到的事，原本只是想认真探讨一件事，结果就莫名有一堆人私信来骂我。

不知为何，比起自己，方凌似乎更心疼眼前这个陌生人。

青骑士：你知道我最讨厌的是什么吗？不是别人不由分说地诅咒，而是一旦对方知道你在名校，便会强行给你贴上优越感的标签，会说别以为你是菁世的就能怎么样……从那一刻开始，理性的讨论就再也不可能了。

方凌呆立着，惊诧地盯着手机屏幕。他居然也是菁世的？这也太巧了。

方凌的手悬浮在屏幕上方，迟疑良久，不知道该回复什么。

该不该告诉他自己也是菁世的？可是如果告诉他，又会发生什么？如果他知道了自己是沈秋月的女儿，那他们还能像这样自在地聊天吗？现在他们纯线上的友谊，对方凌而言是最舒服的状态。

方凌在屏幕上缓缓打出了“我也是菁世的”，随即深吸一口气，双手停滞了几秒，又将这条消息删除了。还是不要打破现在的状态了，方凌心想。现在她和“青骑士”聊天的状态，是一种微妙的自由。

池鱼：是这样，没错。你是想讲道理，但大部分人只是想借一件具体的事情宣泄某种情绪罢了。

青骑士：有的时候越想越奇怪，现在的网络圈层这么分化，其实明明都是相似的人才能遇上，结果彼此却会因为那百分之一的不同而吵得不可开交。

青骑士：而那些百分之百不同的人，反而彼此相安无事。

方凌看着窗外的人潮，不停涌进的车辆正在驶向不同的终点。我们的世界貌似越来越大，可每个人的自我却越来越小。就像高速公路上紧挨着的封闭的车，路越来越宽，我们却蜷缩在越来越狭窄的车里。不同轿车的人永远不知道、也不想知道其他车里究竟发生着什么。我们的距离被无限拉近，只是徒增了车祸的概率而已。

青骑士：欸，你怎么突然这么问？是也碰到这种事情了吗？

池鱼：唉，是的，但过程实在太复杂，我就不细说了。

青骑士：你不要在意这些人了，他们没一个是真正了解你的。

池鱼：这大概就是所谓的：每个人都是一团火，但路过的人只能看到烟了吧。

青骑士：其实人与人之间的交流，本质上就是隔岸观火。

放下手机，方凌披上了一件薄外套，走出宿舍去上游泳课。但她还是忍不住去想：“青骑士”居然也是菁世的，那这个人究竟会是谁呢？

脚下干枯的树叶发出沙沙的声响，天地万物都笼罩在一片素白的浓雾中，远处的教学楼此时看起来有种海市蜃楼般的虚幻感。

早晨的小餐馆人头攒动，不停地响起催单的声音，操场上开始有零零星星的人在晨跑，树阴下一个五岁左右的小男孩突然哭了起来，旁边的母亲皱着眉头训斥着他。方凌用余光瞥了两眼，静静地走过，丝毫不曾减慢速度，此刻她想到了鲁迅的那句话：人类的悲欢并不相通，我只觉得他们吵闹。

方凌猛地跳下了泳池，水性很好的她什么都不用做就能轻易地浮在水面，她阖上了双眼，刻意将脸埋进了水下，想象着自己身处无限的海洋之中，这令她感到些许安心。

她感到自己就此沉沦，不停下潜到了深不见底的海底。万物就此消隐在永恒的静谧之中。

上古文明的遗迹潜藏海底，跨越了千年的朝夕，石柱上的尘埃不停地被濯洗，又夜以继日地于此地沉积。时不时有斑斓的鱼群游弋，一遍遍地环绕着断壁残垣，嘴巴一张一合，想要诉说千年前奇谲的故事，却无人聆听，发光的水母孤独地跳着舞，却永远寂静无音。古文明每个建筑的角落都刻着晦涩神秘的符文，仿佛昭示着神启，却忘记了何为光明。

石柱上精美的雕刻被缠绕的水草掩盖，水草越缠越多，不知是想要攫取那雕刻上依稀可见的奇珍异宝，还是想要奋力拥抱那一个个迷惘多年的灵魂。

一片朦胧中，星星点点的光线潜入了水底，方凌微微抬头，仿佛看见堂吉诃德骑上战马，又走入荒林。拉曼查的风车吹向田野，又散落四方。

风雨如晦，河川淼淼。

下了课，方凌匆匆路过艺术学院，却听见了一阵隐隐约约的钢琴声，那琴音非常自然，仿佛和耳边的鸟鸣融为了一体，热情却并不激越，如涛声一般，伴着周遭的脚步声回荡不绝。

似乎很少能在校园里听见琴声，方凌停下了脚步，缓缓地走进去，想要一探究竟。

琴声越来越清晰，方凌走上了几级台阶，仿佛翻越了烟雾缭绕的山峦，走进一片光影交错而成的澄明之境。

溪流轻轻跃过起伏不定的石子，蝴蝶在有规律地起舞，仿佛在踩着大自然的某个固定节奏，树叶在水中飘忽不定地游移，飞鸟稍纵即逝的影子带着一丝变幻莫测的神秘。方凌在浅浅淡淡的阳光中走向森林深处，一个熟悉的身影悄然浮现。

一楼艺术学院专属的小型演奏厅里，对面的人在专心致志地弹琴，观众座位的灯光很暗，只有摆放钢琴的地方开着很亮的灯。他的手指在黑白的疆域里飞快地移动，宛如在从容不迫地钦点着自己兵士的将领。

看到梁渊，方凌不由得惊呼："原来你还会弹钢琴啊？"

梁渊听到声音猛然往右一瞥，看到方凌不由得一愣，随即露出了一种天真的微笑。

"是啊，你还不知道吧。"他一边说着，一边弹完了最后一个音符。

"现在这里正好没人，我就来练练琴。"梁渊将琴谱收拾了起来，笑着补充说。

"刚才你弹的是什么曲子呀？感觉好耳熟。"方凌忍不住问道。

"是德彪西的圆舞曲。"梁渊立即答道。说罢，他静默着一动不动，似乎在思考着什么。

半晌，他忽然开口："我再给你弹一首吧。"说罢又立即开始触碰琴键。

急促的快板如水流不停击打着岸边岩石，云朵的倒影在水面逡巡着，孩童在浪尖上戏水。原野上的石碑镌刻着所有宏伟的功绩与光荣的往昔，它静静矗立多年，只闻涛声依旧。水流不停地奔涌，冲刷过无数的村庄与城市，涤荡着无垠的原野和麦田，夕阳在水面铺就一条金光闪闪的大道，尽显瑰丽与庄严，似乎可以通往永恒的天国。

“这是斯美塔那《我的祖国》组曲的第二乐章Vltava，我每次弹这首曲子，就仿佛能看见沃尔塔瓦河正在流向布拉格，就会感觉一切都可以被冲洗掉。”梁渊淡淡地说道，声音几乎被淹没在那奔泻而下的洪流之中。

“原来是关于捷克的呀，怪不得有种东欧民族音乐的感觉。”方凌惊叹地说，眼睛闪闪发亮。

“你知道吗？创作这首曲子的时候，斯美塔那已经完全耳聋了。”梁渊的视线游离在琴键与墙壁之间，漫不经心又若有所思。

“什么？这是他耳聋的时候写的？”方凌怔怔地看着梁渊，凝视着那变得无言的琴键。

“对，还包括很多歌剧。”

梁渊顿了顿，抿了抿嘴唇又缓缓开口。

“其实耳聋并不完全是坏事，耳聋能让他屏蔽掉一切不需要的声音。或许，这样才能让他将自己的声音听得更清楚。”说罢，梁渊深深地望向了方凌。

方凌愣了愣，有些神思恍惚。

良久，方凌用一种完全不同的目光望向梁渊：“谢谢你用这种方式开导我。你说得没错，屏蔽掉不需要的声音才能听清自己的声音。”

两人都沉默了几秒，方凌苦笑着说道："也只有在你们这里，我才值得被开导吧。在别人眼里，我早就是一个洪水猛兽了。"方凌的语气坦然，但却透着几分不甘。

头顶的灯光将钢琴的位置照得光芒万丈，方凌站在明与暗的交界处，光将她割裂开来，她面朝着光明，背后却是一排排幽深的晦暗。

"千万个目光所拼凑的都不是你，目光只能是目光而已。"梁渊轻轻说道，说罢并没有再看向方凌，而是目不转睛地看着黑白的琴键，仿佛想要从这无尽的黑白之中窥得一抹无形的斑斓。

叶泽琳像往常一样，将这个月的记账簿发给了母亲。

还没新生报到的时候，母亲就不厌其烦地提醒她每次的花销都要记账，每个月的月末都要把账单发给她过目，她要清清楚楚地看到每笔的花销。母亲说这些时那尖厉的声音加上挥舞的手势，不知道的还以为她正在做一场关乎人类命运的末日演说。

之前每个月发过去之后，母亲便没有再说什么，但今天叶泽琳刚点击发送没多久，一阵急促的电话铃声陡然响起，叶泽琳一惊，顿时没了困意。

"你居然花了一百多块钱买化妆品？"对面的声音不算太大，但听起来却震耳欲聋，极具穿透力，叶泽琳不由得皱着眉头将手机拿远了一点。

"这边物价贵……我已经尽量买便宜的了。"叶泽琳无奈地揉了揉头发答道，声音显得有些微弱。

"你素颜挺好看的，明明没必要，为什么非要买化妆品？"母亲对她的解释似乎完全不买账。

一阵长久的沉默，叶泽琳的手微颤，差点没拿稳，她立即将手机换到了另一只手上。

“喂，怎么没声音了！”对面的声音一刻不停，仿佛一段提前录好的录音。

叶泽琳深吸一口气，一字一顿地说道：“我能保证我这个月不会超支，至于具体怎么花钱，你能不能别再管了？”

“说得倒轻松，你既然花的是我的钱，我当然就要管！什么眉笔、高光粉、睫毛夹……奇奇怪怪的东西你能不能不要浪费钱，有本事你自己挣钱！对了，我让你再学一个计算机双学位的事情你可别忘了，周围的街坊邻居都说，现在就计算机最能挣钱……”对面的母亲喋喋不休，像一个憋了一年没说话的人。

叶泽琳将手机拿了下来，但并没有挂断，因为知道那样做的后果更严重。她继续自顾自地走着，面无表情，手机里的声响变得细若蚊蝇，如一条可以忽略不计却缠绕不绝的丝线。

走过几排梧桐树，她的视线停留在了校友活动中心门口贴着的一张海报上，“勤工俭学宣讲会”几个大字映入眼帘。她走近了几步，看到下方写的时间地点：八点，四教。

她抬了抬手，手表上显示七点四十五。

几乎想都没想，叶泽琳就掉头往四教的方向走，步伐越来越坚决，这是她一个偶然的决定，却又好像注定如此。她快速走进教室，此刻座位上坐着零零星星的几人人。

她直接坐到了第二排，旁边的女生正趴在桌子上睡觉。

八点到了，几个辅导员样子的人走了进来，拿着一沓纸开始给大家分发，“大家注意一下，现在发的是和我们更新后的兼职岗位，大部分是我们一直合作的机构，还有的是个人，比如自媒体和家庭。”

越来越多的人走进教室，叶泽琳余光瞥见旁边的女生慢慢坐了起来，她一转头，惊奇地看到了一张熟悉的脸——是林晓雨。

夜色一点点袭来，如黑色的颜料在清水里漫溢。方凌默默地走在夜晚湖边的小路上，光束从天边褪去，暮色从湖底升起。几片枯叶在树上摇摇欲坠，在大寒将至之前，如几个执着而肃穆的句点，为了在最后时刻完成这棵树四季轮回的漫长诗篇。

方凌坐在了湖边的长椅上，静静凝视着这潭如墨的深渊。

“方凌？”

一个熟悉的声音打破了寂静，方凌一转头，看见江教授穿着一身棕色风衣站在树下，他神色疲惫但依然目光如炬，像是白雪覆盖的火山岩。

“江叔叔，您怎么在这儿？”

“我刚在办公室备完课，看到湖边坐的人背影特别像你，就走过来看看，果然是你。”江教授笑着走了过来，“你怎么这么晚还在这里，是刚下课吗？”

“不是……我就是自己散散步，累了就在这儿坐一会儿。”

“湖面马上就要结冰了。”江教授喃喃道，呼出的气息凝结成了飘荡的水雾。

“是啊，天气越来越冷了。”方凌怔怔地望着没有一丝波澜的湖面，一阵猝不及防的晚风让她打了一个寒战。真正的寒冷，永远是来不及防备的。

江教授静立着迟疑片刻，缓缓说道：“还在想那件事吗？若云都跟我说了，你最近一定很难受吧。”

“还好，我什么事情没见过啊！”听见江教授这么问，方凌错愕了一下，强撑着挤出了一抹微笑，刻意提高了声音。

江教授望着这张年轻的脸，目光悠长。他沉默片刻，放下背包坐到了木椅上。

“只是，我第一次感受到，原来这个世界可以如此狭隘。还是说，这世界原本就如此？”方凌低着头沉吟着，对着身旁的人，仿佛又是对着自己。

“你知道吗，比起宽容，大部分人会选择狭隘。”

“因为狭隘比宽容更有力量，但宽容比狭隘更需要勇气。”江教授一字一顿地说，表情突然变得肃穆。

方凌呆坐着沉思良久，蓦地苦笑着说：“原来真的是我以前被保护得太好了，我总觉得大部分人都像您和若云那样。”夜色悄然掩盖了她眸中难以察觉的悲凉。

江教授突然笑了出来，“是吗？”他遥望着远方，又突然说道：“若云可不会这么想，他可是觉得你和别人都不一样。”

“我知道你们对我最好了！”方凌的眼中多了一束光，“我只是觉得，那些人明明没有一个人了解真相，却好像都以为自己看穿了一切。”

“看穿一切的感觉……人人都有过。我上大学的时候，也有看穿一切的感觉，成天都心高气傲的。可是到了这个年纪，经历了那么多事，就再也没有体会过那种感觉了。那种感觉，已经太陌生了。”江教授慨叹着，仿佛在追忆着什么，“其实，对一个事件越了解，反而越难以加入舆论大潮。因为认识到了一件事盘根错节的复杂性，就难以下一时的结论。”

“是啊，所以反而是那些斩钉截铁的人，多半对事实一知半解。”方凌不由得叹了口气，“不知为什么，总感觉时代越发展，这种人反而越来越多了呢。”

“其实以前何尝不是如此呢？我那个时代，其实更加狭隘。但不同的是，那个时代人们的想法多多少少都是相似的，因为大家都有着共同的集体记忆，所以即便是缺乏宽容，也不会碰撞出很频繁的矛盾。但现在不同啊，你手机上每天看的内容和我的几乎是完全不同的，现在的年轻人，是没有什么集体记忆的，大家的世界越来越彼此独立了。”

“所以事实越来越不重要了，变成了每个人的一面镜子。所有人都只想照见自己的影子。”方凌有些无奈地说道，语气含着愠怒。

江教授看着方凌，语气渐渐放缓：“但你要明白，认识世界越深入，越接近事实和真相，就越自由。知道一件事的源头是什么，因果是什么，就不会受到历史的束缚。不论别人怎样，你都要做那个更自由的人。”

“可是很多人不是了解得不够，是根本就不想去了解。就像当初批判妈妈新书的那些人，其实如果仔细看过那本书，理解了内核，根本不会得出那样的结论。很多博主拿着一些片段的截图断章取义，那些人居然就信了？而且我很惊奇的是，他们在什么都不了解的情况下，居然就能有作战一般的气势和坚决？”方凌皱着眉愤愤地说道，然后伸手拉紧了围巾。

树叶不停歇地沙沙作响，飞机闪着灯呼啸而过，隐隐约约的鸣笛声从校外传来。夜晚也并不安宁，只不过和白昼喧闹的方式不同罢了。

但在两人之间，此刻流淌着盛大的静谧。

“那些恶评，其实某种程度上也是求救的声音。”良久，江教授缓缓说道，语气包裹着难以言喻的叹息。

“求救？”方凌愣住了，一脸疑惑地转头看向江教授。

“如果一个人丝毫没有经历过创伤，那他是不可能时刻都能处在战斗状态的。他们戒备着一切，用恶言恶语形成了一圈封闭自我的屏障。”

方凌默默沉思着，微微抬头望向天边，银河系透出星星点点的光辉，照亮了无限宇宙的一角。高楼大厦旁边的信号塔正发着幽幽的红光，一不留神就混入了宇宙的星辉里。

网络就像一片苍茫的宇宙，每个人通过电子屏幕躲在一个小小的太空舱之中，虽然不能直接看到其他人的身影，但能接收到生命的信号。他们不知道对方到底是谁，但他们清楚，只要向茫茫宇宙中发送信号，就一定能接收到回答，所以他们隔着光年互相传讯，这样在苍凉的宇宙中就不会感到孤单。

“其实，他们只是一群孤独的人。”

听到这句话，方凌突然鼻子一酸，眼角有些微微湿润，她莫名感觉自己也是如此，隔着太空舱的玻璃窥视着全宇宙，如一粒星尘般孤独。

江教授突然若有所思地望向方凌，神情复杂，“你知道吗，其实你应该庆幸你不懂他们，因为你是一个很幸运的人。你拥有最好的起点，见过这个世界最广阔的图景，但其实很多人的成长经历是跟你截然不同的，他们是没有选择的，他们能成为现在这种样子，都是各种因所造就的果。”

远处的灯火开始一点点熄灭，如一个个被踩灭的烟头，骤然消失在了茫茫黑暗里。

每一种扭曲嘴脸的背后，都是千百种无法选择的悲哀。

04

腐草生萤

“为什么你从来不会信兔巴秀上的新闻？”叶泽琳坐在宿舍的椅子上突然问方凌，却不像是在闲聊，灼灼目光中多了一丝罕见的坚决。

叶泽琳不着边际的突然发问让方凌有些摸不着头脑。

兔巴秀是最近突然火爆的短视频App，它的剪辑和配音功能都极为便利，除了自己拍摄外，还有海量原始视频素材可供使用，在其中你能够随意调节声音的频率和音色，很多人使用新闻联播的素材做各种搞怪配音。

“因为……兔巴秀就是用来玩配音，用来二次创作的。”方凌低声答道，有些疑惑地看着叶泽琳。

“没错！”叶泽琳一边收拾着桌面的东西，一边若有所思地说，“我们虽然不能直接推翻那个视频，但我们或许可以让它变得没那么可信。”

“什么意思？”方凌开始认真地看着叶泽琳。

“我们可以让大家彻底意识到，其实所有视频都是可以被恶意剪辑的。”

收拾完东西，叶泽琳顿了顿，继续说道。

“我觉得我们没必要一直在争辩的圈套里打转，今天我突然意识到，我们可以跳出来，降低这件事的重要性。”

“你是说……解构它？”方凌的表情有了微妙的变化，眼中闪着奇异的光。

“对对，就是这个意思！”叶泽琳“噌”的一下站了起来。

“比如我们可以发起一个恶搞视频大赛，在网上找一个节目片段，然后发起一个游戏，看看这一段视频到底能被剪辑成多少种不同的版本。”叶泽琳的语速不由自主地加快。

方凌有些惊愕，神色讶异地望着叶泽琳，大脑飞速运转着。

“这样子的话，这个原本严肃的议题，就变成了一场游戏。嗯，确实厉害。”

“我们可以再找一些朋友先参与一下，希望能吸引更多的人来。木子肯定喜欢做这种事！”叶泽琳笑了笑，侧身做思考状，又突然转过身来。

“这件事你参与的话难免让人多想，我来做吧。”

方凌顿时语塞，神情复杂，良久缓缓说道：“没想到，还需要你为我考虑到这种地步。”

“没事，这也不费事。之前是你替我解围，现在也该我帮你了。”叶泽琳向方凌投去一个悠长的目光。清晨窗外的麻雀开始叽叽喳喳，打破了此刻无言的静谧。

第二天，一个名为“剪刀手的自我修养”的恶搞视频大赛火速在校园论坛被顶到了热度第一，梁渊、江若云和李木子将它又迅速推广到了其他学院。十五个小时过去后，叶泽琳发布的原始视频已经有了二十多个剪辑版本，而叶泽琳帖子的下方，无数同学又自发上传了其他节目的片段让大家参与。一时间，一场轰轰烈烈的游戏在菁世大学如火如荼地上演，各个学院的同学都玩得不亦乐乎。尤其是艺术学院更甚，无数种玩法让叶泽琳大开眼界，有重新配音的，有大玩蒙太奇的，有融合其他节目玩混剪的，一时间叶泽琳竟分辨不清这到底是一场游戏还是一场行为艺术。

这场游戏就像一场肆虐的大火，将所有抽芽的野草燃烧殆尽，只余绵延的灰烬和烟尘。几天过去，方凌的事情已经鲜少有人再提及。

刚上完早课的方凌推门进来，一边脱外套一边跟叶泽琳说这节课的小测多么猝不及防。

“一切，终于都结束了。”

方凌长长地舒了一口气，伸了一个大大的懒腰，语气仿佛一个征战多年的将军终于解甲归田。窗外的云朵如摇篮一般晃动着，鸟鸣声似乎也成了安眠曲。

“泽琳，你晚上有什么安排吗？我请你吃饭吧。”方凌突然打起了精神，满怀期待地望向叶泽琳。

“今天不行欸。我参加了学校勤工俭学的项目，下午要去做家教，是给一个小女孩教数学。”她冲方凌不好意思地笑着，说罢便开始收拾书包，将本子和打印好的讲义塞了进去。

今天，是叶泽琳当家教的第一天。

下了地铁站之后，叶泽琳又走了十几分钟，她不停地拿起手机查看导航，又时不时地哈气暖手，终于找到了那个别墅区的大门。

这个小区里的绿植仿佛一个个绿色的泥塑，能够被轻易地塑造成千奇百怪的样子，有着移步换景的景致。叶泽琳走过假山环绕的小路，大片的棕榈树和南天竹凝成了一片冬日罕见的苍翠，掩映着一栋白色的建筑。走近几步，红叶石楠形成的绿篱在这田园风光中构成了一道天然的屏障。她确认了一遍门牌号，小心翼翼地按下了门铃。

“你就是叶泽琳吧？快进来。”一个和蔼端庄的女人开了门，她四十出头的样子，皮肤不算白皙却散发着光泽，穿着一身点缀着写意山水的长裙，休闲又优雅，笑意溢出了眼角的细纹，“我姓徐。”

一进门，便有一阵舒适的暖风袭来。叶泽琳脱下厚外套和围巾，微微抬头，头顶的吊灯仿佛一轮温柔的太阳。

“这就是我昨天给你说的菁世的学生，来给姗姗补习数学。这个小姑娘真的聪明，面试了一下就感觉很机灵。”她一边示意叶泽琳换拖鞋，一边冲着沙发上正在看书的男人说道。

叶泽琳谦虚地笑了笑，“姗姗在房间里吗？”

“对，她就在二楼，我带你上去。”随即徐阿姨便带着叶泽琳上楼来到了小女孩的房间。

窗台上，十几个芭比娃娃摆着各式各样的姿势，炫彩夺目的衣服在阳光下一闪一闪，盛大又迷幻，仿佛在上演一场永不停歇的时装秀。叶泽琳想起来自己曾经也有一个芭比娃娃，只不过是小学的时候在学校失物招领处冒领的，它躺在暗无天日的杂物柜里，歪斜的衣领早已落满了灰尘。

“老师来了吗？”一个软软的声音从身后响起，小女孩穿着粉色的裙子，两个小辫子上系着蝴蝶结，眨着不谙世事的眼睛，活脱脱像一只天真的小熊。叶泽琳几乎从来没有在生活中见过这么明媚的小女孩，不由得愣了一下。

叶泽琳先把小学数学的知识点大概总结了一下，又出了几道变形题考了考她。小女孩时不时地有点犯困，打了几个哈欠后还是努力在认真听着。给小女孩讲解了很久作业的错题之后，叶泽琳抬手看了看表，已经五点了，差不多到下课时间了。此时房间门突然被推开。

“对了泽琳，今天是我们儿子乐乐的生日，你没什么事就先别走了，一起参加生日派对吧！有很多好吃的。”徐阿姨笑意盈盈地说道，语气带着温柔与兴奋。

“啊，真的可以吗？”叶泽琳有些忐忑地抬头问道，眼中闪着期待与迟疑。

得到肯定答复后，叶泽琳又开心又有些惴惴不安地和姗姗一起走出了房间门，到了客厅，她忍不住在心里发出了一声惊叹，这里已经被布置成了一个五彩缤纷的梦幻乐园。七八个别家的小孩也到了，他们正分散在沙发和地毯上熟练地操纵着游戏柄，面前巨大的电视屏正上演着波诡云谲的游戏画面。寿星乐乐是一个上初中的小男孩，他坐在一群小孩中间笑着说着各种游戏术语，头上戴着金色的生日王冠。各种颜色的气球布置在了每个角落里，如一片绚丽的糖果，香甜的气息漫溢在跃动的空气之中。叶泽琳又转过头走到餐厅，才发现这股香甜不只是感觉而已，一个三层的蛋糕摆在桌子上，和一旁正在招呼客人的徐阿姨几乎一样高，最上层的蛋糕上有一道绚丽的彩虹。蛋糕下面铺着的桌布是一幅蒙德里安的抽象画，各色的几何图形有着简约的秩序。蛋糕旁，一排玻璃酒杯晶莹剔透，黄昏的阳光给杯子边缘镀上了一圈金色的光晕。

“泽琳，这是林晓雨，她也是菁世的，来给乐乐补英语。你们估计还不认识吧！”徐阿姨朝着叶泽琳走了过来，她的身后猛然走出来一个熟悉的身影，叶泽琳禁不住大吃一惊。

叶泽琳强忍着心中的惊诧，回过神来之后，挂着笑和林晓雨打了招呼。

摆好蛋糕，大人和孩子们围坐在一起插好蜡烛，小孩们一刻不停地说着话，徐阿姨站起来点蜡烛，脸上带着无尽的欣喜。灯光悄然暗了下来，坐在中心的小男孩乐乐在大人的催促下许愿，他调皮地将眼睛闭上又睁开、睁开又闭上。之后旁边一个小女孩偷偷地用手抹了一点蛋糕上的奶油，涂到了乐乐的脸上。

一阵阵稚嫩的笑声漫延着，生日歌在别墅的每个角落回荡着。徐阿姨注意到叶泽琳和林晓雨的举止过于拘谨，便亲自给她们切了两块芝士蛋糕，让她们好好尝尝。诱人的醇香从舌尖钻了进去，叶泽琳突然鼻子一酸，她竟然在一个第一次来到的地方，体会到了一种独属于家的感觉。叶泽琳不知不觉地忘记了一切，融进了这仿佛永远不知疲惫的欢乐里。

窗外的最后几缕夕阳即将溜走，桌子上的食物也即将被扫空，盘子横七竖八地躺着。

“你们都是菁世的，那就结伴一起回吧。注意安全！”徐阿姨帮她们拿来了背包，对着叶泽琳和林晓雨关切地说道。叶泽琳礼貌地应和着，心中五味杂陈。

天色渐晚，凉凉的月光悄然爬上了脸颊。叶泽琳和林晓雨并排走着，两人都缄默许久，叶泽琳能感受到，林晓雨是一个寡言的人。

“很高兴认识你啊，真的好巧。”叶泽琳感到有些尴尬，就首先打破了沉默。

“是啊，没想到徐阿姨同时找了两个家教。”林晓雨终于开口。

“真没想到我刚来就赶上了乐乐的生日，刚才那个芝士蛋糕是真的好吃。”叶泽琳笑着试图把话接下去。

“不瞒你说，那是我长这么大吃过的最好吃的蛋糕。”林晓雨淡淡地说道。

叶泽琳一愣，没想到林晓雨会直接这么说。她静默了几秒，长长地呼出一口气，说出了她最想说的话。

“那个视频……你很清楚是被恶意剪辑的，对吧？”

林晓雨垂眸，抿了抿嘴，一言不发。风吹起她前额的碎发。

“其实，我是方凌的室友。”长久的沉寂后，叶泽琳缓缓说道。

林晓雨彻底愣住了，她突然停住了脚步，睁着充满疑惑的眼睛，怔怔地望着叶泽琳。

“虽然这件事实际上方凌是受害者，但你心里肯定也不好受吧，别人可能不懂，但我知道那是一种什么感觉——那是全天下都知道了自己是贫困生的感觉。”叶泽琳继续说道，似乎下定了某种决心。

“其实挺奇怪的。”林晓雨似乎被猛然触动了，她吸了吸鼻子，发出了有些沙哑的声音，“原本我心里很清楚方凌是被冤枉的，可是后来不断地收到来信，各种陌生人都在安慰我，某些时刻我真的感觉自己变成了所谓的受害者。或者说，所有人都想听到我承认，我就是受害者。”

“是啊，他们需要一个受害者，来完成他们脑海中对方凌的想象。可是，你真的希望一直当这个受害者吗？”叶泽琳问道，轻轻地叹了一口气。

“你清楚有人刻意陷害方凌，但一直没有主动澄清，其实不仅仅是因为有人因此给你寄各种东西，而是你不想再触碰那个视频，因为那可能是你最狼狈的样子。”

林晓雨的身体开始隐隐战栗，万籁俱寂的暮色里，能听见她越来越沉重的呼吸。

叶泽琳继续说道：“受害者这个标签，和贫困生一样，就像一个贴在身上的膏药，你必须要靠它来暂时止痛，但却每时每刻都想揭掉它。因为这个标签没有尊严感。”

“你想摘掉它，我也想。这就是为什么我们会在这里相遇。”叶泽琳蓦然转头望向她，声音带着无法言喻的哀戚。

林晓雨情不自禁地深深埋下头，开始忍不住地啜泣。她的头发散乱在脑后，如缓缓攀援的黑色藤蔓。

一瞬间，藤蔓爆炸成了黑色礼花。

“我知道方凌肯定很委屈，可是谁没有受过委屈呢！和我曾经受过的那些委屈相比，她这点委屈又算得了什么呢？”林晓雨的声音颤抖着，音量突然变高，几滴泪水融入了这片漆黑的海洋里。

叶泽琳呆呆地望着林晓雨被浸湿的睫毛，感觉内心深处一汪幽深的湖水被搅动了，林晓雨的脸倒映在了这片湖水里，湖水泛起波澜，另一张脸浮现。叶泽琳努力辨认着，蓦然发现这张脸就是过去的自己。

这潭浓墨般的湖水又溯洄到叶泽琳的咽喉，她一时竟说不出话来，仿佛被什么东西攫住。

叶泽琳不知道过了多久，只知道原本三三两两的归巢之鸟也没了踪影，她才能再次开口。

“如果我是你，我肯定也会觉得，像方凌这么一帆风顺的女生，一直被人捧着，偶然受点无谓的委屈根本不算什么。”

林晓雨抬起了头，理了一下刘海，渐渐平息了啜泣。

“但我想说的是，方凌和你以为的那些女生是不同的。”叶泽琳一字一顿地说道，“她知道我是贫困生，但她曾经冒着风险，甚至打破了自己的原则，只为了给我一个尊严。”

林晓雨望向叶泽琳，静默无言，如一条深海中的鱼望向模糊的海面。

第二天，林晓雨录的一个视频火速发酵，在网络上有了上万点击量。视频里，她说明了之前流传的关于方凌歧视贫困生的视频是被恶意剪辑的，她告诉了大家方凌当时完全说的是不同的话。自此，这件事终于真相大白，而整个舆论的风向也彻底逆转，支持沈秋月的人群迅速占了上风。

“真没想到林晓雨能突然之间主动帮我，看来她人还是很好的！改天我一定要好好谢谢她！”方凌突然刷到了手机上的视频，惊诧不已，然后满心欢喜地对叶泽琳说道。

那双眼睛，又变回了从前的样子，清澈动人，仿佛从未沾染过一丁点污秽，让叶泽琳不由得想起了昨天那个像小熊般天真的小女孩。

叶泽琳笑了笑，没有说话。

摄影社每学期末进山的日子到了，这次的时间刚好能赶上观看几十年一遇的大彗星。江若云自从上学期跟着方凌一起秋游之后，便常常参加摄影社的活动，这次夏季进山拍摄，方凌让他继续一起去，他便欣然答应了。

崇乐山虽然不是有名的景点，但却有着变幻莫测的风景，春夏秋冬各有风姿，并且有几条不同的上山路线可供选择。这里有着别样景致却鲜被游客打扰，很多地方还未被开发，于是这便成了梁渊的摄影天堂，每学期他都会带着社员们一起来这里取景，仿佛这里是一个寻宝图上的宝藏。

夏季的崇乐山是一个避暑的好地方，几十个同学背着大包小包，穿过了一条条凹凸不平的小路，时不时地举起相机留住一隅路边的景致。林木幽深，古树参天，鸟鸣声显得欢快而神秘。几个小时过后，疲惫的众人终于到了一处视野开阔的山头，一片树荫下，同学们铺上了野餐布，从包里掏出了各种各样的面包和零食，有说有笑地聊起了天南地北。叶泽琳加入了几个同学玩的桌游，正激烈地讨论着战况局势，江若云正和梁渊交流着刚刚拍的照片，时不时地发笑。坐在树木的荫翳之下，方凌感觉和大地更近了，青草混着泥土的气息扑面而来，远处，飘浮的白云静静地依偎着层叠的群山，满目尽是无边无际的黛绿山河。

左边十米远处，突然有什么东西动了动，方凌瞥了一眼，以为是被风吹动的树叶。过了不久，那里的树叶又动了动，但却不仅仅是树叶，还有一抹跳动的棕色，但一闪而过便没了踪影。方凌放下了手中的零食，眼睛不眨地盯了一会儿，又过了大约一分钟，繁茂的树叶上浮现出一只棕色的耳朵，但又倏忽间消逝了，如一个欲拒还迎的邀请。

方凌缓缓起身，忍不住往那个方向走了几步，一只小鹿的头猛地探了出来，睁着懵懵懂懂的眼睛。方凌拿起了相机，想凑得近一点拍下这只天真的小鹿。她一步又一步地踩着松软的泥土，挺直的青草听话地弯下了腰，她一声不响地悄然溜到了小鹿身旁的树丛里，大气不敢出。

刚一举起相机，小鹿就往一旁迈了几步，方凌便又往前凑了凑。小鹿似乎在跟她玩着捉迷藏，东走两步，西走两步，丛林掩映之中，一片又一片的光斑从方凌头顶悄然划过，方凌以为自己和小鹿还在一圈圈地原地打转，但其实不知不觉已经走了几十米。野草变得越来越高，泥土越往下走越潮湿。

“方凌呢？”江若云突然感觉身边空落落的，环顾四周，皱着眉头问道。

“欸，刚才还在这里呢啊。”叶泽琳听见了，疑惑地转过头。

梁渊的视线如聚光灯一般扫过了几十个坐在地上有说有笑的同学，依然没有看见方凌的身影。这里的视野其实挺开阔，只有左边繁茂的树丛如一道天然的屏障，流水声从那个方向隐隐约约地透过来。

“那边是什么地方你知道吗？”江若云看向梁渊问道。

“穿过树丛就是山谷，再往下走就是未开发的地方，我也没去过。”梁渊顿了顿，缓缓说道。

“我去那边看看。”江若云忽然站了起来，脸色有些不安，还没等其他人说话，他就自顾自地往树丛里走去。

五六分钟过去了，树丛的方向依然一片宁静，一个人影也没有出现，平静得如同一滴露水悄然融进了江河湖海。叽叽喳喳的鸟鸣声让叶泽琳觉得有些聒噪，她有些惴惴不安地呆坐着。

“他们怎么还没回来，不行，我要去找找。”叶泽琳“噌”的一下站了起来，拍了拍裤子上的野草和露水。

“那我跟你一起去。”梁渊急忙说道，猛地挎上背包就跟上了叶泽琳。

穿过树丛，这里的森林越来越繁茂，需要拨开树枝才能看清前路。时不时地有一条蚯蚓在泥土里蠢蠢欲动，几只瓢虫在野草里静静埋伏着，仿佛在一同密谋着什么，蜗牛驮着沉重的壳缓缓爬行着，时间在它身上仿佛变得很慢很慢，而在它身旁，是焦躁不安的叶泽琳和梁渊正快步走着。

几十米外，一只灰色野兔抖了抖耳朵，突然从江若云的眼前猛地跳过，他顺着这个小小的灰影瞥向一边，倏忽间出现了另一个熟悉的身影。“方凌！”江若云惊呼道。

方凌迅速转过头，表情如释重负，她一步步踩过横斜的野草，一边走向江若云一边说着：“我刚才想拍一只鹿，结果跟着它走着走着就不知道走到了哪里。”

“你没事就好，那我们就试着往回走吧。”江若云有些无奈地舒了一口气，环视一周，迟疑着不知要往哪个方向走。

两拨人身旁散落的阳光都越来越细碎，这意味着上方的树冠越来越庞大，枝叶越来越繁茂。

“这里真的好容易迷路。”叶泽琳有些担忧地冲梁渊说道。

“这里接近未开发的地区了，看起来没有什么人来过的痕迹。”

“欸，你看！那里的草好像被人踩过。”叶泽琳突然指着东边的野草兴奋地说道。

“去那边看看！”梁渊说着便往那个方向走。

走到了那边的草丛里，两人左顾右盼，四周却依然空无一人。

蝉鸣声铺天盖地地传来，在四面八方轰然作响。

“方凌！”叶泽琳对着一片古树喊道，试图收到回复。她的声音一发出，便淹没在了大片大片的蝉鸣中，如露珠被裹挟进了倾盆大雨，但在这巨响之中，依然有细细的声音透过密不透风的声墙。

“我们在这里！”方凌的声音随之在山涧悠悠回荡，树叶簌簌而动，似乎是她声音的回响。

“他们也过来找我们了吗？”江若云有些惊诧地说道。方凌和江若云努力辨别着那个声音的方向，拖着有些疲惫的双腿往那边走去。

走了两分钟，对面的人影越来越清晰了。

“终于找到你们了！还好没事。”叶泽琳看到方凌和江若云的身影，便快速地跑过去，脚下的树叶发出了沙沙的声响，“原来你们两个也汇合了。”说着便掏出手机点开了导航，但又皱起了眉头。

“我们应该已经走到了没开发的地方，这里没信号。”梁渊面露忧虑地说道。

面前突然飘来了一片浓雾，如同一座雪白色的玻璃罩，倒扣在这无法辨别方向的潮湿山林之中。

“什么？那怎么办啊？”叶泽琳惊异地问，然后怔怔地望着这突如其来的雾气，哑然失语。

“我们凭着记忆走走看吧。”几秒的沉默后，方凌有些无奈地说。

“都跟紧了，现在雾太大，容易走散。”江若云依然很镇定地补充道。

四人又在繁杂的树林中走了一会儿，山风时不时地拂过，带来越来越多的清凉。一些粗壮的古树渐渐浮现，它们静静地屹立着，张着遮天蔽日的树冠，苍劲古拙的树干如垂垂老矣的老人的皮肤，盘根错节的树枝如张开的大手，小心翼翼地捧着上面几个黑黝黝的鸟巢。天色越来越暗了，四人纷纷打开了手机上的手电筒照亮前路。

面前出现了一条分岔路。左边的路看上去有些光秃秃，砂石和泥土随意堆积着，而右边的路两边枝叶繁茂，几只羽毛靓丽的鸟栖息在树冠上，发出迷人的鸣叫，路边肆意生长的野花绽放着缤纷的光彩，如同一个个斑斓的诱惑。两边的路都只能看见几米远，远处全被一片大雾笼罩着。

"哪边的路是回去的路啊？"叶泽琳完全摸不着头脑。

"应该是左边吧，右边的路太漂亮了，更像是通往未开发的原始森林的。"方凌迟疑了一下说道。

几人纷纷表示同意，于是大家便顺着左边的路继续往下走，脚下的碎石随着四人的步伐而晃动着。不知不觉中，黑暗彻底侵入了连绵的群山，手电筒发出的光显得越来越亮，大家照一照地面又照一照前方，一束束光变成了可长可短的金黄利剑。头顶的月亮素洁而神秘，在月色之中他们变成了一个又一个晃动的剪影。

他们继续走着，隐约发觉脚下的泥土变得越来越湿滑，空气中弥漫着类似于雨后的清新而潮湿的气息。身旁的树木越来越高大茂盛，一些树上还结着他们从未见过的果子。又走了几十米，身旁树冠上的黑色野果摇摇欲坠，梁渊瞥了一眼便迅速摘了一个，随手放进了背包里，树枝抖动了一下，几只蜜蜂飞了出来。

一个不愿面对的事实摆在了所有人的面前——他们误入了原始森林。

方凌紧张地用裤腿擦了擦手心冒出的汗，此时她的心里七上八下。她没有想到，原来进入原始森林的路会那么荒凉，而右边靓丽的鸟栖息的地方，才是通向已开发地区的路。

突然寂静之中响起了一声惊呼，方凌一脚踩空了，沿着一个坡面猛地滑了下去。

叶泽琳吓得叫了起来，大家顿时脸色煞白，惊异地睁大了眼睛，缓过神来之后，一点点搀扶着走下这个有些陡峭的坡，紧张到不敢呼吸，全力抑制着脑海中此起彼伏的恐惧。

这个坡并不长，三人大概走了十几步，却仿佛走过了无比漫长的隧道，他们低着头紧盯着脚下，生怕走错了一步。终于到了坡底，他们用手电筒向前照了照，看见方凌好好地坐在地上，顿时松了一口气，她蜷缩着，身躯显得瘦弱单薄。她的身边，溪水潺潺流淌，在一片黑暗中反射着幽幽的光。

此刻几人突然一抬头，看见了一个让他们目瞪口呆的画面。此刻的他们还不知道，多年之后，这个画面依然会时不时地再次浮现在他们的梦中。

水流之上，一大片飞舞的萤火虫散发着黄绿色的荧光，那种光，比手电筒的光束柔和，比清冷的月色明艳，如林间灯火，如月溅星河。

方凌刚刚陷进了水边的淤泥里，运动裤上满是黑色的污迹。胆战心惊地翻山越岭之后，所有人的身上都沾满了黏稠的泥土和杂乱的野草。他们带着一身污垢，呆呆地面对着此时此刻纯粹的美。

月亮倒映在水面，上方的萤火如漫天繁星闪烁。世界此时仿佛是一个巨大的镜面，分不清是谁倒映着谁。恍惚之中，不知是他们到了天国，还是星河降落凡尘，变得触手可及。

“萤火虫喜欢生活在潮湿、多水、杂草丛生的地方，这里杂草多又有溪流，也难怪会碰到这么一大片。”江若云静立着说道。

梁渊思考片刻沉吟道：“原来我们刚才走的，才是深入未开发地区的路。”

流萤奋力飞舞着，尾部仿佛在发着永不熄灭的光。人迹罕至之处，所有的美都变得无比肆意。“它们今晚会一直发光吗？”叶泽琳在一旁呆呆地问道。

“其实萤火虫成虫的寿命只有不到一周左右，发光也只能维持两三个小时。”江若云淡淡地说道，语气透着平和的喟叹。

从卵到幼虫、到蛹，再至成虫，这昙花一现的闪耀之前是漫长的蛰伏，方凌目不转睛地盯着晃动的萤火，又抬头看了看澄澈的星空，似乎觉得二者并无差异，那是一种极其原始的光芒，是一种毫无遮掩的灿烂。

萤火生于腐草，星光与尘埃相随。

梁渊从包里掏出了刚才摘的野果，放到溪流里冲洗了一下，随即咬了一口。

“你刚才摘的是什么果子呀？”江若云望着梁渊问道。

“我也不知道。”梁渊不好意思地笑了笑。

“山里的果子可以随便吃吗？小心出问题。”江若云霍然一惊，面露忧虑。

“你放心吧！我从小到大在各种山里玩惯了，已经有了一种判断野果能不能吃的直觉。”梁渊的眸中露出了一抹无比天真的笑意。

不知为何，世界此时更安静了一些，方凌感觉心中的隐秘群山也安静了。方凌闭上了双眼，身体微微前倾，是一种探听的姿态。

“你在听什么吗？”叶泽琳在一旁轻轻问道。

刹那间，方凌不知如何答复。准确地说，她也不知道自己到底在听什么，可她确实在试图聆听，试图寻找着某种难以言喻的微妙振动。她呆坐了几秒，恍然间猛地意识到了自己究竟听的是什么。

她在听寂静。

寂静是这个时代所有技术所不允许的，所有产品都在鼓励你不断地输出、不断地喧哗，信息的输入和输出都变成了一场场永不停歇的盛大狂欢，缄口不言则意味着被时代洪流所淘汰的危险。沉默让人们不安，因而在不知不觉中，人们渐渐不再适应真正的寂静。但没想到，今时今日，方凌竟在这盛大的寂静之中，感受到了无与伦比的生命力。

他们的倒影在水面上摇晃，然后被树枝剪碎。溪水汩汩流动，跨越了倒影中的斗转星移，无论夜晚有多暗，溪流都知道它明天的方向。

忽然之间，溪水中溅起了水花，雨点降落了。他们的脸颊出现了丝丝凉意，衣服上的泥土更加黏稠了。夏季的山谷，雨水就是比别处频繁得多。

“下雨了！我们走吧，看看有没有能躲雨的地方。”叶泽琳从萤火的光辉中回过神来，有些焦急地用手挡起了雨。

方凌刚一站起来，就又差点滑倒。小心翼翼地再次抬起脚时，她的眼前突然出现了一只手，抬起头，只见梁渊笑着说：“我拉你上来吧。”方凌愣了一下，便拉住了梁渊的手，沿着坡一步步走了上去。

雨越下越猛烈，如势不可挡的千军万马，扬起了一片朦胧的水雾。几声闷雷轰然作响，四人狼狈地举起了背包挡雨，有些手忙脚乱地踩着泥泞的山坡跑了起来，试图寻找一棵树冠庞大的古树。

不知走了多远，他们眼前突然浮现了一个破败的木屋，如一个遗世独立却行将就木的老者，一根根斑驳的木条堆积，勉强支撑着已经有些弯曲的屋顶。风吹响了屋顶的茅草，如一声沉重的喘息。它的四周尽是比它高出很多的松柏，那些葱郁的松柏昂首挺胸，而这个木屋却无言地佝偻着，耷拉着灰蒙蒙的头。山间吹来的，是无尽的孤寂。

四人纷纷愣住了，走上前去想要一探究竟，身后斜溯的雨水还在淅淅沥沥。

“等一下！”江若云突然说道，他缓缓走到门檐处，从书包里掏出了一个本子，在门口的各个角落仔细地挥了挥，大片的蛛网旋即跌落下来。

这里的门已经不见了，他们便直接走进了木屋，房子里几乎空无一物，只有一个缺了角的木桌和几个残破的竹篮。

“这里应该已经被废弃很久了，感觉是很久以前建的。”方凌思忖着说道。

“什么人会在未开发的地方建一个木屋呢？”叶泽琳环顾四周喃喃道。

“或许那个时候，根本没有什么开发与未开发的区别。”梁渊用手帕随意擦拭了一下地面经年堆积的厚厚灰尘，然后迅速地坐在了地上，闭着眼，放松一下脖颈。

“正好，我们就在这里等雨停吧。”江若云仔细地扫视着这里的每个角落，又吹了吹桌子上厚厚的灰尘，似乎想要寻找一些岁月留下的蛛丝马迹。

门外的雨如细线般编织着暗夜的云锦，四人拖着疲惫的身躯坐到了地上，一言不发地倾听着外面滴答的雨声。此刻这栋弱不禁风的木屋仿佛是一个小星球的大气层，替他们遮风挡雨，而星球之外，流转着无数个光明与暗影的轮回。

以天地为栋宇，屋室为裈衣，不外如是。

渐渐地，轰鸣的雨声消逝了，乌云一点点散去，夜幕被濯洗得格外明澈，繁星在野，世间万物皆沐浴在星河的光辉中。四人走出了房门坐在了门口的草地，倚着粗糙的木条，望向天边那份纯粹的空明。

“你们有以后特别想做的事情吗？”叶泽琳仰头望着星空，突然轻声问道。

“我想环游世界，想去的地方太多了，比如，一直想去智利的阿卡塔马沙漠观星。”方凌笑了笑，眼中闪动着纯粹的向往。

“这种事情……我还从来没想过。”叶泽琳低声喃喃道。

一分钟的寂静后，江若云缓缓开口：“其实我学法学是想以后专门做法律援助，我几乎从来没有给别人说过，因为似乎没有人会觉得我是认真的。”

“我信，可是为什么呢？”叶泽琳望向江若云，疑惑地问道。

“五年前，我旅游的时候路过一个村子，看见一个老奶奶被一个中年男人打骂，我看不下去了就过去阻止，那个男人就骂咧咧地走了。”

“然后我就和那个老奶奶聊了几句，结果没想到那个男人就是她儿子。她告诉我说她这么多年一直无人赡养，甚至还被儿子打骂。我跟她说其实可以走法律程序让他尽赡养义务，她说她哪有钱搞这些，也完全不懂法。”

“最后她说了一句，‘你是这么多年来唯一愿意听我说这些话的人。’”

江若云沉思着说：“如果像我爸那样走文学道路也许也能帮助这些人，但学法学或许能更直接一些。”

“已识乾坤大，犹怜草木青。”方凌冲着江若云微微一笑，“你就是这样的人。”

“原来你们都有那么宏伟的理想，我嘛……我只想过得舒服，拍拍照、弹弹琴、画点画，可以做和专业有关的，也可以做完全无关的。我没有梦想。”梁渊突然笑了出来，摆弄着手中刚捡来的漂亮石子。

“这样也很好啊！真的很羡慕你们这些能把兴趣爱好做得这么好的人。”叶泽琳笑了笑，表情却怅然若失。

“那你的爱好是什么呀？”一旁的江若云问叶泽琳。

“我……”叶泽琳愣了一下，支支吾吾了半天，然后沉默了。

方凌感受到了叶泽琳的窘迫，连忙笑着说道：“没关系，从现在开始发展一个也完全不晚嘛！”

叶泽琳低着头欲言又止，抿了抿嘴良久开口：“其实我也并不是没有爱好……我初中的时候有个体育老师教过我们跳舞，然后我就喜欢上了跳舞。那个老师说她也在外面带课，我就想报舞蹈课专门学一学，但爸妈觉得学舞蹈又费时间又费钱，跟我说如果前三节试听课学不好就别学了。”

方凌有些惊愕地望向叶泽琳，神色复杂。

叶泽琳继续自顾自地说道：“于是前几节课我就拼命地学，晚上回家之后写完作业就开始练动作。可是到最后，我发现自己还是跳不好，那时我就不得不承认，我一点天赋也没有。”

叶泽琳不由得再次想起了六年前那段难以言喻的时光，当拼命练舞练到手脚发麻时，内心的绝望与自我厌恶就会在暗中吞噬掉她。

“之后有一次初中班里要填一个信息收集表，我在兴趣爱好一栏填了“跳舞”，后来班里准备文艺汇演的时候，班长就问我能不能上台跳舞。我当时真的直冒冷汗，因为我根本跳不好。从那以后，我就再也不敢给别人说我的爱好是跳舞了。说起来你们估计不信，虽然舞蹈是我的爱好，但经过这些之后，这个爱好从来没有给我带来过放松的感觉。”

“那时候我就明白了，如果爱好恰好是你不擅长的事，爱好就会变成一种负担。这种负担不是任何人强加给你的，却怎么甩都甩不掉。”

“其实，你能那么努力去练习就已经比大部分人都强了。”方凌轻声说道，试图安慰她。

“这个时代，一个人的进取心要么来源于爱，要么来源于恐惧。”叶泽琳苦笑着说，她的睫毛微微颤动，“像若云那样的，就来源于爱。而我，这么多年所谓的进取心，现在回想一下，大概都是来源于恐惧吧。”她悄然叹了一口气，自己也不知道自己为何忍不住要说这些埋藏已久的往事。

方凌讶异地看着叶泽琳，一言不发，世界似乎又有一个冰封的角落露出了荒凉的地表。

江若云垂眸轻轻说道：“其实你也不必这么想，爱和恐惧原本就是交织在一起的。你的恐惧源于你对舞蹈的热爱，而我所谓的爱也掺杂着害怕自己有朝一日也变成弱势群体的恐惧。”

两三只鸟飞出了鸟巢，树冠簌簌作响，风声就藏身在那上百年的树干里，藏身在纷飞旋转的叶脉里。

“先忘记这些事情吧，都已经过去了。”梁渊淡淡地说道，风摇晃着他额前的碎发。

“我们面前的星光是无数个光年以前的。”方凌突然喃喃道，而实际上她想说的是：裹挟着我们的，一直是宇宙的往昔。被过去所包围的我们，真的能完全挣脱过去吗？

江若云微微一笑，仿佛听懂了方凌的心声，“但罗素说过，如果这个世界是五分钟前创造的，也毫无违和感。”

“所以，当下才是我们唯一能确定的真实。”梁渊低声嘟囔着。

宇宙此刻仿佛坍缩回了一个奇点，一切都被凝固住了。一只蟋蟀高高地跃起，然后落在野草中一动不动。

“所以今天就忘记过去吧。今天，只虚度时光。”片刻的沉寂之后，梁渊笑着挠了挠头，星光倒映在他的眼睛里。

“没错。”方凌笑了，眯着眼睛伸了伸懒腰。

倏忽间，天边出现了一抹奇异的光亮，如流星般发着悠长的光，但比流星更加夺目，更加势不可挡。“是彗星！”大家突然都激动了起来。

由无数宇宙寒冰组成的彗星扫过已经消隐的太阳，气体云反射出耀眼的辉光，如奔腾着的天驹扬起的万丈星云和尘埃。由于太阳风的影响，彗尾总是指向背离太阳的方向，却可以发出恒星般的光芒。梁渊从包里迅速地拿出了一个望远镜对准彗星。

“你看见什么了吗？”叶泽琳睁着充满好奇的眼睛，眼巴巴地望着梁渊手中的望远镜。

“你看！现在能看到很明显的夏季大三角。”方凌指着东南方的星空对叶泽琳说道，“西边那颗就是织女星，往东一点就是天津四，东南边的那颗就是牛郎星。”

“你用望远镜看看吧。”梁渊说着便将望远镜递给了叶泽琳，“不过这是口径不大的双筒望远镜，不能看得特别清楚但视野宽。”

叶泽琳小心翼翼地接过望远镜，无比兴奋地举了起来。朦胧的彗发和流星般的彗尾在她的虹膜上就此镌刻了下来，直到许多年后，依然犹在眼前。这抹缓缓移动的光芒背后，夏季大三角如一个原始的图腾，庞大而神秘。流淌的银河从三角的中心穿过，粉色与紫色的星云交织着，如宇宙作画时洒下的一串湿漉漉的颜料。

叶泽琳举着望远镜的时候，梁渊站起身来在四周转了转，突然摘下了几片榕树叶，轻轻拭去叶片上黏附的灰尘，两三下把榕树叶卷成圆筒状，然后把一段压扁，放在嘴边竟然吹响了，婉转的乐音仿佛清脆的鸟鸣，又似远古的号角。乐音和风声一道，从山谷深处传来了悠悠回响。

“树叶居然还能吹响啊！”叶泽琳惊奇地望着梁渊。

“是啊，而且我一直觉得，树叶吹出来的声音比所有乐器都好听。”

刹那间，方凌已经分不清这声音是梁渊吹出来的，还是树叶自己唱出来的。群山的影子仿佛在慢慢扩展，包裹着一种宽大的仁慈。

“都渴了吧，我还剩几瓶水。”梁渊放下了树叶，伸进包里拿出了四个小瓶矿泉水，渐渐神色若有所思。

“今天真的很神奇。”叶泽琳轻声喃喃道，“以前的我，只要一闲下来，就会忍不住地焦虑。可是今天，竟然完全没有那种感觉了。”

“你们知道我觉得什么才是真正的自由吗？”梁渊笑了笑，仰头大口地喝了几口水，“虚度时光而毫无愧疚。”

听到这句话，叶泽琳的心隐隐作痛，又仿佛被什么击中一般，心中的幽深森林开始电闪雷鸣、湖面翻滚。

大家纷纷拧开了瓶盖，瓶中的水跳动着。方凌突然笑着说了一句："干杯吧。"

四个透明的矿泉水瓶碰撞到了一起，透过水面，下方的草蔓似乎也如水草般游荡。不同于平日高脚杯的脆响，这一次的碰撞几乎是无声的，但方凌心中的某个角落却如礼花般爆裂了。

"庆虚度时光而毫无愧疚的自由。"方凌轻轻说道，心中的烟火绽开了。

恍然间方凌有种错觉，那种快乐，仿佛一辈子也挥霍不尽，抑或原本就理应挥霍不尽。

日月星辰，此时此刻都像鱼一样，游荡在宇宙之海中。

霞光万丈，一束璀璨的金黄从天边降临，如一道让万物生长的神谕。山峦明暗分明，峭壁在阳光下变成了柔和的茶色，远处的群鸟飞过，又蓦然钻入了翻滚的云海。远处的村庄飘荡着缕缕炊烟，和上方乳白色的云雾相接。

"我们往回走走看吧。"方凌从木屋里铺着的野餐布上坐起来，张望着远处的曦光。清晨的鸟鸣声如细密的鼓点，他们背上背包便开始往外走。昨日的雨水混着清晨的露水，一股罕有的清新扑面而来。

耳边的水声越来越大，穿过前面几颗粗壮的树，瀑布猛然映入眼帘。纷飞的水帘激荡着水花，飘扬出了朦胧的水雾，各式各样的奇石散落在水流的四周，如同山林搭建出的一座瑰丽舞台。而在瀑布的中央，横亘着一道彩虹，飞跃的水珠丝毫不能遮挡它的光彩。

"太美了吧。"叶泽琳不由自主地喃喃着。

"以前一直没发现这里还有这么好看的瀑布。"梁渊诧异地说道。

瀑布的水，明明是跌落，却绽放出了最美的姿态。四人站在几块较大的石头上，对着瀑布凝视良久。

踩过碎石又走了十几米，人群熙熙攘攘的声音从前方传来，声音由远及近，如午夜十二点的钟声，水晶鞋消失了，马车变成了南瓜。

小星球没有了，但银河还在。

“有信号了！”叶泽琳兴奋地喊了起来。

走出了树林，一队穿着校服的小学生出现，长长的队伍躁动不安，前面举着旗子的老师不停地回头看一看。

“天啊，手机要炸了，一百多条新消息……”方凌拿着手机一脸难以置信。

“他们居然报了警……”梁渊的声音在旁边幽幽地响起，让所有人都猛然惊出一身冷汗。

“感觉半个学校都知道我们四个在山里集体失踪的事情了。”江若云的手扶在了额头上，不由得挂上了愁容，“我得赶紧跟我爸说一声。”

柔和的阳光下，树叶的影子在微风中摇晃着，时不时地有蜜蜂和蝴蝶从一旁飞过，去采撷远处不知名的芬芳。找到大路之后，他们也快步向山下走着，伴着一路的花香。

“我这几分钟已经看到了四五个版本的故事了。”方凌语气无奈地说道。

“我的天！这么多人都以为我们被绑架了。”叶泽琳又凑近手机看了看，震惊不已。

“我觉得……我们要不想个办法让所有人都知道我们平安无事？”江若云低声咕哝着，“要不然，这个事情还不知道要解释到什么时候。”

此时大家的表情都像受了惊的小鹿，微微低着头，眼神无辜又惊慌。

方凌沉思良久，脸上的紧张渐渐消退，“对了，诗社不是已经和广播台合作了吗？我们不如一起去参与一次合作的栏目，这样大家都能通过广播台听到我们。”

校园里下课铃声响了，人们熙熙攘攘地鱼贯而出，让学校里的各条主要道路都变成了流动的“河”。不一会儿，淅淅沥沥的雨点开始落下，人群的流速变得越来越快，各种声音混杂在一起，仿佛被雨水搅动着。在一片升腾的喧哗之中，一个小屋子里却格外宁静，方凌和江若云戴着监听耳机，少顷打破了沉寂。

“大家好，我是商学院的方凌。”

“大家好，我是法学院的江若云。”

“欢迎来到诗社和广播台的合作栏目——掬水望月。接下来，由我们为大家读几首社团成员的作品，第一首是我上周写的一首小诗。”

紧接着，方凌清脆的声音便又响了起来：

迷路于沙漠的蒲公英
没有邂逅乞力马扎罗的积雪
却被塔克拉玛干的阳光打湿

栖息在白桦林的枝丫
没有被大兴安岭的雨水抚慰

却被西伯利亚的寒风温暖

漂泊在半空的浮尘
没有被南太平洋的海风带走
却在亚马逊黏稠的雨水里停驻

倦怠于喧哗的野猫
没有在拉斯维加斯的灯火中沉睡
却在美索不达米亚的静谧中醒来

雨水浓重而黏稠，如一个连绵的逗点，似一份难舍难割的回答。梧桐叶盛接着下落的雨水，再把它们送进广袤的湖里，仿佛在为雨滴指认湖水的方向。

“请问这首诗的名字叫什么呢？”广播站里，一旁的主持人问道。

方凌原本写这首诗的时候，是没起名字的。她顿了顿，思索片刻。

倏忽间，一个清亮的女声从校园的喇叭传来，回荡在每个有人或无人的角落。

“腐草生萤。”

05

灰 烬

这条路，叶泽琳已经熟悉得不能再熟悉了，每一块砖头的摆放位置她都一清二楚。可是此刻她深深地低着头，只想赶紧走过，越快越好。

她的余光突然从右边瞥见了一个熟悉的身影，她皱了皱眉，又将头埋得更深了一些，尽量往路的左边挪了挪。

然而那个熟悉的尖厉声音还是不由分说地响起了，如刺向她耳膜的利剑。

“叶泽琳！”一个身材敦实的女人猛地从旁边的小餐馆中大步走了出来，不大的眼睛散放着有些骇人的锐利锋芒，仿佛一只看到猎物便俯冲下去的老鹰。她扎着高马尾却依然难遮乱蓬蓬的碎发，粗糙的白色围裙上还沾着些许油渍。她的手上还晃动着几张纸和一块抹布，矮小的身躯走起路来却气势磅礴，如一个擂鼓鸣锣的女战士。

叶泽琳深吸一口气，有些绝望地停下脚步，闭上了眼睛。

这个暑假，叶泽琳和方凌、江若云、梁渊一起组队进行学校要求的社会调研，其中一个选题是调研海滨城市胶城及其周边的产业转型，在众多选题中其他三人都不约而同地选中了这个，虽然各有各的理由：江若云说他关注胶城的产业很久了，方凌说她最近就是很想去海边转转，梁渊则兴奋地说他最喜欢的歌手就是胶城人。当时的叶泽琳见状，沉默着一言不发，心中只是想着，一切都好说，就是千万不要一起撞见她爸妈。

叶泽琳的老家，就是胶城旁边的一个贫困县。巴掌大的地方，什么都是逃不过的。

“你不是跟我们说暑假一直在学校附近实习嘛！怎么突然一声不吭地回来了。”旁边的尖锐女声又接着响了起来，不留片刻喘息的机会，让人根本分不清是关切还是责备，抑或这个女人根本就不想去尝试分清，她眼中那一闪而过的惊喜也被这来势汹汹的声音掩盖了。

叶泽琳闭着眼睛，想象着自己突然凭空消失在地面，不想看到此刻其他三人的表情。旁边一只干瘦的野狗拖着倦怠的尾巴，在散落四处的垃圾中翻找着食物。

“我是和同学来这里做社会调研……学校要求的。”半晌，叶泽琳低声艰难地挤出了几个字。一辆摩托轰然驶过，将她微弱的声音湮没。

这个矮壮女人的头顶上，“叶家小厨”的招牌已经褪色，空中的电线乱糟糟地横过这几个大字，远处的人已很难辨认招牌上的字。透过玻璃门，可以隐隐约约看到里面的顾客寥寥，两三桌的食客正慢悠悠地吃着饭，他们的周围是八九张空荡荡的餐桌，如同为他们防守着的护卫兵。

“这就是你的同学吗？”叶泽琳的母亲扫视一周问道。

“阿姨好！”还没等叶泽琳回答，方凌就急忙冲着叶泽琳母亲露出了如太阳般灿烂温暖的笑容，这种笑容在陌生人看来无比自然而亲切，可是叶泽琳知道，这种看起来极其自然的笑容，只有在方凌感觉不自在的时候才会露出来，如一面使用多年的铠甲和屏障。

此时不知为什么，叶泽琳不敢看方凌的眼睛，仿佛在这满街的烟尘和污垢之中，她们之间陡然竖起了一道无法逾越的高墙。

一阵骚动的笑声传来，右边的海鲜店熙熙攘攘的人群正鱼贯而入，鼓点强烈的音乐响起，三个染着红色、黄色和绿色头发的女生开始在这家海鲜店刚进门的地方热舞，她们个子不高、长相略显稚嫩，可是浓重的眼妆和鲜红的嘴唇在她们的脸上倒也不显得违和，她们穿着黑色紧身衣和略显暴露的短裙，正对着每个刚进来的顾客扭动着妩媚的身姿，时不时操着方言说几句欢迎的话。旁边有人举着手机热火朝天地帮她们直播，一个个刚涌进来的顾客正目不转睛地打量着她们，露出了有些不怀好意的目光。一时兴起的顾客们似乎又增大了饭量，这家海鲜店的生意瞬间火爆了起来。

而左边的叶家小厨依然门可罗雀，在热闹非凡的海鲜店旁边，显得格外落寞，只有后厨排风机的嗡嗡声如同一只恼人的蚊子在耳边盘旋。

“你们等我一下。”梁渊的声音突然响起，大家还没反应过来，他便一溜烟不见了踪影。

他跑进了街对面的精品店，过了一会儿，拿着一把棕色乌克丽丽走了出来，猛地坐到了叶家小厨门口的一把破旧藤椅上。他什么也不说，拿起乌克丽丽就开始弹唱，刚唱了一句“Starry starry night”方凌就听了出来，是Don Mclean（唐.麦克林）唱的*Vincent*。

旁边躁动的鼓点仍不知疲惫地上蹿下跳，但它仿佛已经不是这个世界的声音了。叶家小厨门口，纯净的歌声如同一阵拂过苍生的清风，给这个炎热潮湿的小镇带来阵阵微凉，椅子上破损的藤条如肆意生长的林间草木，尘土飞扬的小镇被涂抹上了淡蓝和金黄的油彩。几只鸟落到了灰蒙蒙的电线杆上，开始你一句我一句地鸣叫，似乎它们已经栖息在了葱郁的高大枝丫上，远处的丘陵与水洼是绵延不绝的山川湖海。缓缓弹唱的梁渊时不时地轻轻闭上双眼，一身休闲牛仔如蓝色的精灵，年轻的声音清澈而悠长，仿佛流淌的时间此刻已不复存在。

人群的骚动声渐渐变小了，开始有人循着声音好奇地走向叶家小厨，不知不觉间，门口已经围上了一圈又一圈的人，他们的表情混杂着陌生与错愕，这声音对他们而言仿佛是天外来客。

他们完全不知道，在破败小镇这喧腾的乏味之中，他们应该如何安放这样的声音。

过了几分钟，他们似乎放弃了对安放这声音的尝试，只是静静地聆听，越来越多的人走进了叶家小厨，他们点了几个小菜，目光却一直向外探看。这个生意冷清的小餐馆顿时重焕生机，店里的服务员不能再继续清闲了，火急火燎地张罗着点单和上菜，一时之间，叶家小馆内人头攒动。一旁海鲜店那骚动不安的热舞场面也渐渐灰溜溜地平息了下来。叶泽琳的母亲在门口目瞪口呆地看着这一切，仿佛这样火爆的生意是一幅无比陌生的图景。

“你们到胶城这边多久了？”琴音刚落，叶泽琳母亲便对着他们几个问道，一边问一边打量着他们，目光好奇又带着难以言喻的复杂，尖锐的声音突然变得柔和了许多。

“也就是一两天，刚路过这里没想到就碰见了您。”方凌笑着答道，她穿着一身搭配巧妙的高端潮牌，散发着一种灿烂却不耀眼的光芒，与旁边杂乱的砖块和木屑堆格格不入。

“天快黑了，如果你们不嫌弃，可以在我们家住一晚。我们家虽然简陋，但刚好多出来两个小房间，你们可以挤一挤。”叶泽琳母亲冲方凌说道，露出了罕见的微笑。

叶泽琳心中一惊，紧张地皱了皱眉。她这一趟最害怕的事情真的要发生了吗？那狭促的空间和有霉斑的白墙，还有那些挥赶不去的苍蝇，她真的害怕让别人看见，尤其是方凌。

“我们家你们肯定住不惯，还是再走走，去住附近的酒店吧。”叶泽琳急忙说道，她看向方凌又看了看母亲，眼神近乎哀求。

“谢谢阿姨的好意，我们去附近的酒店就好，不麻烦阿姨了。”江若云仿佛瞬间看懂了叶泽琳的眼神，立即应和道。

叶泽琳母亲气呼呼地瞪了叶泽琳一眼，“你这是什么话！同学大老远来一趟，你都不想请人家到家里坐一坐吗？”她的声音又变得尖厉起来，叶泽琳顿时低下了头，不敢再说话了。

“我都可以的！反正住哪里对我都没什么区别。”梁渊的双眼闪着纯净又天真的光，他的手中还拿着乌克丽丽，如一个不谙世事的孩童把玩着心爱的玩具。

叶泽琳母亲顿时表情欣喜，急忙带路张罗着让他们过去，叶泽琳的心凉了半截，紧抿着嘴跟了过去。

来到一对歪斜掉色的对联前，就到了叶泽琳的家，旁边是一个海鲜批发市场，吵吵闹闹的方言夹杂着街边冰棍的叫卖声，直到晚上才平息。门口躺着的废罐头瓶总是又多又乱，三轮车吱吱地开过，难免会压过几个罐头瓶。街角的理发店还贴着三十年前的潮流样式，晃动着水波一般的灯光。街边小店的金属卷闸门被一个个地拉了下去，发出一模一样的巨响。只有路上横七竖八的小广告还在活跃着，时不时地被风吹起、散落四方。

暮色低垂，方凌和叶泽琳住叶泽琳的房间，此刻正从包里拿生活用品。墙上糊着的旧报纸一层又一层地交叠着，被窗户透过的晚风吹响，隐隐混着一点海鲜的腥味。

“对了，你爸爸呢？这么晚了还没回来吗？”方凌无心地随口一问。

叶泽琳沉默良久,“估计又是去打麻将了吧。”她顿了顿又说道：“其实……他不是我爸，是我继父。我原本也不姓叶。”

方凌霎时愣住了，半晌，她小心翼翼地吐出了几个字：“那……你爸爸呢？”

叶泽琳苦笑着摇了摇头：“我也不知道。”她走到书桌前的柜子旁，打开了一个抽屉，在一个脏兮兮的芭比娃娃旁，有一张泛黄的照片。那是一张三人的全家福，里面的男人穿着黑西装，黝黑的脸庞露着憨厚的笑容。

“照片上这人才是我爸爸。这张照片原本放在我妈的一个相框里，后来她取了出来放到了我房间。但有好几次，我看见我妈偷偷走进我房间找出这张照片，看了一会儿又放回去。”她指着照片里面的男人，表情陌生又哀戚。

方凌的心中生出了无数的震惊与疑问，如巨大的泡沫，这一刻她并不敢触碰。

白墙上的苍蝇停驻了片刻，又猛然间飞走了。

清晨，一阵争吵和啜泣声隐隐约约地传到了方凌朦胧的睡梦中，她缓缓睁开眼睛，看见叶泽琳走了进来，她眼睛有点肿，脸上还挂着泪痕。

“你怎么了？”方凌突然清醒了过来，讶异地问。

话音刚落，叶泽琳惊了一下，急忙用手擦了擦脸颊，低着头咕哝着：“没什么。”

但从这之后，叶泽琳便一直一言不发，仿佛什么东西扼住了她的咽喉。

午饭的时候，一个干瘦的男人出现了，他个子很高，给人一种遥不可及的错觉，灰色无袖汗衫透着一点点白色的汗渍，发黄的面色如洪水泛滥后的沉淀的泥浆，有些疲惫的眼睛流露出了些许执拗与冷酷。他径直坐了下来，和叶泽琳始终连目光都没有接上。

“你要吃多少米饭？”叶泽琳母亲擦了擦简陋的木桌，冲叶泽琳问道。叶泽琳依然不说话，冷冷地走到厨房，拿起勺子盛出了自己的饭，猛地坐到了椅子上。

“你们今天有什么安排？要去哪里？”叶泽琳母亲又问道，而此时叶泽琳把头埋到了饭碗里，自顾自地吃着饭，似乎处于另一个时空。江若云见状连忙说道：“我们今天先去附近的几个水产厂调研，已经约好了负责人。”他随即望向叶泽琳，神色困惑。

“你什么意思！有必要这样吗！”叶泽琳母亲突然把筷子一摔，站起身来冲叶泽琳喊道，其他人都被吓了一跳。叶泽琳却仿佛什么都没听见一样，头也不抬地继续拨弄着勺子，脸庞如一潭平静的死水。

“不就是烧了你一个本子吗！”叶泽琳母亲的声音如连珠炮一样轰鸣着，方凌皱了皱眉，瞬间明白了什么。叶泽琳嘴唇微微颤动，欲言又止。窗外射进来明媚而潮湿的光线，空气中的浮尘跳跃在不动如山的叶泽琳身旁。

“有什么事情不能让我们知道？还要用密码本？”一旁的声音越来越尖厉，仿佛积压多年的怨愤全部呼啸而出。

几秒的死寂后，叶泽琳的突然开口，让方凌大惊失色。

“你真的让我感到恶心。”叶泽琳微微抬头，眼中闪过一道让人不寒而栗的光，不屑、愤懑、不解、痛苦、悲凉、绝望，全都被裹挟了进去，变成了一道雷鸣前的闪电。这道光是方凌从未见过的，她不禁打了一个寒战，呆呆地坐在一旁。

而此时叶泽琳继父的表情依然没什么变化，他瞥了一眼两人，便又冷漠地夹起了一口菜，似乎对叶泽琳的痛苦和妻子的急躁都毫无感知。

对面的女人先是目瞪口呆，然后表情渐渐开始扭曲，她呼吸渐渐急促：“我什么事情没替你操心啊！不就是前几天烧了你一个本子，你就翻脸不认人？你以前成天拿着这个本子不知道在干什么，我说话你都好像听不见一样，你想过我的感受吗？”

“你知道你烧的是什么吗？是我在这个家里，这个让人窒息的家里，唯一能喘息的地方！”叶泽琳无力地说道，泪水摇摇欲坠。

叶泽琳继父默默地走到窗边，点燃了一根烟，一圈又一圈的烟雾缠绕着飘向窗外的行人。

“我们家虽然条件不好，但什么时候都没让你缺着！你弟都快顾不上了。现在倒好，我们成了罪人，你成了那个唯一无辜的受害者！”叶泽琳母亲指了指她，又不知所措地挥了挥手臂，眼角的皱纹更深了。

“啪”的一声，前方挥舞的手臂不小心碰到了旁边的鱼缸，大地似乎狠狠地震动了一下，无数的玻璃碎片散落，反射出了一双双惊恐的眼睛。水从碎片的周围缓缓漫溢开来，衣架上的红色外套倒映在水面，随着水的扩散变得越来越完整，如一滩流动的鲜血。

这抹漫延的红色之中，两只黄蓝相间的小鱼瞪着浑圆的眼睛，正大口大口地喘着气。叶泽琳静静地看着这两条快要窒息的小鱼，双眼露出了难以言喻的悲戚，然后又突然闪过了一丝决绝，她走过去捧起了这两条鱼，双手颤抖了几下，然后什么都不说便跑出了门，头也不回。

她拼命地往前跑，跑累了便不由自主地大口喘气，如手中行将渴死的鱼。她不小心被石子绊了一下，又踉跄着往前继续跑，跑过了热火朝天的烧烤摊，跑过了充满孩子哭闹声的玩具店，跑过了飘扬着的晾晒的衣服，跑过了一束束充满好奇的目光。终于到了海边，她停了下来，面前翻滚的白浪卷着一圈圈的砂砾。

她深深地蹲了下来，让海水尽情地漫过双手，感受着海洋咸湿的清凉。两条小鱼又自在了起来，晃动了几下身子，便径直向大海深处游去。顷刻间，似乎有什么东西改变了，她望着它们已经消失的身影，嘴角扯出了一丝笑意，仿佛自己也融入了这茫茫大海中。

叶泽琳母亲还在房子里骂骂咧咧，地上的碎玻璃棱角分明，叶泽琳继父冲着妻子说了一句“别说了，把这片好好收拾收拾”，便又冷着脸走出了家门。方凌紧皱着眉头看着这一片破碎的倒影，忽然猛地抬起了头，仿佛做了什么决定。她走进叶泽琳房间，拉开了抽屉，拿出了昨晚叶泽琳给她看的那张照片，走向了叶泽琳母亲。

她又恢复了那种让人挑不出毛病的笑容，声音甜美地问道：“阿姨，我在地上捡到了一张照片，是您掉的吗？”

定睛看了看那张照片后，叶泽琳母亲愣住了，支支吾吾地说：

“啊……不是，你就放到泽琳房间的柜子里就好。”

方凌却看起来丝毫没有要走开的意思，她定定地面对着叶泽琳母亲眼中的躲闪：“想问问您，为什么一直不舍得丢掉这张照片？”

对面的女人表情凝固了，不可思议地看着方凌，“泽琳都告诉你了吗？”

看着方凌似乎默认的表情，她故作镇定地说道：“就一直放着没管罢了。”少顷，一阵不可名状的痛苦止不住地从她眼中流露，仿佛被什么骇人的东西攫住。

“因为您不愿意否认过往一切的存在，对吗？”方凌看着这张有些扭曲的脸，顿了顿，继续说道。

“我恨他！”叶泽琳母亲闭上了眼，又突然狠狠地说道：“当时他不停地赌博，输光了钱之后瞒着我们借高利贷，发现还不起了，他就抛弃我们母女逃跑了，到现在都不晓得在哪里。要不是独身女人在这种小镇里容易被嚼舌根，我又怎么会嫁给老叶呢！”她大口地喘息，开始止不住地啜泣，过了一会儿小声喃喃道：“可是为什么呢？为什么我居然还一直留着他的东西，留着他的照片呢？”

方凌无比惊异地无言静立，完全没想过这个故事原来是这样的一种结局。这个故事游离于她所有的生活经验之外，不知为何她也突然感受到了一阵痛苦。照片里，三个人看起来都开心地笑着，那是一种让人在拥有的那一刻就害怕失去的笑容。

方凌沉默半晌，用一种与众不同的目光望向叶泽琳母亲，轻轻地说道：“您知道吗？您烧掉泽琳的本子，就像别人烧掉了这张照片一样。”

“虽然我不知道泽琳在那个本子里都写了些什么，但我知道，那是一段过往，是一段凝固的时间。对每个人来说，只有自己才真正有权处理自己的过去，不是吗？”

啜泣着的女人蹲了下去，如一座坍塌了的雪山。她不停地用衣袖擦着眼角的泪痕，胸口的领子随着猛烈的呼吸而上下起伏，仿佛刚浮出水面的溺水者，拼命地吸吮着周遭的空气。

“这张照片，您就放回您自己的房间吧。无论过去是好是坏，它都是我们不可分割的一部分。”方凌也缓缓蹲了下去，举起了这张照片，语气缓和了起来。看着叶泽琳母亲，她鼻子一酸，照片泛黄的边角似乎给过往蒙上了一层淡淡的光晕。

叶泽琳母亲缓缓拿过照片，轻轻擦拭着、抚摸着，她静默无言，眼中说不清是愧疚还是悲哀。

方凌突然抬起了头，“对了，您能告诉我，那个本子烧了之后的灰烬还在吗？”

“揽到一个袋子里，扔到门口垃圾桶了。”叶泽琳母亲微微抬头，声音颤抖着。

方凌站起身来，径直走向了垃圾桶。江若云和梁渊被刚才的一切惊呆了，连忙也走了过去。方凌从垃圾桶里翻了两下便拿出了一个黑色袋子，又洗了洗手，从包里找出了一个小玻璃瓶，将袋子里的灰烬倒到了瓶子里。

几个小时过去了，三人和叶泽琳母亲一起把地面收拾干净了，叶泽琳却依然没有回来。

“泽琳怎么还不回来？”方凌神色忧虑地说。

“给她打一下电话吧。”江若云在一旁说道。

方凌拨通了电话，突然房间里响起了铃声。“她没拿手机……”方凌瞬间有些慌乱。

“快天黑了，可别出什么事情。”梁渊猛地抬头。

“要不然我们分头找一下吧！”方凌“噌”的一下站了起来。

方凌往海边的方向跑去了，梁渊紧随其后往南边的闹市区跑去。但江若云却没有立马出门，他在餐厅走了两步，默默思忖着什么，然后走到了叶泽琳房间。

墙上的一层层报纸上贴着几张海报，旁边贴着一个不大的挂历，江若云注意到，在挂历上七月日期的旁边，画着一幅简笔画，是一棵树干无比粗壮的树，这棵树枝叶繁茂，树冠上还画上了一个鸟巢。江若云有些好奇地翻了翻这个挂历，翻到三月，一棵莺飞燕舞的树映入眼帘，同样是一幅简笔画，但这棵树的枝叶没刚才那么繁茂，树枝上栖息着三只鸟，它们仰着头仿佛正在鸣叫，旁边还画了一只飞舞的蝴蝶。江若云又翻到了十二月，猛然看到在日期旁也画着一棵树，只不过这棵树不同于刚才看到的那棵，只有伶仃的干枯树枝，在粗壮的树干上显得可怜兮兮。江若云愣了一下，似乎突然明白了什么，然后将所有页面都快速翻动了一遍，蓦然发现，所有月份都有叶泽琳的简笔画，画出了一棵粗壮古树的四季更迭。

他旋即走出房间，走向正在收拾厨房的叶泽琳母亲，“阿姨，请问你们家附近，是不是有一棵特别粗壮的古树？”

“是啊，就在北边的寺庙旁边，过三条街就能看到。”正在刷碗的女人转过头，有些疑惑地答道。

江若云二话没说，立马朝着北边跑去，果然看到了一棵盘根错节的大树。树干上凸起的纹路如耄耋老人手上的脉搏，白蚁的蛀痕依稀可见。葱郁的树冠如一把擎天巨伞，洒下了一大片清凉的荫翳。在这片荫翳的边缘处，坐着一个熟悉的身影。

晚霞如虹，她在夕阳下的古刹旁，影子一点点倾斜，一点点拉长，似乎在微微变着角度。

她静静地，坐成了一个日晷。

穿过了一片灯火摇曳的大排档，梁渊调转方向沿着另一条路走去，这边人烟渐渐稀少，破旧的棚屋和木板房沉默不语，海风弥漫着潮湿的气息，远处三三两两的渔船在渐渐靠岸。他猛然看到了方凌，方凌一身白色长裙化成了一个飘然的身影，她也抬头看到了梁渊。

“你也在这里啊！”方凌惊喜地喊道。

“我在南边没找到泽琳，就往西边走了。”

一声手机提示音响起，方凌拿起手机，表情瞬间如释重负。

“若云发来消息，说他找到泽琳了！”方凌有些气喘吁吁地说道。

“那就好！那我们稍微歇一会儿就回去吧。”

他们的面前，是一片礁石海岸，层层叠叠的黑色巨石有着锐利的棱角。不同于沙滩海岸上的欢笑与嬉戏，礁石海岸是一望无际的孤独，仿佛是被世人遗忘的角落。不远处的岛屿在茫茫海面上显得遗世独立，月影晃动在水面，铺就了一条银色的大道。

望着面前苍茫的大海，方凌若有所思地喃喃道：“我一直觉得，世界上最自由的地方，一个是天空，一个是海洋。”

“是最自由的地方，也是最孤独的地方。”梁渊淡淡地说道，方凌看不见他此时的表情。

方凌低头苦笑着说：“是的，我今天才明白，我一直喜欢大海，是因为只看到了海面，而看不到海底。”

“我们都是活在海面的人，就算看见了，也永远无法真正了解到海底的窒息。”

远处的篝火被海风轻轻拉扯，仿佛黑暗之中的一只眼，安静而灼热。一阵海风吹来，让偌大的太平洋变得更加空寂。

“也不知道，我们之前坚持选择来胶城调研，是对是错。”方凌低下了头，眼神暗了下来，“今晚可能又要睡不着了。”

“不要想这么多了，对与错的意义都是我们当下可以选择的。”

“不过确实这么想也没什么用，因为似乎我们注定会来这里。”方凌苦笑着摇了摇头。

“那就让我们一起把它变成一个对的选择吧！”梁渊的眼中浮现了一丝笑意，他轻轻拍了一下方凌的肩膀。

远处的灯塔发出幽幽的亮光，在它的上方，高悬着的繁星也顽皮地闪着光。

“好多星星啊！这里空气真好。”梁渊的声音轻轻响起，含着某种敬畏与释然。

熙熙攘攘的吵闹声随着白昼一同散去，到了静谧的深处，天然去雕饰的美才开始真正浮现。

方凌微微抬头，倏然之间眼眶有些湿润，她突然有些感受到了费米当初仰望星空的那份孤独，或许这就是为什么，宇宙的别名是太空吧。可是同时不知为何，这片星空又给了她一种久违的安慰。

“星星们晚上睡不着也会数人类吗？”梁渊忽然望着星空咕哝道，似乎在向银河提问。

方凌扑哧一声笑了，过了几秒说：“这么黑，它们怎么能看见我们？”旋即把手机的手电筒模式打开，“这样我们就能被看见了！”

“不过，如果现在从天上看我们，会觉得我们也是星星呢。”方凌笑着歪了歪头，梁渊也举起了手机，如同玩寻宝游戏的孩童高举着宝物。两个手电筒微弱的光在四周的漆黑中变得夺目，如被一片浓稠的黑暗所包裹的蜡烛，和天上的繁星遥相辉映，互相致意。

卡尔萨根说过，一切存在的东西都起源于恒星类物质。

我们仰望星辰，却忘了我们本身就是星辰。

过了十多分钟，方凌和梁渊便起身返回。走了没一会儿，静谧的夜晚又传来了吵嚷的声音，一阵令人垂涎欲滴的香味飘过来。一个孤零零的烧烤摊位前挤满了不知来自何处的男女老少，各种火腿、鸡肉在烧烤炉上不停地滋着油，溢出的油脂滚落在炭火上呲呲作响。人们拿着泛着油光的烤串，举着气泡不停升腾的啤酒，围着一张张的小木桌高谈阔论。一旁的老板汗流浃背地忙前忙后，脖子上挂着的白毛巾也沾满了油渍。白烟在烧烤炉上高高地飘荡着，仿佛在阻挡每个人前行的脚步。

“你饿了吗？要不要吃几串？”梁渊盯着烧烤炉上的烤串，抿了抿嘴唇。

“这么晚吃烧烤，太容易胖了吧。”方凌急忙摇了摇头，但视线却无法从烤串上移开，她咽了咽口水，依然犹豫着不敢上前。

“这样吧，明天你称一下体重，你胖了多少，我就吃到你的两倍。”梁渊瞄了一眼方凌，又笑着站到了她的面前，靠近了一点点，“公平吧？”

方凌“噗”地笑了一声，又没好气地瞥了他一眼：“这是什么奇怪的约定？哪有主动叫女生称体重的。”

“我不管，我就去买了，要不然你就眼睁睁地看着我吃吧。”梁渊说着便向烧烤炉走去，又时不时地回头看方凌，眼神融合着纯真与狡黠，方凌只好无奈地跟上了他。

正当他们付款的时候，一只黝黑的小手从旁边伸了过来，将一个有点像细木棍的东西插到了燃烧的炭火里，方凌疑惑地转过头，看见了一个眼中放光的小男孩，他手中的东西突然亮了起来，方凌才猛然看清原来这是烟火棒。他踏着凉拖兴冲冲地跑向海滩，不停地挥舞出千百种形状，金黄的光点在他手中旋转着，如变幻莫测的空中万花筒。火星迸溅成了烂漫的火树，又如花瓣般纷纷坠落。没过多久，小孩手中的烟火棒就燃烧殆尽，黑色的灰烬落到了海边的一片砂砾之中。

烧烤炉里的炭火越烧越旺，不像夜市的各种小吃摊连接着延绵的灯火，这里的火光孤零零的，在一片漆黑中显得格外肆意和耀眼。这里没有先进的电烤炉，熊熊燃烧的炭火舔着滚烫的空气，充满了原始的力量，如同那个玩烟火棒的孩童眼中闪着的光。

火是一种充满魔力的东西，钻木取火时，人类文明伊始，地球上的人类渐渐开始远离野蛮，可当火光扑向布鲁诺和贞德时，它又能毁灭理性与思想，毁灭由它所建立的一切。在这地球上被繁华所忽视的一角，方凌感觉自己从未见过这样的火，充满着重生与毁灭力量的火，像一个随意把玩着文明与荒蛮的顽童。

一阵风将沙砾上的灰烬又往远处吹了吹，仿佛想要将它撒向大海。世间万物都会变成灰烬，只是时间早晚的问题。但烟火棒的绚烂，其实也成了它恒久灰烬的一部分，火光在灰烬中寂灭，这抹绚烂借此永存。

“我们回去找他们吧。”一旁的梁渊举着热腾腾的烤串，嘴里塞满烤肉的他停了片刻，望着前方嘟囔道。他的身后，那个小男孩又兴奋地燃起了一个烟火棒。

苍劲的古树下，石子长满了青苔，街边流动的人群渐渐退去，叶泽琳和江若云坐在一旁的石阶上。晚霞在天边燃烧，暗淡下来的云朵如燃烧后的灰烬，缓缓浮现的月牙是夕阳在天边的烫痕。

"让你们看笑话了……真的不好意思。"叶泽琳轻声说道，双眼暗淡了下来。

"没关系的。只是没想到，原来你过得这么辛苦。"江若云望向她，神色复杂。

沉默了半晌，叶泽琳突然开口："你也喜欢海边吗？"

"喜欢。虽然一直在北方待着，但每次来海边，都会感觉很自在。听到涛声，就会莫名很安心。"

叶泽琳苦笑了一下，"你们都喜欢来海边，可是从小到大，大海让我感受到的不是宽广，也不是自由，而是对未知的恐惧。"

"我时常感觉自己漂浮在海水里，不知道下一秒会不会遇到鲨鱼和暗礁。"叶泽琳此时睁大了双眼，似乎在盯着黑暗中的一处处埋伏。

一只黑猫瞄向他们又无声无息地溜走，穿过了墙角下杂乱的木屑堆，踩了踩路边被压扁的塑料瓶。

"你经常来这里，对吧？"江若云轻轻说道，"日历上的那些画，也都是你画的吧？"

听到日历，叶泽琳心下一惊，她怔怔地盯着江若云，"是的。说来奇怪，虽然这个小镇是我老家，但我从未觉得它是我的故乡。反而，只有在这棵树下，我才能有故乡的感觉。"

江若云不由得想到，毛姆说过："有些人诞生在某一个地方可以说是未得其所，他们一直思念着别处的故乡。"或许很多人对于某些物品也是如此，一触碰到它，便有种说不清道不明的隐秘悸动，如游子终于回到了故乡。

"关于这棵树一直有一个传说，据说几百年前住在旁边的人家养了一只不会叫的猫，很多小孩知道这只猫不会叫就都来欺负它，家里的老人发现之后，不管干什么都带着它，之后就再也没有人欺负它。老人去世之后，这只猫万分悲伤却依然叫不出声来，只能每天守在房门口，它久久不肯离去也不进食，最后变成了这棵树的一个枝丫。"

叶泽琳说着便指了指那棵树的右上方，江若云仔细看了看，果然有一个树枝底部有点像猫脸。

"所以每次即使这里寂静无声，我也不会感到孤独。有些陪伴，注定是无声的吧。"

一旁的古树如一扇斑驳的老城门，无声无息地伫立，仿佛能通向无人触及的世界。叶泽琳仰了仰头，和猫脸枝丫相对，那令人窒息的沉默像空气一般在小镇的上方弥漫。

江若云将手缓缓抬到了叶泽琳肩膀上方，又悄然收了回去，他此时似乎也变成了一只无声无息的猫，良久终于试着开口："你和你妈妈或许可以试着好好聊聊。"

"没有用的。"叶泽琳凄然一笑，"从小到大，我的需求就从来没有被在意过。除了刚出高考成绩的那段时间，我成了这里唯一考上菁世的，也就成了我妈的炫耀工具，但这段时间也没持续多久。"

"真正的孤独不是身边无人，而是被你不想了解也不了解你的人包围，就像今天你所看到的一样。"叶泽琳低下了头。这里对她而言，一直就是一个无梦的孤岛。

她眼中的痛苦是不可名状的，好像是从记忆的深渊里飘上来，是一种很本质的、不可磨灭的哀伤。

"不过，我们之所以能成为独特的自己，正是因为那些难以分享的孤独吧。”江若云若有所思地说道。一旁的叶泽琳渐渐地把头埋了下去，身体颤抖着，几滴泪水不争气地掉了下来。

“姐姐，这个给你，不要再难过了。”一个稚嫩的声音在耳畔柔柔地响起。

叶泽琳一抬头，眼前一个五六岁大的小女孩正眼巴巴地望着她，手里举着一个七彩的小风车。她扎着两个小辫子，穿着在这里的批发市场经常能看到的花布鞋。一阵微风吹过，风车快速旋转成了斑斓的彩虹，小女孩那一身粉嫩却质地粗糙的裙子也一上一下地摆动。

叶泽琳怔怔地看着小女孩，过了几秒才反应过来，从小女孩手中接过小风车，声音微颤地说道：“谢谢。”

“干什么呢？快点过来！”前方的一个三十多岁的女人转过头来，一边皱着眉头驱赶着蚊虫一边冲着小女孩喊道。

小女孩又看了叶泽琳一眼，便立即踩着布鞋“噔噔噔”地跑上前。

叶泽琳望向她瘦小的背影，她的脚步有些笨拙地前行，随着她妈妈往前走，全然不知前方注定迎接她的会是什么。不知突然看到了什么，她偏了偏头又笑了起来，露出了两颗门牙，恢复了欢快的步伐，似乎永远不知悲苦。

右边小巷的尽头，远处的两个剪影渐渐放大，是方凌和梁渊，他们看到了叶泽琳，便加快了脚步跑了过来，“若云给我们发了定位，我们就过来了。”

“对了，你知道这是什么吗？”还没等叶泽琳说话，方凌便迅速从包里掏出了一个小玻璃瓶，里面的东西黑漆漆的，“这是那个本子的灰烬，还没有被清理掉。”

叶泽琳呆住了，颤抖着接过了那个黑漆漆的小瓶子，难以置信地望着方凌。

“能告诉我们，你在这个本子里都写了些什么吗？”方凌小心翼翼地试探着问道。

“除了日记，还有各种脑洞，还有做过的梦。我经常把那个本子带到这里来，很多想法只有到了这里才能产生。对了，还有几页是我很小的时候和爸爸一起画的画。”叶泽琳攥紧了这个瓶子，缓缓说道：“它就像是我的老朋友。”

“怎么说呢，当我知道它被烧了的时候，我感觉自己失去了过去，也好像失去了灵魂。大家都怕失去未来，可是大概很少有人能明白，失去过去的感觉吧。”叶泽琳苦笑了一声，想到这里，她的心似乎被冰雪覆盖。

此时一阵窸窸窣窣的响动从一旁传来，右边寺庙的山门走出了几个和尚，他们穿着一身灰色的僧衣，眼里平静得没有一丝波澜。

江若云看了一眼这些静如止水的身影，思忖着说道：“你知道吗？佛教里有刹那生灭的理论，大概意思就是，所有的运动其实都是刹那的生灭，过去、现在与未来不是线性的连续，而是不断生灭产生的连续幻象，就像定格动画一样。”

叶泽琳愣愣地抬起头望向江若云，眼中的哀戚减了少许，玻璃瓶反射的光映在了她的瞳仁中。

江若云用柔和的语气继续说道：“就算你真的忘了当时写的是什么也没关系，只要不忘记当时写下那些东西的感觉就好。因为过去的你已经被现在的你所替代，当下才是最真实的，不是吗？”

一个小和尚拿起了扫帚，开始清理山门前的灰尘和纸屑，不过一些尘土反而被扬了起来。他不紧不慢地扫着，一下下的哗哗声似乎成了某种亘古不变的节律，宛如一呼一吸在天地间沉浮。

方凌坐在了叶泽琳面前，心微微作痛，过了一会儿，她轻轻地说：“你放心，你并没有失去过去，更没有失去未来。你会拥有一切。”

接着方凌将玻璃瓶轻轻放到了古树下的泥土上，旁边几株一动不动的野草突然颤动了几下，仿佛等待已久，“这个瓶子，我们就一起把它埋到土里吧，它不应该去垃圾场。”

“你就当它和这棵树长到了一起，一直陪着你。”梁渊静静地看着这苍劲的古树，如同看着神秘的箴言。

江若云看见墙角躺着一把没人要的铲子，便拿过来开始拨弄着地上的泥土说道：“你也不需要密码本了，现在一切都能存到云端了。这种事情，再也不会发生了。”

方凌顿了顿，思忖着缓缓说道：“是啊。或许和密码本相比，这种方式冰冷了一些，可它也永远不会湮灭，不是吗？”

没过多久，四人便将泥土挖出了一个小坑，叶泽琳脸色肃穆地将那个玻璃瓶缓缓放了进去，停了几秒才将手慢慢移开，任凭潮湿的泥土沾满了她的双手。她微微叹了一口气，将黑黝黝的泥土覆盖了上去。

此时，地面上突然出现了另一个晃动的影子，叶泽琳抬头一看便吃了一惊，是正缓缓走来的母亲，她似乎又憔悴了一些。

“你怎么知道我在这里？”叶泽琳淡淡地问道，语气平和而冰冷。

“若云告诉我的。”

粗壮的小镇女人深深地蹲在了泥土上，点点乌云将月亮遮住又散开，天光在明灭之间摇摆，她缓缓吐出了三个字："对不起。"

叶泽琳讶异地愣了一下，随即又恢复了平静，她沉默地看着面前这个沧桑又可怜的女人，犹如望向过往无言的时光。她的衣角还沾着油渍和灰尘，稍显肥胖的身躯被漆黑的泥土和树木所包围，如一艘在海底被侵蚀已久的巨轮，头顶透下来的月色是水波中唯一的光源。

她吸了一下鼻子，发出了一声叹息，"我不期待你原谅我，只希望你没那么恨我。"

叶泽琳的眼角微微颤动，她垂下了眼帘，无数的过往全部开始涌现，那些独自担惊受怕的夜晚，那些委屈又无法说出口的瞬间……她无法自抑地战栗着。

叶泽琳母亲看了看那个凸起的小土堆，默默地走到一旁摘了一朵淡黄的野花，然后将野花插到了那堆漆黑的泥土上。"它不该光秃秃的，对吧？"叶泽琳母亲喃喃道，风将她的碎头发吹得更凌乱了。

听到这句话，不知为何，叶泽琳感觉心中的深潭被投下了一个石子，万种波澜涌起，浇向了一片干涸已久的贫瘠。

淡黄的野花仿佛根植于这片泥土中，在夜色中依然骄傲地盛放，丝毫不掩饰它的光芒。叶泽琳呆呆地望着这朵花与隆起的土堆，嘴角扯出了一丝稍纵即逝的笑意，转身拿起了那个彩色小风车，将它也插到了泥土里。风车一阵一阵地旋转着，将这抹孤零零的芬芳传得更远了一些。

一身疲惫地回到房间之后，方凌的手机上跳出了几条消息。

青骑士：你今天都干什么了呀？

池鱼：一言难尽……在我好朋友家，她的一个很重要的本子被

爸妈烧了。

青骑士：天啊，怎么这样啊？

池鱼：唉，对了，你上次说申请了那个大牛摄影师studio的实习，过了吗？

青骑士：过了，但是被我妈看到邮件了，她直接给我拒掉了。

池鱼：啊？为什么呀？

青骑士：因为我同时收到了慧安资本投资部的offer。

池鱼：慧安资本？这可是超难进的，你也太厉害了！

青骑士：所以我妈就觉得我肯定该去慧安，直接用我的邮箱发邮件把studio的offer给拒了。

池鱼：那你也是这么想的吗？

青骑士：我好像还没给你说过，我的梦想是做全职摄影师吧。

池鱼：啊？真的吗？我以为这只是一个爱好。

青骑士：真的。

池鱼：那你妈妈这样过分了吧……怎么也要征求一下你的意见啊。

青骑士：我昨天也是这么想的，和她大吵了一架，可是今天，我一点都不怪她了，我发现我最该讨厌的人是自己。

池鱼：啊？为什么突然这么想？

青骑士：我今天突然意识到，我其实根本没有放弃慧安去摄影studio的勇气，但又不希望亲手拒掉studio的人是自己。

青骑士：很可笑吧？我突然发现，自己其实也没想象中那么难过。我妈的这个行为，既掩盖了我没有勇气的事实，又维持住了我心中对自己的那个与众不同的设定。

看到这里，方凌表情复杂地缓缓放下了手机，望向窗外居民区依稀可见的灯火。

第二天早上，四人收拾完东西便准备出发去另一个城市，叶泽琳母亲一改对叶泽琳的态度，不停地忙东忙西帮他们干这干那，似乎想要弥补自己过去所做的一切。叶泽琳似乎对此很不适应，表情一直不太自然。

坑坑洼洼的地面上，几个小孩正围在街角玩着弹珠。穿过冒着热气的早市，四人没走几步就到了叶家小馆门口，梁渊又兴冲冲地拿出了乌克丽丽，“走之前，再给你们家招揽点生意，看我的！”他如一个跃动的精灵，笑着一溜烟便坐到了门口的椅子上，刚弹出两个音符，似乎突然想到了什么，猛地抬头，冲着叶泽琳说道：“泽琳，这是你家的店，你要不然也唱一首吧，我给你伴奏！”

叶泽琳愣住了，急忙不停地摆手拒绝：“啊？我不行的，我不怎么唱歌的。”

“你就试试吧，只唱一首。随便说一首你会的。”梁渊继续说着，看起来似乎没有放弃的意思。

“这里现在没几个人，你可以试着唱几句，几句就行！”方凌见状也在一旁笑着说道。

叶泽琳慌乱地看了看方凌和江若云，无奈中支支吾吾地吐出几个字：“那就……《晴天》吧。”

“没问题。”梁渊露出了灿烂的笑容，顺手弹出了G调的和弦。

弹了一点前奏后，梁渊给叶泽琳使了一个眼色，叶泽琳神色紧张地清了清嗓，紧接着歌声便蓦然响起。晨曦透亮的微光中，她的声音像一种雾气飘了上来，又如丝线一圈圈地缠绕在每个人耳边，空灵中带着一种神秘，一旁的吉他声也仿佛变成了远古传来的石磬。唱了两三句之后，紧张的神情便从她脸上彻底消失了，取而代之的是如海底畅游般的自在与快乐，她微微闭上了眼睛。

梁渊一边伴奏一边惊异地抬起头，方凌和江若云也目瞪口呆地望向叶泽琳，悄悄说："从来没听她唱过歌，居然唱得这么好。"惊愕之中梁渊猛然反应过来自己的琴声停止了，过了几个小节又接了上来，但叶泽琳却仿佛丝毫都没有发现，她一点都没有卡顿，依然忘我地唱着，如林间不停迸溅的泉水。

一个穿着汗衫挺着啤酒肚的男人伸着脖子走了过来，呆呆地定睛看了看全情投入的叶泽琳，突然响亮地拍了一下肚子，恍然大悟般大声喊道："哎呀！这不是老叶家的女儿吗？居然唱歌这么好听啊！"

"人家还是菁世的高才生呢，老叶家也太有福气了吧！"一个提着菜篮的大妈也凑了上来，满脸堆笑地大声冲着旁边的人说。

方凌一声不响地倾听着这如雾如丝的声音，突然掏出手机，在一旁默默录下了叶泽琳唱歌的画面。

叶泽琳听到这片此起彼伏的声音，诧异地睁开了眼，明白了原来这些人都是来看自己的，紧接着她又惊喜地望向梁渊。此时的梁渊冲着叶泽琳会心一笑，又遥望着远方的山峦，不知不觉，叶泽琳的眼中开始闪动着一种别样的光芒。

围观的人越来越多，不一会儿便乌泱泱地站成了一堵墙，你一言我一语地议论着自己所听闻的叶泽琳学习有多么好、高中有多么努力。不知不觉中，叶泽琳在众多陌生人的言语中就变成了一个十全十美的神话，成了这个贫穷小镇百年难遇的奇迹。一旁的叶泽琳母亲神色讶异，过一会儿眼角不自觉地露出了一丝欣喜，正在后厨指挥的叶泽琳继父也不停地向门口张望着，一分钟后缓缓地走了过来，呆呆地望着叶泽琳瘦小的背影，木头般的脸上渐渐浮现出了一种与以往不同的神情，如同匍匐的众生在寺庙朝拜时被神明照亮的瞬间。

叶泽琳一曲唱罢，这个高瘦干瘪的男人迟疑了一下，犹犹豫豫地走向叶泽琳："泽琳，这些吃的你们都带上，路上别饿着。"他有些慌乱地将几个袋子塞到了她手里，脸上浮现出久违的暖意。叶泽琳一愣，刹那间竟不知如何答复。

叶泽琳母亲目光柔和地走到她面前，突然拥抱了她一下，理了理她散乱的几缕头发，"路上注意安全，有什么问题给家里打电话。"

这一系列行为完全出人意料，叶泽琳怔怔地望着两人脸上迟到多年的温存，半晌，微微笑了笑，挥了挥手向他们告别。

此时此刻，她的心中就像大雪覆盖的荒原一样素洁而平静，这片皑皑白雪有一天会不会融化，露出地表苍凉不堪的杂草呢？叶泽琳没有答案。

或许，从此以后，这片白雪可以永远覆盖着那不见天日的荒原，永远反射着明媚的阳光吧。她这样想着，走得越来越远。

06

什么是正事？

转眼就到了大二下学期，暑假的一切就像一场倏然飘逝的梦，繁忙的课表像春日的新芽一样肆意生长，方凌像一只不知疲倦的蝴蝶，在课程、社团和各种活动之间不停纷飞。

“天啊……”大清早方凌便盯着手机，呆呆地发出一声感叹。

“怎么了？”还躺在床上的叶泽琳狐疑地睁开眼。

“尼葛洛庞帝下周有一场在我们学校的讲座！”方凌露出难以置信的神情，继续一动不动地紧盯着手机屏幕，似乎在一遍又一遍地确认，“学校刚发的通知！估计才刚刚确定下来。”

“啊？真的吗？庞帝居然能来我们学校！”叶泽琳猛地坐起身来。

“我看了好几遍，绝对没错！泽琳，一起去吧！”方凌无比兴奋地望向叶泽琳。

“是什么时间啊?”

“下周五下午两点。”

“我看看那天有没有别的事，”叶泽琳迅速地下床，拿出手机查看了几秒，“哎呀！”她皱了皱眉，欲言又止，“周五下午两点有节市场营销的必修课……这节课我们都要上的。”

方凌终于也反应了过来，发出了一声哀叹，她沉默着思索片刻，旋即又说道：“可是那节课真的是我两年来学得最无聊的课，老师基本是照着PPT念，而且讲的东西完全是十年前的那一套……”

“是啊，可是也没办法啊，谁都难免会碰到这种课。”叶泽琳一脸无奈地说道，“不管怎么说，时间都撞上了，我们去不成讲座了。”

“为什么啊？我们可以翘课去听讲座的。”方凌一脸坚决地看着叶泽琳说道。

叶泽琳愣了一下：“啊？这样不太好吧……那节课可是必修，主要是还会点名。”

“那节课的内容我们随便找个同学要一下笔记就行，可是庞帝的讲座，多少年都遇不上啊。”

“话是这么说没错……可是杨老师说了，他会不定期地点名，如果被抓到一次，后果很严重。”叶泽琳挠了挠头缓缓说道，脸上浮现出一丝不安。

“可是他讲的东西早都过时了，庞帝才是未来真正的方向啊。”方凌似乎全然没有一丝犹豫，看见叶泽琳脸上的不安，又继续对她说道：“就翘一次课而已，没事的！如果真的点名，我们大不了临时找个人帮忙答到，你这是好学生当惯了吧！怎么总是畏首畏尾的。”

叶泽琳有些哑口无言，半晌缓缓说道：“那好吧……我跟你一起去。”她深深地吸了一口气，抬起头看向方凌。

“就知道你最好了！”方凌兴奋地说道，一脸灿烂地笑了。

叶泽琳也跟着笑了，不安渐渐褪去，神色变得愈发释然。

“对了……我还要告诉你一个好消息。”方凌神秘兮兮地走到叶泽琳面前。

“什么呀？”叶泽琳被方凌搞得完全摸不着头脑。

“你通过了校园歌手大赛的初赛。”

叶泽琳顿时一头雾水，惊惶不已，急忙说道：“啊？怎么可能？我根本就没报名啊。”

“我知道你没报名，所以……我就替你报了啊！”方凌微微一笑，举着手机给叶泽琳看，“你看！这是初赛通过的名单。”

“什么？可是报名初赛要提交视频的啊。”叶泽琳瞠目结舌地盯着方凌的手机屏幕。

“其实……在胶城调研的时候，我偷偷录了你唱歌的视频。”

叶泽琳无比讶异地愣住了，一脸无奈地看着方凌兴冲冲的神情。

“你就去参加吧！一定可以的！”

叶泽琳猛地坐到了椅子上，紧绷着嘴唇缄默着，目光有些躲闪，良久迟疑着吐出几个字：“真的可以吗？可是我们学校高手太多了，我一点舞台经验都没有的。”

“你是真的不知道自己唱歌究竟有多好听吗？”方凌叹了口气，苦口婆心地对叶泽琳说，“我敢保证，只要你认真参赛，绝对能进十强。”

沉默了几秒，叶泽琳缓缓开口：“复赛……是什么时候啊？”

话音刚落，方凌便喜上眉梢，高声答道：“巧了！也是下周五，是四点，我们可以听完讲座就去复赛！你好好准备一下。”

半晌，叶泽琳露出了一丝微笑，阳光透过窗户跳动在她的睫毛上。

几百人的大讲堂里，“从原子到比特”的标题打在了巨大的屏幕上，方凌和叶泽琳在乌泱泱的人潮中艰难地挤了进去，经过漫漫长路，两人才终于坐定。

方凌连忙给杨华睿发了一条消息：*点名了吗？*

过了几分钟，屏幕跳出了回复：*今天没有。*

方凌长舒一口气，立即给叶泽琳看了这条回复：“你看，我说没关系吧！”

“太好了！可以放心听讲座了。”一旁的叶泽琳露出了释然的笑。

一阵掌声雷动之后，庞帝终于走上了舞台，他语气铿锵有力，会场顿时变得肃穆。

“原子不会值那么多钱，而比特却几乎是无价之宝……”台上的传奇人物穿着一身笔挺的西装，头发已经花白却依然精神矍铄。方凌眼中放着光，全神贯注地聆听着这位自己崇拜已久的人。

“接下来有同学想要提问吗？”四十分钟过后，主持人走上台问道。

方凌顿时身体微微前倾，“唰”的一下举起了手，把一旁的叶泽琳吓了一跳。

接过主持人递来的话筒之后，方凌的手还在颤抖，她定了定神，用流利的英文问道：“您好，我是菁世商学院的学生，一直都很崇拜您。想问您一下，互联网看上去拉近了个体的距离，但似乎反而加剧了整个社会的极化，您如何看待这种分裂呢？”

台上的庞帝对方凌露出了罕见的笑容，用英文回答道：“互联网是个生态系统，它的根本特性是群体性。它能连结所有的节点、所有的个体，这也是它最有生命力的部分……无论是物联网还是人类意识的结构化整合，连结永远都是互联网发展的终极目的。”

方凌兴奋地站在座位上，若有所思地点了点头。

听完讲座，方凌兴致勃勃地陪着叶泽琳去了歌手大赛的复赛现场，午后的阳光开始变得温和，云朵染上了淡淡的橘色。

复赛举办地是学校的一个小型音乐厅，舞台不大，只能容纳不到五十个观众。刚一进去，叶泽琳便被告知要抽签决定上台顺序，她随意抽了一张，看着抽签纸顿时愣住了。“同学，你第一个上台。”一旁的负责人瞥了一眼抽签纸说道。方凌见状，神色忧虑地望向叶泽琳，不由得为她捏了一把汗。

叶泽琳做了一个深呼吸，心脏在身体里难以控制地横冲直撞，她缓缓挪动着脚步上了舞台，站在跃动的音符中央，光打在了她微微仰起的脸上，伴奏刚起，灵动的歌声就从唇边流淌了出来，她微闭双眼徜徉在属于自己的花园中。就像一片树叶，终于融入了属于自己的森林，这片森林的空气是如此的香甜，不同的鸟鸣声都仿佛奏成了复调乐章。

想私藏每一声欢笑
幻化成风
封存在木盒里
多年以后
感受熟悉的吹拂
想私藏每一颗流星
幻化成水
封存在瞳孔中

多年以后
流出眼泪的温热

想私藏每一夜蝉鸣
幻化成泥
深埋在青苔下
多年以后
长出平凡的生机
想私藏每一种相遇
幻化成火
静卧在壁炉里
多年以后
融化固执的坚冰
……

台下的观众寂静无声，连窸窸窣窣的声音都没有了，都静静聆听着从舞台上流淌而下的曼妙音符。门口负责引导的同学也转过头，怔怔地望向舞台。聚光灯打开的刹那，观众席瞬间隐没在了一片浓重的黑暗里，但这片狭小的空间因此反而变得无限，仿佛置身寰宇，舞台的聚光灯是太阳，台下若隐若现的手机光亮是无尽的星河。

和曾经的舞蹈爱好带给她的感觉不同，叶泽琳一点也不在乎自己唱得究竟是好是坏，只要一开口唱歌，她感觉灵魂的深潭便漾起了涟漪。这一刻，叶泽琳就好像变了一个人，准确地说，是变回了每个生灵最自然的样子，仿佛误入钢筋水泥的精灵终于回到了自己久违的家园。

叶泽琳走下舞台后，方凌才回过神来，她开心地笑了，低声对叶泽琳说道：“绝对没问题的！”

过了十分钟，主持人上台公布进入决赛的选手，“经过评委的打分，进入总决赛的选手是……”叶泽琳低着头紧张地咽了咽口水，紧接着便听到了一个个名字，她愈发紧张了，像接受审判一样一动不动地坐着，似乎在等待着某种神迹的垂怜。

“叶泽琳。”主持人念到了第八个名字，叶泽琳猛地一抬头，以为自己听错了，可一旁的方凌早已按捺不住激动，一脸放光地使劲摇了摇叶泽琳，“你听到了吗！你进决赛了！我说的没错吧！”

叶泽琳瞪大了眼睛望着主持人，一时说不出话，一阵强烈的情感突然涌入。她过往的人生似乎一直在海面上随着水波而漫无目的地漂流，看似平静的海面隐匿着无数的暗礁。而今日，她感觉这一叶扁舟突然拥有了某种支点，让她得以在茫茫大海上抛锚。

走出音乐厅，天边的晚霞变得滚烫，从猫爪般的橘黄变成了一片炽热的火红，将她们激动不已的心烧得越来越旺。

“今天也太开心了！既见到了庞帝，又进了总决赛，我们吃点好的庆祝一下吧！”方凌语气兴奋地说道，脸上仿佛挂满了蜜糖。

“好啊！”叶泽琳也感受到了久违的喜悦。

“那你看看有什么想吃的，我马上把我收藏的餐厅发给你。”

叶泽琳笑着拿出手机，旋即笑容凝固住了，仿佛被施了某种巫术一般，她猛地停下了脚步，死死地盯着屏幕，手开始止不住地颤抖。

方凌察觉到了一丝异样，转过头望向叶泽琳，小心翼翼地问道："怎么了？"

叶泽琳如鲠在喉，不知不觉带着一丝哭腔说道："那节课……突击考试了，占25%的成绩。"

方凌愣住了，连忙拿出手机，眉毛不由得拧成了一团，只见屏幕上跳出了杨华睿几个小时前发来的消息：*老师讲了二十分钟课，突然开始突击考试，你们赶紧回来！*

空气瞬间变成了一潭死水，她们仿佛溺在水中一般，缄默良久。

过了一会儿，叶泽琳的眼圈开始发红，她颤抖的声音显得很是慌乱："怎么办啊，我们刚才怎么都没看手机，不会不能补考了吧……"紧接着又如五雷轰顶般说道，"我之前的作业已经扣了十分了，这么下去就要挂科了。"

方凌看着叶泽琳难掩委屈的脸，瞬间感到无比的愧疚。她定了定神，努力用平静的语气说道："你放心，不会有事的……我现在就去找他！"

话音刚落，方凌就猛地转身，大步向办公楼跑去，留下了不知所措的叶泽琳。天色越来越暗了，方凌的心中七上八下地混乱不堪，但唯一清楚的是：如果不能补考，那她失去的可不仅仅是分数！

她敲了敲门，一声沉闷的"请进"之后，她走了进去。一个瘦削的男人抬起头，扶了扶重重地压在鼻梁上的眼镜。

"杨老师，我是方凌，请问您今天课上的考试可以补考吗？"

"你就是方凌啊，我知道你。今天只有你和叶泽琳两个人没来上课，说吧，干什么去了？"对面的男人瞥了几眼方凌，随即又开始用笔勾勾画画。

“我们是去听尼葛洛庞帝的讲座了。”

“真的吗？你们翘课就是为了听讲座？”杨老师放下了手中的笔，一脸狐疑地问道。

“是真的！”方凌急忙拿出手机，“您看！这是我刚刚在会场拍的照。”

杨老师瞥了一眼方凌举起的照片，无奈地摇了摇头：“第一节课我就说过，我会不定期点名，被抓到一次翘课就后果很严重，你都听到了吧？”

“我知道……可是您今天也没有点名啊，而且如果有这么重要的考试，为什么不提前通知一下呢？”

“你这是什么意思？明明是你们自己的错，反而怪我没有提前通知？”杨老师的表情开始含着一丝愠怒。

“我不是这个意思，”方凌强忍住了心中的不安和怒火，语气平和地说道，“只是想跟您说明我们今天是去听讲座了，并且希望您能给我们一次补考的机会。”

“如果让你们补考，那对其他同学公平吗？而且我又怎么能保证其他同学没有把题目告诉你们？”杨老师直直地看着方凌，一字一顿地说道。

方凌的心中咯噔一下，她深深吸了一口气，也直视着他的眼睛说道：“泽琳是被我拉去听讲座的，这是我的错。您可以不让我补考，但她是无辜的。”

杨老师突然笑了出来，随即站起了身：“你不要觉得你是沈秋月的女儿，所有人就都该依着你，你就可以来教育老师了。我告诉你，在我这里，每个学生没有任何差别。”

方凌顿时愣住了，无比急切地说道："我只是跟您就事论事，我们是抱着学习的目的才翘课的，我认为我们不应该直接被扣掉这么多分。"

"翘课还有目的的区别吗？规则就是规则，别为破坏规则扯出一堆理由。"

"您觉得，您讲的比庞帝讲的更有用吗？"方凌忍不住脱口而出，话音刚落便开始后悔了。

杨老师的怒火一下子被彻底点燃了，"啪"的一声，他将本子摔到了桌面上，"你出去吧，这件事没有商量的余地！你们回去好好反思一下，把精力放在正事上！"

一股难以言喻的绝望裹挟了方凌，她眼角开始噙泪，但再也没有出声。在眼泪掉下的前一秒，她迅速转过身离开了办公室，并顺手关上了门。靠在这扇冰冷的门上，她感受到了前所未有的无力感。

过了一分钟，她慢慢缓过了神，一边跑着离开一边抹去眼角的泪花，急促的脚步声嗒嗒地在空旷的走廊里响了起来。

突然，她感到自己猛地撞上了什么人，她瞬间清醒了过来，抬起头定睛一看，是江教授，他正一脸惊讶地看着方凌，手中的一本书被撞到了地上。

"您怎么在这里？"方凌急忙将眼泪擦干，又慌慌张张地将地上的书捡了起来。

"我刚刚从办公室出来，正在锁门。"江教授指了指左边的房间，方凌看到门口的牌子写着他的名字。

"你这是怎么了？"江教授眉头紧锁，一脸忧虑地问道。

"我……我好像闯了祸，还害了室友。"方凌一看到江教授，终于忍不住开始啜泣。

江教授从没见过方凌这个样子，不由得有些慌乱。他随即打开了门，神色平静了下来，对着方凌做了一个手势，“进来说吧。”

方凌坐在办公室的皮沙发上，接过了江教授递过来的纸巾，一边擦拭着眼角，一边将今天发生的事情一五一十地告诉了江教授：“我拉着室友一起翘课去看了尼葛洛庞帝今天在学校的讲座，可是没想到杨老师下午突然来了一个突击考试，还占很多分……”最后她支支吾吾地说出了自己刚刚和杨老师的冲突。

江教授在椅子上静静地倾听着，目光悠长，若有所思。

“他说我不把精力放在正事上，可是听过他课的人都知道，这件正事，明明就是无用的啊！您说，到底什么才是正事呢？”

“大部分人潜意识里所认为的正事都是社会提前规定好的，是能获得可量化成果的事情，像上课、学习、工作、结婚生子……”江教授喝了口水，淡淡地笑了笑，“但我明白，你并不是大部分人。”

“没错，所谓的正事大部分都是由社会秩序决定的，而秩序很多时候是对于荒谬的妥协罢了。”方凌的哭腔中带着无尽的委屈。

“是的，你倒是看得清楚，秩序的本质就是一种妥协。一旦你身在其中，就不可能完全脱身。”江教授有些无奈地笑了笑，“但其实杨老师说的也没错，破坏规则确实没有目的的差别。”

“可是明明去庞帝的讲座比上杨老师的课收获更大，我为什么要死守着这种规则呢？”方凌的语气渐渐激动了起来。

“你确实不必死守，但杨老师有必要。规则的目的永远不是为了个体的幸福最大化，而是总体的制衡。如果这次随随便便就让你们补考了，那之后如果还有人以类似的理由翘课，如何保证他们不是假借这个理由去玩呢？”江教授放下了水杯，轻轻叹了口气，“其实你二十年来每一次对规则的遵守，都是一次为了总体利益的牺牲，但你要明白，身在人类社会，这种牺牲是必不可少的。”

方凌的眼神渐渐暗了下来，“我其实就是想要自由一些而已。无用的正事，难道也要完全遵从吗？”

“你觉得你的反抗是为了自由吗？其实你到了我这个年纪就会发现，真正的自由需要温和的力量。”

方凌的目光充满了疑惑。

江教授看向一旁的鱼缸，里面垒着一层层漂亮的鹅卵石，金鱼在其中自由自在地游动，“规则就像河底的石头，你再强大也不可能把它刺破，你只能把自己变成水，才能和它共处而不失自由。”

方凌怔怔地望着江教授，若有所思。

“不过，你真的只是翘了这节课吗？我可是记得你上学期翘了无数次课去排练演出的呀。”江教授用开玩笑的语气说道。

“哎呀，您怎么把这种事记得这么清楚！”方凌突然一脸无奈地破涕为笑，之后发出一声长长的叹息，“不过我确实感觉，自己总是不想错过一切……无论是社团，还是讲座，还是各种活动，我其实都很害怕错过，总觉得错过一件就丢失了一种生活的可能。但其实，这样真的很累。”

江教授眉眼颤动了一下，“我明白你这种感觉……这种感觉其实我也有过。就是觉得每当做出一个选择，就意味着放弃了另一个选项，”江教授望向自己倒映在窗户上的身影，那双也在凝视着他的眼睛和晃动的梧桐树叶交叠在了一起，他顿了顿，略带哀伤地说道：“仿佛能看见人生的树枝在一个个地枯萎，只剩下几个寥落的枝杈形单影只。”

江教授望向方凌，“后来我渐渐明白了，人生真的要学会做减法，就像树叶需要剪枝。”

“做减法？”方凌疑惑地抬起了头，灯光照亮了她眼角还未干的泪痕。

江教授拿起水壶为方凌倒了一杯水，思忖着缓缓开口：“你知道吗？我们那个年代，生活比较贫乏，可以真正投入去做的事情其实不多。所以有的同学买了把吉他之后，课余时间就完全用来弹琴唱歌，有的同学喜欢看书，他就不停地泡图书馆，不再想其他。”

方凌几大口便喝完了水，眨着清亮的眼睛看着江教授。

“那个时候光源不多，但都很灿烂，我们拥着那仅有的几个光源就足以自得其乐。”江教书说着便走到了高高的书架前，拿出了一本泛黄的《红岩》，微微笑着说：“你看，这本书是我年轻时候手抄的，一直留到了现在。我们当时真的没什么小说看，于是大家就约定好，谁要借书就再自己抄一本，传给下一个人看。不是我们有多勤快，而是再没什么别的方式可以自娱自乐了。”

江教授顿了顿，继续说：“但现在，光源实在是太多了，你根本分不清你的方向究竟被哪个光源照亮。”

“是这样，每天各种活动和信息都铺天盖地的，有时候真的会感觉晕头转向。”方凌有些无奈地咕哝着。

“所以，我觉得你们需要做减法，需要找到真正属于你们自己的光源。”江教授缓缓说道，意味深长地望向方凌。

方凌若有所思地点了点头，又皱起了眉头摇了摇头：“可是，我还是感觉很难过。明明以为翘课去做喜欢的事情会很开心，结果没想到搞成现在这个样子，还害了室友，我都不知道该怎么回去跟她说……”

“我相信她一定会理解你的。其实很多时候难过也不是什么坏事，就像痛感能让你自然而然地规避危险。”

方凌有些无奈地叹了口气：“我以前一直觉得我活着就是为了快乐，可是越来越感受到，想要快乐真的好难啊。”

江教授沉寂半晌，若有所思地缓缓开口：“快乐真的是人生的目的吗？我现在不这么认为了，其实活得舒服就很难了。我也不追求没有痛苦，我只追求不失去快乐和痛苦的感受力。”江教授顿了顿，直视着方凌继续说道，“失去感受力才是最可怕的。你这个年纪，正是感受一切情感的最好时光。”

“我明白，”方凌低着头喃喃道，“那您觉得，这次我真的做错了吗？”

“有些事情不一定正确，但却无比珍贵，不是吗？”江教授站起身，看了一眼方凌脖子上的金色月牙项链，又若有所思地望向窗外，微微叹了一口气，“这样的事情，谁都会有的，包括我。”

一阵突如其来的推门声响起，打破了办公室的沉寂。方凌猛地惊了一下，转头一看，门口的江若云正神情错愕地望着自己，他推门的手停在了半空。

“你也在这里啊？”江若云惊诧地问道。

方凌急忙又擦了擦眼角，可依然盖不住红肿的眼皮，她有些尴尬地回了一声：“嗯。”

“我……我就是过来拿个东西。”江若云怔怔地看着方凌眼角的泪痕，有些不知所措。

江教授急忙走了过来，把一个布包递给了江若云，随即说道：“这么晚了，若云，你送方凌回去吧。”

“好啊，没问题。”

走在路上，方凌愤愤不平地跟江若云讲述完今天的遭遇，语气格外生动，语速也越来越快。江若云很喜欢听方凌说话，无论内容到底是什么，都能让他心生愉悦，他刚开始还一脸严肃地聆听着，可是不知不觉，他的脸上飞起了愈发明晰的笑意，轻拂过的晚风都仿佛吹起了口哨。

“你怎么还笑得出来！”方凌使劲碰了一下他，没好气地说道。

江若云这才意识到自己的表情不知在何时变了，连忙转头说道：“我哪有，你看错了吧。”

走到图书馆门口，他突然停住了脚步，脸上带着一丝罕见的神秘，“我带你去个地方吧！”

“什么啊？”方凌惊奇地抬起头。

“到了就知道了，在图书馆里面。”

江若云说着便径直走进了图书馆，方凌心生疑惑，但还是跟了上去。他们走了两分钟到了一层的尽头，江若云开了一扇玻璃门，方凌走了出去，看见右边向下的台阶长满了厚厚的青苔。

“下了台阶就到了，小心点。”江若云扶着墙对身后的方凌说。

在野草恣肆的台阶尽头，一小片清幽的竹子在暗夜里站成了一座黛绿的碉堡，肃穆而神秘，几只飞鸟的剪影在月光下斜斜地掠过。江若云轻轻拨开了相对低矮的几棵竹子，只见一根粗壮的枯树干横亘在中心，苍老的表面被雕琢成了一把不规则形状的长椅。

江若云用纸擦了擦这把奇特的长椅，随即便坐了下来，方凌便也坐到了旁边。

“我每次心情不好的时候就会到这里坐一会儿，因为每次待在这里的时候，就会感觉整个世界都与我无关。”

“确实，这里真的好安静。看这青苔的样子，应该也没几个人会来这里吧。”方凌微微笑了笑。

还没等江若云回答，方凌便又自顾自地说着：“有时候真的觉得自己挺可笑的……总是有种能掌控一切的自信，但明明什么都控制不了。”她紧绷着嘴唇，眼神如易碎的玻璃。

“其实，你这种事我碰到不少次了，不过主要是在高中的时候。”江若云若有所思地望着竹叶透出的灯火。

方凌如恍然大悟一般抬头说道：“我想起来了！你当时，一到做广播体操的时候就玩失踪。”她顿了顿，笑着瞥了一眼江若云，“你还说呢，老师后来都把江叔叔叫来了。不过，江叔叔来了之后，老师才发现他居然是自己一直在追的历史节目里的主讲，然后就立马对你毕恭毕敬。”方凌一边说着，一边哈哈大笑了起来。

“是啊，当时班里的量化考核因为我被扣了几分，我还被老师连续在好几个班会上批评。要不是我爸，我肯定就要被当成持续的反面教材了。”江若云有些不好意思地笑了笑。

方凌突然露出了好奇的神色，“对了，你当时翘广播体操到底是去干什么了？”

“当时我要参加一个征文大赛，但那段时间作业实在太多了，平常根本没什么时间写，我就每天到了广播体操的时候偷偷溜进图书馆，根本没人发现我。那是一天最安静的时候，整栋楼都没什么人，我就格外高产。”江若云绘声绘色地回忆着当时的情景，不由得笑出了声。

“看来，我们真是彼此彼此嘛。”方凌也忍不住笑了，月色在她愈发欢快的脸上凝成了跳动的薄纱。

“很多时候，你认为的正事，和被告知的正事，确实是相悖的。”江若云神色变得有些凝重，眼中仿佛蒙上了一层雾，“不过我现在觉得吧，自由不是你想做什么，就做什么，而是你不想做什么，就不做什么。”

隔着墙壁，外面时不时传来自行车碾过石子的声音和杂沓的脚步声，还有嘀里嘟噜的说话声此起彼伏，但都被图书馆厚重的高墙变成了微不足道的背景音。

“所以有时候我真的挺羡慕我妈妈，”方凌有些无奈地笑了笑，“她是真的不想做什么，就可以不做什么。”

“我听说过各种离婚的女人迫于各方面的压力再嫁的事情，可是我妈真的完全不理会这一套。你知道的，她离婚七年了，可是她却跟我说，她根本不打算再结婚。”

方凌继续说道：“你知道她不再结婚的理由是什么吗？我还是头一回听人这么说。”

“是什么啊？”江若云疑惑地望着方凌。

“她说，她不想再把任何一种爱降维到承诺的层面。她觉得，婚姻就是一种对爱的降维。”

江若云不由得愣住了：“阿姨真的比我想象的强大太多了。”然后他的目光垂了下来，缓缓说道，“那……你也是这么想的吗？”

“我也不知道……不过有一点我和我妈想的一样，就是所有的关系都是羁绊。”方凌一边苦笑着一边说道，“或许，这也就是为什么我妈平时根本不怎么管我吧。”

江若云欲言又止，睫毛微颤。月光透过竹叶，照亮了他眼中稍纵即逝的一抹哀伤。

几秒钟的沉寂后，他又开口道：“对了，我爸的一个朋友最近在国家美术馆办了画展，你有空的话要不要周末一起去看看？就当散散心，暂时忘掉这些烦心事。”江若云的眼中又恢复了平日温和的笑意。

“好啊，那就周日一起去吧！”方凌不假思索地答应了下来。之后两人有一搭没一搭地聊着，语气都逐渐变得畅快。微风穿过叶间的缝隙，带来了阵阵桂花清新的芬芳，高墙隔得断一切，隔不断花香。

突然间，方凌感到头顶丝丝沁凉入骨，她不由得伸出手，微微仰头喃喃道：“下雨了。”

叶泽琳呆坐在宿舍里，越来越感觉胸口发闷，试着看书却怎么也看不进去，一种深深的无力感袭来，让她不知该何去何从。

焦虑就像漫延的潮水，浸湿可以只是一瞬间的事，而想要风干却是一个漫长的过程。

叶泽琳低头看了看表，已经九点多了，方凌还没回来，也没回复她的消息。她越来越心烦意乱，想要出去透一透气。

夜晚的校园宁静了许多，但时不时传来的窸窸窣窣的说话声仍让叶泽琳感到十分烦躁，她不由得加快了脚步。

不知不觉叶泽琳就走到了校门口，此刻她突然有了一种强烈的想要走出去的欲望，仿佛一只缄默许久的笼中鸟，突然意识到了那扇精致小门的存在。虽然平日里出校的活动并不少，但今时今日，这扇普通的校门对她而言似乎有了全然不同的意义。她的视线穿过门口的保安，远处街头影影绰绰的灯光闪动着某种诱惑。

她径直走出了大门，但也不知道要去哪里，只是漫无目的地朝着光亮走去。购物中心的喧闹声似乎永远不知疲倦，从每一层的窗户里隐隐地透了出来。她过了几条马路，人流少了许多，旁边居民区的灯光也渐渐暗淡了，门口的小商小贩也一个个地开始收摊。不知过了多久，她走到了以前从未涉足过的街区，被幽幽的寂静完全包裹着。

忽然之间，她的睫毛被什么砸中，视线旋即变得模糊。她呆呆地仰起头，张开手掌，发现硕大的雨滴正砸在她的手上。这颗粒分明的清凉让叶泽琳瞬间清醒了过来，她立即掉头往回走，雨越下越大，没过几分钟，便从滴滴分明变成倾泻如注。一道闪电在天边露出了尖利的獠牙，伴随着隆隆的雷声，让四下无人的街道变得阴森可怖。

她徒劳地抬起手试图遮雨，水花随着她不停加快的脚步四处飞溅着。终于到了学校附近的一个十字路口，圆形的路灯在地面的水坑中闪烁着昏黄的光，如一轮被淹没的太阳正奄奄一息。

陡然间，狂风大作，呼啸的风声随着轰隆隆的雷声像是诸神擂起的战鼓。

手机铃声响起，过了许久叶泽琳才从这震天的响动中将其分辨出来，便迅速躲进电话亭，慌忙拿出手机，身旁的雨点正噼里啪啦地击打着电话亭的玻璃。

是方凌的来电。

“泽琳，你在哪儿呀？怎么这么晚了还不回来。”电话那头的方凌语气焦急不安。

“啊，我只是出来散步，结果突然就开始下暴雨。我正躲在电话亭里，马上就回去。”

“那你带伞了吗？需不需要我过去接你？”

“不用——”

叶泽琳正说着话，忽然间睁大了眼睛。

“天呐，一棵大树要被风刮倒了……”

“啊？风这么大？”

“太可怕了！我拍给你看。”

叶泽琳惊诧地拿出手机，对着正在倾倒的大树点了录像。

面前朦胧的视线中，一道炫目的白光突然穿过漫天的水柱猛地刺了过来，将叶泽琳的眼睛刺得生疼。那束光迅速靠近之后，她才看清那是一辆黑色摩托车。

她顺着那束白光接着望去，依旧呆呆地举着手机，结果毫无防备地听到了一声巨响，震得她直接瘫坐在了湿滑的水泥地上。

只见一辆大货车横冲直撞，不顾红灯从对面猛地驶了过来，撞上了一辆从右边开过来的红色奔驰，奔驰的车头被撞得七零八落，玻璃碴散落一地。过了不到一秒，左边的黑色摩托车一时没刹住闸，径直撞到了大货车笨重的车身，车身顿时有了一块巨大的凹陷。摩托车上的男人一下子被弹到了大货车的车顶，又重重地摔了下来，大片的鲜血渗到了满地的雨水里。大货车旋即猛地往后倒了一点才完全停住了，泥水溅到了叶泽琳的脚边，一声雷鸣又骤然响起。

叶泽琳发出一声惊呼，手机一下子掉在了地上，溅起了水花。她环顾四周，发现四下无人，大滴大滴的眼泪便开始止不住地滚落，她伸出颤抖的手捡起手机，深呼吸着开始拨打120，雨水顺着手机不停地滑落着。强行让自己镇定下来后，她告诉了对方这里的地址，吐出每一个字都仿佛用尽了她全部的力气。

浑身无力地挂下电话之后，她缓缓地走上前，试图想看看车里的人到底怎么样了。走得越来越近的时候，她看了一眼地面上的场景，这一眼，她看到了永生难忘的一幕。此刻她所面对的真实，是血淋淋的。汽油味混杂着浓重的血腥味，让她顿时感到无法呼吸，忍不住想干呕。她急忙向后退，但双腿开始发软，湿漉漉的地面让她无法站稳，她又滑了一跤，这一跤，让她离那个可怕的场面更近了，血渍一点点地渗到她的衣角旁边。

她拖着发抖的身体一点点挪到了路边，想大声地喊却怎么也发不出声音。她扶住路灯缓缓地站了起来，踉踉跄跄地开始往回跑，不顾肆虐的雨水疯狂地拍打在脸上，不顾迸溅的水花将她的鞋袜彻底打湿。这一瞬间，她感觉四周仿佛都是看不见尽头的海水，而自己像一个寸草不生的孤岛。她的头顶上，一只鸟在狂风暴雨中不停地盘旋着，它似乎无枝可栖。

回学校的路变得如此漫长，叶泽琳感觉身体像是飘在了半空中，如一个孤寂的游魂。一阵阵救护车的声音从背后传来，由微弱变得越来越大，恍惚中她有种那声音是冲着自己而来的错觉。

毁灭，原来真的就只是一瞬间的事情，它就像世间万物拖在身后的黑影，可以暂时消失，但永远无法被彻底摆脱。

死亡，第一次以如此直接的方式展现在叶泽琳的眼前。

不知不觉中，无数的生死在叶泽琳眼前划过，透过那个倒在血泊中的人，她仿佛听见了更多的哭声从四面八方传来，那些她以往置若罔闻的哭声，此时忽然变得悲天怆地。这一刹那，所有的麻木都被揭开，她如同万蚁噬骨。

叶泽琳终于在恍惚之中走进了宿舍楼，像一只随意寄居的流浪猫。楼内惨白的灯光猛地刺痛了她的眼，在黑暗中浸泡许久的瞳孔似乎已不再适应光明。一身湿漉漉的衣服在幽深的楼道里发出滴答滴答的声音，她感觉自己的灵魂也被彻底淋湿了，连脚步声都被雨水悄然淹没了。

一推门，宿舍里便传来了一声惊呼，方凌瞪大了眼睛望着叶泽琳：“这是怎么回事？”

“没什么，就是淋了点雨。”叶泽琳用沙哑的声音无力地说道，然后便呆呆地瘫坐在了椅子上，沉重的脑袋带着一丝感冒的晕眩。她背对着方凌，眼眸失焦，仿佛望向虚空。

方凌看不到的是，叶泽琳轻阖双眼，她的泪水混在满脸的雨水中，不声不响地滑过。

雨水未曾飘散，积在了她的身体里，落在了她心底的深渊里。

躺在床上的李木子听见方凌的惊呼，微微偏头瞥了一眼，便又转过了身去，缄默无言。在她的床下，灰色的刺猬正发出“嘶嘶”的微弱叫声。

07

文明与生命

校园里行道树的枝叶越来越繁茂葱郁的时候，就是毕业季的活动正如火如荼的时候。清晨和午后的学校往往会变成一个巨大的摄影棚，三三两两的毕业生正在相机前变换着各种姿势，和煦的阳光在他们的脸上漫溢着。夏日里的毕业季，千言万语混杂着荷尔蒙一同不停歇地涌动着。

“泽琳，一起去看毕业摄影展吧！”方凌轻快地问道，语气充满着兴奋和试探。在方凌身上，任何悲伤似乎都能转瞬即逝，不会留下痕迹。

“我不去了。”叶泽琳在嘴角扯出一丝苦笑，淡淡地说道。她的肩膀抽搐了一下，眼神在不知不觉中愈发黯然，加重的黑眼圈仿佛是长长的睫毛投下的阴影。

“这个可是摄影社主办的，不会花多少时间的。”方凌又靠近了一点，观察着叶泽琳的反应。

听到摄影社，叶泽琳顿了一下，但还是继续摇了摇头：“我不想出去。”

以往摄影社的活动叶泽琳都会一个不落地主动参加，但此刻，方凌看向叶泽琳那充满愁绪的目光，以为是叶泽琳还在生她的气，随即作罢，背起包就走了。

手机突然有了一声提醒，是“青骑士”发来的消息。方凌打开一看，突然发现，“青骑士”的头像从之前的动漫人物变成了一张纯黑的图片。

青骑士：你之前说的，翘课错过突击考试的事情，后来可以补考了吗？

池鱼：唉，别提了，还是不行，现在室友貌似还生着气呢。

青骑士：我最近比你还惨，我前几天实习的时候出了个丑，超级尴尬，但不知道是谁拍了下来做成了动图，现在所有工作群都在传。

池鱼：也太好笑了吧，哈哈哈，给我也看看呗。

方凌扑哧一声对着屏幕笑了出来，可是不知为何，过了许久对方都没有再回复。

长久的沉默过后，屏幕终于又亮了起来，对方却似乎只字不想再提刚才说的事情。

青骑士：对了，能告诉我，你是哪个学校的吗？

方凌愣了一下，要告诉他自己也是菁世的吗？她迟疑着，已经打下了“菁世”两个字，但又想了想，还是很害怕打破这种线上的关系，于是缓缓删除了刚才打下的“菁世”，重新打了几个字。

池鱼：还是不说了，我学校不太好，跟你比差远了。

方凌抿着嘴思索片刻，还是想岔开这个话题。

池鱼：对了，你现在正在干什么呀？

青骑士：我在吃晚饭，今天六点有课，我就吃得早。

过了一秒，对方传过来了一张食物的照片，方凌通过餐桌一眼认出这里是学校北边的食堂。这个餐盘旁还放着一个水瓶，因为瓶盖上有个大坑，方凌便多看了几眼，这个水瓶有着深蓝的瓶身和白色的瓶盖，像一个满头花白的老人。

方凌走到毕业影展的现场，发现人已经不多了。她前后望了望，没看到梁渊，她便径直走到了展板前。最先映入眼帘的是一些充满年代感的照片。在几十年前的黑白照片中，朝气蓬勃的年轻人穿着朴素的短裤短袖，正笔挺地站立着，目光炯炯地直视前方。它的旁边是一张改革开放之后的毕业照，大家的衣服变得五颜六色，摆着各种各样的姿势坐在台阶上。

突然之间，一张照片仿佛一个黑洞瞬间吸走了方凌的目光。只见一个照片里的女生将学士服的红色绶带咬在了嘴里，表情阴郁诡谲，那抹红色在她脸上像一道开裂的伤口。她站在百叶窗旁，光明与阴影在她脸上变成一道道无比分明的条纹，仿佛某种势均力敌的博弈。不断生灭的光明和那抹鲜艳的红色将这张脸不停地撕裂着，方凌似乎能隔空感受到一阵钻心的痛苦。看着看着，方凌竟从这张脸中看出了一丝莫名的熟悉。

她好不容易才从惊讶中回过神来，连忙查看这张照片的作者，结果和其他照片不同的是，这张照片的下方空荡荡的，作者竟然被隐去了。

方凌又将视线转到了它下面的照片，只见这张照片上一个穿学士服的女生伫立于一棵光秃秃的枯树旁，枯树的倒影映在湖面，水面漂浮的树叶和花朵将倒影装点成了春日的样子，她也仿佛身处一派春意盎然之中，但在湖水的上方，枯树依然在寒风凛冽之中，没有一丝生机，而她本人和她那虚幻的倒影相比，显得寥落不已。

这张照片的下方，依然不见作者的署名。

方凌看过很多毕业影展，却从未见过这种暗黑风格的照片。正当方凌有些摸不着头脑的时候，右边的低声议论飘荡到了耳畔。

“我们社长啊，真的太奇怪了。”一个男生压低声音说道。

“怎么了？”另一个女生饶有兴致地问道。

方凌心下一惊，摄影社社长不就是梁渊吗，于是忍不住往右靠近了一点。

“我从小到大，还没见过这么自以为是的人。”右边的男生一边说着，一边撇着嘴无奈地摇着头，“团委的老师让他协助办毕业影展，可他倒好，非要在里面放一些奇奇怪怪的照片，老师不同意，他倒也一点都不妥协，居然跟老师僵持了很久。”

“那最后呢，到底放了吗？”一旁的女生听得津津有味，正充满好奇地看着他。

那个男生向方凌这边的展板偏了偏头，示意女生往这里看，“老师都生气了，说如果他继续坚持，那么所有作品都不给他署名，包括他拍的其他正常照片，甚至还包括被放到官网的照片。结果你猜怎么着，他居然说完全没关系，最后老师也很无奈，允许他只放三张那种照片。”

“那为什么还要让他协助办展呢？不能一下子撤掉他所有作品吗？”

一旁的男生耸了耸肩：“没办法，他水平高呗。一系列校庆相关的摄影大部分都是他拍的，还有几张是上过热搜的，要是都撤了，那这次影展的意义就降低了。”

“真没想到啊，区区一个摄影社，居然还有这种八卦。”旁边的女生莞尔一笑，然后轻轻地发出了一声喟叹。

方凌如触电一般在一旁僵立着，半晌回过神来，又转头找到了第三张照片，那张照片里一个女生头发蓬乱，顶光使得她的眼窝融进了无边的黑暗里。方凌的心中此刻涌起了说不清道不明的悲伤，却不知道这悲伤究竟为何而起。

眼前突然划过一个熟悉的身影，方凌定睛一看，梁渊正向自己走来，右边的两人见状纷纷停止了议论走到别处。

“你来了啊，我刚才出去了一下。”梁渊笑着说道，他的双眼依然透着一种天真，没有分毫暗影。

“嗯，我也刚过来没多久。”方凌神色复杂地望向梁渊，急忙吐出了几个字，“那我就先自己转转了，有什么需要帮忙的叫我。”

梁渊笑着点点头，方凌便又去其他展板看了看。果然除了那三张照片，还有很多校庆相关的摄影作品也没有署名，看着那些照片上青春洋溢的灿烂笑脸，方凌心中愈发不是滋味。

过了十几分钟，影展该结束收摊了，此时几个声音透过层层展板钻入了方凌的耳朵。

“社长，我们突然有点事，就先走啦！”一个女生说道。

“好的。”梁渊随即答应着。

不一会儿，又有一个男生的声音传来，“社长，我今晚有个约，要马上走了，怕来不及。”

梁渊依然毫不犹豫地一一答应着，方凌朝那边一看，只见梁渊正准备把一张桌子往楼里面的教室搬，身影如一只落单的孤雁。

方凌立即走了过去，有些愤愤地问道：“你怎么也不让他们帮你抬一下？”说着便帮他一起把桌子抬起来。

“没关系的，我自己一个人也可以。”梁渊轻轻说道，鼻尖沁出了一点汗珠。

方凌沉默不语，但还是坚持帮他一起抬了进去。

“这些都是要收拾的吗？”方凌指着大厅的一个个展板说道。

“是要送回艺术学院，不过你真的不用帮我了，我自己可以的。”梁渊不好意思地笑了笑，脸上浮现出独属于少年的执拗。

方凌怔怔地看了看周围层层叠叠的展板，又看着梁渊那张倔强的脸，感觉好气又好笑，“你真是底气越来越足了，敢叫日月换新天啊。”

夕阳已经将天边燃烧成一片赤红，似乎真是日月换了新天，一阵阵的晚风吹进了楼里。从这里到艺术学院其实也不过三四分钟路程，但将这些东西一趟趟地搬完，没个二三十分钟肯定不行。

一起把展板全部搬到了艺术学院之后，方凌长舒一口气，径直坐到了学院旁边的草坪上，梁渊也坐下来歇了歇，喘息的声音格外清晰，细密的汗珠在月光下闪着光。过了一会儿，柔软的草地像一块巨大的吸音海绵，天地阒寂无声，仿佛寂静也被悄然吸了进去，成了一片彻底的空。

“那几张照片，是你拍的吗？”方凌思忖再三，还是问了出来。

话音刚落，梁渊就明白了她说的是什么，他深呼吸了一口：“是的。”

“我听说，你还跟老师对峙了很久，也是真的吗？”

梁渊叹了口气，默认了一切。

“能告诉我为什么要这样吗？”方凌的语气中含着不忍与疑虑。

梁渊如犯了错的孩子般低下了头，缓缓说道：“我最近时常在想，为什么所有我见过的毕业影展，全是一派无比阳光美好的样子？不是每个人毕业时候的眼神，都是那么坚定、那么明媚的。那些无法明媚起来的人，不该被选择性忽视掉。”

“大概一个多月前吧，我偶然看到有四个女生在操场拍毕业照，应该是一个宿舍的。当时在一堆像复制粘贴一般的笑脸中，我却看到了一张悲伤的脸。不知道为什么，那种悲伤让我觉得太独特了，我当时就想，我不能就这么把这种悲伤忽视掉。”

梁渊喃喃地说着，不由得又回想起了那个眼神，那种如黑洞一般能吸走万物的悲伤，是一种非常特别的、不易觉察的病态，带着不知所向的迷惘和一切皆逝的悲哀。那一瞬，他惊异于那种悲伤的清澈，清澈得让人绝望，不声不响，却如奔涌而来的山洪一般，瞬间将他席卷。

方凌愣着沉默不语，少顷好像突然想到了什么似的，冷不丁蹦出了一句话：“那几张照片里的女生，就是你那天看到的那个女生吗？”

“没错，那天等她们拍完，我就过去跟她说，想给她拍一组不一样的毕业照，她就答应了。”梁渊说罢，方凌露出了复杂的神色，似是有些怏怏不快。她又看向梁渊，那张脸此刻并没有什么表情。

“对了，不是只让你放了三张照片，那其他照片能让我看看吗？”

“你真的想看吗？”梁渊愣了一下。

方凌点点头，梁渊便掏出了手机，翻出了相册递给方凌。

黑夜之中，一身学位服像斗篷一样披在了那个女生的头上，她手捧着一个蜡烛，脸被这方寸之间的光照亮，四周依然被黑暗包裹，整个画面像某种神秘的宗教仪式。方凌又向右划到了另一张照片，只见一张忧郁的脸被一个大泡泡遮盖着，仿佛被包裹着快要窒息，泡泡内的画面被调成了低饱和度，而泡泡外则是红花绿叶的高饱和。方凌被这种窒息感攫住的同时，又忍不住暗自惊叹这种无与伦比的创意。

“可是，为了这个得罪老师，还让一堆人看笑话，你这又是何苦呢？”方凌不由得想到了刚才听到的闲言碎语，心仿佛被什么揪了一下。

“可能是从小到大被人讨厌惯了吧，无所谓了。”梁渊笑了一声，方凌以为那是苦笑，但转过头，看到的竟是一个无比清朗的笑容，月光也仿佛变成了林间暖阳。

方凌一时无言，之后无奈地扯出一点笑容，“你知道吗？不怕被人讨厌这一点，真的更容易遭人讨厌。”

“我知道。可是不怕被人讨厌，也意味着莫大的自由吧。”梁渊淡淡地说着，微微仰头，似乎在眺望渺远的星空。可是今日的夜空被大片的乌云笼罩着，周边林立的高楼闪烁的光将星河完全封存。

梁渊话音刚落，方凌感觉灵魂深处的什么东西被瞬间激活了，她说不清那究竟是什么，只是觉得，它似乎可以穿破天幕层层的云雾，拨开光污染的阻隔，舞动于最纯净无瑕的星汉浩荡。

有些东西，即使满目疮痍，也绚烂无比。

月光和路灯交织着，漫溢的清冷和直射的温暖交缠着，空气中飘浮的尘埃此时也被照射得格外清晰，如同无数微小的飞蛾正奋力挥舞着单薄的翅膀。梁渊转头看向方凌，方凌看到自己的影子倒映在了梁渊的瞳孔里。

这一刹那，方凌突然做出了一个自己也意想不到的举动，她猛地向前抱住了梁渊，一股温暖便肆意地席卷了上来。梁渊顿时愣住了，他睁大了眼睛，抿了抿嘴，却一言不发。那一刻，方凌也说不清自己究竟是想拥抱梁渊，还是想拥抱梁渊瞳孔里倒映的自己。

空寂的月色下，两个单薄的影子交叠到了一起，如同暗夜生长出的两个触角，但四周洒下的尽是一片无垠的清辉。

周日到了，一向早睡早起的叶泽琳居然也直接睡到了下午，她双眼朦胧地抬起头，迷迷糊糊地看了看手机，惊觉已经快两点了，便瞪大了眼睛坐起来下了床。而一旁的李木子，竟还没有一丝要起床的意思，依然在沉沉地睡着。

“泽琳，今天我和若云要去看画展，你要一起吗？”

“我就不出去了，你们去吧。”叶泽琳耷拉着头，失神了一般呆呆地坐在椅子上，有气无力地说道。

“你怎么了？是不是没睡好？”

“没事，可能是最近太累了。”叶泽琳的嘴角用力挤出了一点笑意，然后迟疑着欲言又止。

“那你就好好休息吧。”方凌有些忧虑地看了叶泽琳一眼，便走出了门。

到了校门口，方凌远远地便看到了江若云的身影，他穿着白色短袖和栗色长裤，正和旁边的同学有说有笑。看到方凌，他笑着挥了挥手，然后又低头看了眼手表，面露惊讶地说道：“刚好两点，你可真准时。”

方凌也忍不住笑了：“那你是几点来的？不会等了很久吧。”

他垂眸低声说道：“也没有。”然后悄然露出了一抹笑意。

刚出校门走了没几步，突然一个驼着背的老太太走了上来：“小伙子，行行好，给点钱吧，几天没吃东西了。”说完又低着头咳嗽了两声，然后又缓缓抬起了头。方凌这才看清她的脸，那张脸犹如灰黑的版画，爬满的沟壑就像是刻刀留下的痕迹，而在沟壑的深处，一双无神的眼睛如沼泽一般充满了平静的绝望。

方凌皱着眉拉了拉江若云的衣角，示意他赶紧离开，可江若云却若有所思地对老太太说：“稍等一下。”随即便转身走进了旁边的便利店。方凌顿时一头雾水，呆呆地站在原处。那个低矮干瘦的老太太也愣住了，满身的灰尘也随之颤动了一下。

过了一会儿，江若云便火速出来了。他径直走向了老太太，递给她了两个面包。她那干瘪的双手如早已枯萎的花朵，两个面包在她手里都显得像庞然巨物。“谢谢！”她颤抖着说道。江若云笑了笑，便和方凌一道离开了。

等走远了一些，方凌便忍不住嘟囔着：“你如果真想帮她，为什么不直接给钱呢？还专门大费周章地去买面包。而且现在骗子这么多，谁知道是真是假呢。”

江若云轻轻叹了口气，“如果她是骗子，那我这几个面包对她也没什么用；如果真的如她所说饿了好几天，那我给她几个面包就刚好能解她燃眉之急。”

方凌没想到江若云会如此回答，怔怔地看向他，点了点头：“有道理。”她沉吟半晌，重新审视着这闪着光的深邃的目光，原来这双眼睛背后的灵魂比自己想象的还要理性、还要善良。

下了地铁，没走几步就到了美术馆，门口人头攒动，原来最近好几个热门大展都在这里举办。

“我们先去那里看看吧，好像很有意思。”方凌兴奋地指着旁边的数字艺术展说道。

“好呀，反正时间还早。”江若云瞥了一眼手表，立即答应道。

画展和数字艺术展分别占据着美术馆一层的两边，远远看上去数字艺术展的那边流光溢彩，如一个绚丽而神秘的梦境。刚一进去，层层叠叠的玻璃投射出了变幻莫测的动态画面，有不停起伏的苍翠山峦，有持续增高的摩天大楼，仿佛是散落四处的无尽平行世界的入口。他们在一片迷幻灯光中拐来拐去，渐渐走到了一层的尽头。

忽然之间，五个一米多高的圆柱突然出现在眼前，而在它们的前面横亘着一个巨大的弧形显示屏，正流动着各种颜色的斑斓光带。方凌好奇地凑上前去，只见旁边的简介上写着这个装置艺术的名字:《连结》。这时旁边一个甜美的声音突然响起："您好，我们这个装置是需要至少四个人一起参与的，您可以再找两三个游客一起。"一个穿着黑色套裙的女性工作人员笑意盈盈地对他们说道。

话音刚落，前面的两个身影便转了过来，是一对年轻情侣，身穿橙色连衣裙的女生看了看方凌和江若云，然后好奇地打量着这个装置，拉着一旁戴着棒球帽的男生说道:"那我们也一起玩这个吧。"男生便笑着答应了。

看到一下子就凑够了人，方凌欢欣雀跃地问着那个工作人员："请问这个是怎么玩的呀？"

"这个需要你们同时按下圆柱上的虚拟按钮，如果相差几毫秒，显示出来的画面都会有差别，前面的显示屏也会提醒你们具体是差了多少。只有在你们完全同时的情况下，显示屏里才能出现最美的隐藏效果。"

"听起来有点意思，那我们就一起试一下吧。"方凌笑着对江若云和那一对情侣说道。

于是方凌、江若云和戴棒球帽的男生便从右至左一人占据一个圆柱，而那个穿橙色连衣裙的女生则将两只手分别放到了最左边的两个圆柱上，她开始喊起了“三、二、一”，话音刚落，四人便齐刷刷地按住了面前的虚拟按钮。大家都笑了，觉得这第一次已经完全做到了同时，都翘首以盼着对面到底会出现什么神奇效果。

对面的显示屏倏然亮起：时间极差为70毫秒。

大家神情愕然，身体仿佛都被冻住了一样，呆呆地望着前方。他们似乎全然不知道，自己以为的同时，如果放大到毫秒的尺度竟然有着如此巨大的差别。这一刻，自身与世界似乎有一道更大的鸿沟正在拉开。

“那……我们再试一次吧，大家一定要听到我喊‘一’之后就马上按。”戴棒球帽的男生咽了一下口水，首先打破了沉寂，其他人纷纷点头。

“三、二、一！”身旁洪亮的声音让方凌清醒了过来，这一次大家都低头目不转睛地盯着虚拟按钮，如同在生物实验中紧盯着显微镜里的细菌王国。声波还在耳边回荡着，大家便猛地按下了按钮，这一次大家的动作似乎比刚才更整齐了。方凌看了一下其他人，大家的脸上都挂着信心满满的笑意。

显示屏又亮了起来：时间极差为30毫秒。

穿橙色裙子的女生顿时像泄了气的皮球一样蔫了下来，而戴棒球帽的男生则像一个误入战场的小孩踩到了地雷，身体一动不动，却保持着一个不平衡的姿势，场面甚是滑稽。方凌看向江若云，他的表情也突然严肃了起来，眉头微锁。

方凌无奈地清了清嗓：“我觉得，我们应该在按下按钮之前，手在按钮上保持一样的距离，听到口令后统一用指尖触碰，这样可以减少很多误差。”

一旁的情侣如啄木鸟般点了点头，戴棒球帽的男生深吸了一口气，像是一个赌上全部身家的赌徒在等着荷官发牌，“三、二、一”的声音再次响起，大家的手指齐刷刷地在空中划过，然后重重地落到了虚拟按钮上。

显示屏此时就像一个顽劣的孩童，几个不合时宜的字亮起：时间极差为22毫秒。

所有人的耐心都已经被耗尽，颓然地看着面前这个巨大的屏幕，如同望着末日的滔天洪水一般，丝毫不想再挣扎。

此时，穿橙色裙子的女生突然兴奋地说，“我有个好办法！”

三双眼睛同时刷地看向了她，充满着疲惫与些许好奇。

“一个人总可以保证他自己的两只手同时落下，对吧？”她眨了眨圆圆的眼睛，反问大家。

“是啊，所以呢？”戴棒球帽的男生依然摸不着头脑。

那个女生笑着拍了一下男生的帽子，“所以，我们只需要手拉着手，每个人的一只手都放到一个按钮上，四个人的手刚好可以放到五个按钮上，大家的手互相感应。这样的话，就可以保证所有人的手都同时落下了。”

方凌粲然一笑：“好主意！”一旁的江若云笑着点了点头，然后神色有些恍惚地说道：“或许……这才是这个装置艺术真正想表达的意义。”

戴棒球帽的男生仰起头仔细想了想，也恍然大悟，一把拉起了女生的手说道：“我们晶晶就是聪明！”然后他向右猛地拉起了江若云的手，力道惊人，他注视着前方说：“我们四个人就这样再试一次吧。”

江若云愣了一下，迟疑片刻，然后把手缓缓伸到右边，轻轻拉起了方凌的手。在这冷气十足的美术馆里，一股温热瞬间漫上了方凌的手心，带着一点点夏日才有的汗水。方凌感受到这股温热愈发浓烈，江若云的手握得越来越紧。

“准备好了吗……三、二、一！”一旁的男声越来越激动，好像一个披荆斩棘的将军即将攻下最后一座城池。四人此时此刻正感应着彼此，融合成了同一个庞大的身体，随着一声令下，四双手同时落下。

按钮的声音如平地惊雷般响起，眼前的画面让他们顿时说不出话来。

四周的灯光暗了下来，紧接着，弧形屏幕里涌现出四人从未料想的眩目华彩，这华彩是不断绽放的烟花，而这烟花竟是立体的全息投影效果，像是从地面生长出来，然后在明澈的夜空中渐次盛开。在烟火的四周，出现了不断流转的绮丽光效，展现着烟火下落的余烬与闪烁的光影。此时他们明明和屏幕只有几米之隔，眼前的烟火却如绽放于遥远的天边，有种不落凡尘的宏大与肃穆。烟花绽放后飘落的余烬不再遵循自然的弧线，而是自在轻盈，随风而翔。这远在天边、近在眼前的绚烂，似流萤漫天，如千花共舞，真实与虚幻竟再也无法分辨。

不知不觉中，这里的人越来越多，游客一圈圈地围了上来，“太美了吧！”他们纷纷感叹着，然后便无言地静立着，欣赏着这场盛大的数字烟火。

江若云放开了左边被那个男生拉着的手，却依然紧紧握着方凌的手。他们的脸庞暗下来，又被不停地点亮，和烟花一道，绽放于这万千明灭之中。不知是他们为烟火驻足，还是烟火为他们而绽放。

这一瞬，身旁涌动的人流似乎都变成了半透明状，只有面前这虚拟的烟火和两颗心跳声是如此的真实。

两个小时就在眨眼间过去了，看完了数字艺术展，方凌和江若云便一起往回走，绕过移步换景的曲廊，“温木白先生作品展”几个大字映入了眼帘。

江若云边走边笑着说：“温木白叔叔是我爸的大学室友，两个人已经认识三十多年了。关于我爸，很多我不知道的事情啊，他都知道。”

“那他肯定也知道江叔叔的很多秘密喽。”方凌歪了歪头，眯起眼睛笑了起来。

刚走进画展，方凌的视线便被一幅画吸引了，那幅画上有一轮满月，月光里站着一个仰面祈祷的少女，她的眼眸中有着一种天真的坚定。整幅画用类似于点绘法的手法完成，为满月的辉光凭添了一抹朦胧，少女的脸在这雾气般的月色中也显得没那么真切，仿佛已经变成了皎皎月光的一部分。在画框的下方，方凌看到这幅作品的名字是《时至今日，你仍是我的月光》。

“没想到温叔叔居然这么浪漫。”方凌忍不住笑出了声。

江若云看到这幅画，刹那间有些恍惚，觉得这样的一幕似曾相识，他不由得想起了八年前的一个夏夜。那天是暑假的第一天，他和方凌背着大人偷偷溜进了公园里的迷宫，那个时候他们个子都还很小，石砌的迷宫高他们整整一头，如同守护着他们的坚固堡垒。他们走了半天都没有走出去，总是在不停打转，却一点也不着急，时不时地说笑打闹，享受着两个人一起被迷宫困住的时光。他记得有一个瞬间，方凌抬头看了看悬挂在天宇的满月，一缕清辉悄然洒在了她那还有着婴儿肥的脸上，那时的江若云呆呆地望着方凌，突然发觉倒映在她眸中的月亮比头顶的月亮更美。

刹那间，语文老师刚教的一句古诗浮上心头，“野旷天低树，江清月近人”，那时刚上初中的江若云突然感觉自己真正体悟到了那种广袤的宁静。

“我喜欢这幅画。”江若云盯着画中的月亮和女子，入神地说道：“时至今日，你仍是我的月光。”他喃喃念着画的名字，渐渐心潮起伏，不自觉地稍稍把头偏向方凌，看了她一眼。这句话轻轻钻入了方凌的耳朵，她望向江若云，而江若云此时悄悄地把头移开了。美术馆柔和的光轻抚他们的脸颊，仿佛画中的月亮活了过来。

“若云？”在一片沉寂之中，一个厚重而不羁的声音忽然响起。

江若云宛如从梦中被叫醒，猛然回头，一张熟悉的脸浮现在眼前。

“温叔叔！”江若云欣喜地叫了出来。

“太巧了吧，我刚吃完饭回来就看见了你。”对面的人发出了爽朗的笑声，用力地拍了拍江若云的肩膀。

“哦，对了，这是方凌，是沈阿姨的女儿。”江若云连忙介绍了方凌。

对面那潇洒的眉目凝固了一下，又被更畅快的笑容化开了，“原来你就是秋月的女儿呀！”

方凌笑意盈盈地跟温木白打了招呼，“温叔叔好，我真的很喜欢您的作品。”

“真的啊？”温木白大笑了起来，然后突然压低了声音，“偷偷告诉你们，其实我除了画这种画展里的画，还用别的名字出了好几本漫画，在青少年读者里面卖得还不错。

“啊？漫画？”方凌还以为自己听错了，愕然失语。

“是的，想不到吧。”温木白眉头一挑，露出了些许得意的神情，半晌又若有所思地喃喃道，“其实展出的这些画，和我画的那些漫画又有多大的区别呢？用你们年轻人的话说，我真的很喜欢纸片人，他们虽然是假的，但在虚假的世界里他们是最真实的，而很多真人，在真实的世界里是虚假的。”

“真实里的虚假，不如虚假里的真实。”方凌也不由自主地说道。

温木白点了点头，笑着看了看方凌，又看了看江若云，似乎突然想到了什么，脸上浮现出一种异样的表情。

“咦，那老江和秋月也是一起过来的吗？”温木白顿了顿，冷不丁地问道，神色有些不自然。

“没有啦，我爸今天有事，说明天一定来！沈阿姨最近在国外呢。”

“哦哦，这样啊，那你们先逛着。”温木白脸上异样的表情此刻全然消失了，他有些无奈地耸了耸肩，“我马上还要去接待几个赞助商，有空请你们吃饭。”

“好的，那您就赶紧去忙吧。”江若云连忙说道。

温木白大跨步地走了，方凌和江若云便继续向前。“没想到温叔叔居然是这么有意思的人。”方凌一边说着，一边注意到了一幅色彩绚丽的画。

这幅画左半边画着一个身着燕尾服、戴着礼帽的绅士，但他却身处一片荒莽的丛林之中，身边的草木如不规则的锯齿般潜滋暗长，脚下的泥泞沾染上他那发亮的皮鞋，一旁的水塘倒映出了那端庄高贵的身姿。左边泥土的颜色渐变成了右边灰色的宽阔马路，画面的右半边画着一个穿着草裙、长发飘逸的人，他骑着一匹没有马鞍的白马，正飞奔在一个宏伟的类似于神庙的建筑面前，扬起了一片飞尘，这个建筑让方凌想起了巴黎的先贤祠。

方凌看到这幅画的名字是:《文明与生命》。

“对了，你有喜欢的画家吗？”方凌凝视着这幅画，突然问道。

江若云稍微思索了一下，便坚定地说道:“塞尚，我觉得他的画很神奇，明明是将多个视角所见融进一幅画中，但整个画面又是非常和谐的。你呢？”

“我嘛……我还是最喜欢梵高。”方凌笑了笑，“其实仔细想想，他们两个人刚好体现了两种对事物本质的认知。”

江若云有些好奇地望向方凌，示意她继续说下去。

“塞尚画画是要经过非常仔细的观察的，他多视角着眼，然后再经过几何来简化，让整个画面里各种关系看起来很和谐，那些静物也就表现出了最完整的形象。而对梵高来说，比起眼睛，他更依赖自己的感受，他画的是他所感受到的那种不安的、强烈的世界。”

“没错，一个格物致知，一个表现感知。这大概也就是之后立体主义和表现主义的差别吧。”江若云笑了笑，“不过，我还是更喜欢塞尚的画法，一个事物的很多面只一眼就完整地呈现了出来，仿佛多重的时间全部凝固到了一起。”

“这样的画确实很厉害，不过现在回想一下，我特别欣赏的艺术家似乎都有个共同点，就是他们好像能用自己的眼睛把整个世界过滤一遍，像梵高笔下的形象是扭曲的，但他捕捉到的是这个世界一瞬间的生命力，就好像，这种生命力是永恒的一样。”方凌有些入神地轻声说道。

“你这个形容挺有意思，我记得梵高好像早年画了一幅《吃土豆的人》，虽然偏向现实主义风格，但并不写实。”

“对，即使是这么昏暗的一幅画，也还是有一种独特的生命感。”

生命是短暂的，生命力的展现往往在于一瞬间，而文明能跨越千年。但画家能把一瞬间变成永恒，让生命得以和文明一样恒久。

他们继续往前走，走到五幅小画构成的组画面前，这五幅画从左至右，画面上的内容依次减少，第一幅画是一幅完整的风景画，但接下来的画都是残缺不全的，直到第五幅画变成了空空如也的一张白纸。二人仔细看了看，发现前四幅画中有颜色的部分都是一样的，而那些残缺不全的画，像是把同一幅画上的一些颜料用胶带粘走了，留下了剩余的残影。而那最后的一张白纸竟是凹凸不平的，布满了各种划痕和胶带粘过的痕迹，像是一块饱经风霜的老树皮。这幅组画的名字是:《无》。

“从左至右是从有到无的过程，但这个‘无’似乎比‘有’来得更加艰难，或许这就是温叔叔想表达的吧。”江若云专注地看着面前的白纸，若有所思地说道。

“是啊，最后一张白纸虽然乍一看什么也没有，但其中从有到无的艰辛，是仔细感受才能明白的。”方凌呆立着喃喃道，然后突然笑了笑，目光闪烁着灵动与狡黠，问江若云:“你说，如果一个色盲坚信眼见为实，那你该如何说服他世界是彩色的而不是黑白的呢？”

江若云愣了愣，然后扑哧一声笑了出来:“这个问题蛮有趣的，让我想想……或许可以用电脑显示出一幅画里不同颜色的色值，然后再给他看完整的颜色数值表，这样他就明白自己以为的黑白不是真正的黑白。”

方凌也笑了："你反应可真快！不过，又如何能让他真正明白其他颜色到底是什么样的呢？"她顿了一下，缓缓说道，"其实我现在觉得，用眼睛去观察，格物致知，并不能真正了解一个事物，虽然几千年来，人类早就发明出了一套精密的观察方法和仪器。"

"你是说，应该用感知去了解世界？"

方凌轻轻点了点头："有些看不见摸不着的东西，才更值得被相信吧。"她静静地看着面前这个由五幅画连成一起的作品，"就好比，如果虚无就是不存在，那为什么那么多艺术家、那么多修行人都在奋力地去追求虚无呢？"

"虚无当然不等于不存在，就像宇宙在诞生之前还有着量子波动。不过在现实生活中，相信看不见摸不着的东西，或许更多的是出于一种信仰吧。"江若云思忖着说道。

方凌沉默不语，又向前走了几步，眼前出现了一幅拼贴画，是用无数种颜色的碎片拼凑成的世界地图。细看之下，方凌发现这些碎片的用纸也是不同的，有的是宣纸，有的是卡纸，有的是铜版纸，面前绚丽的世界地图紧密黏合着，却又仿佛摇摇欲坠。

方凌在这幅拼贴画前伫立良久，欲言又止，半晌缓缓开口："我们对现实世界的感知又何尝不是一种信仰呢？人活一辈子都无法将整个世界踏遍，我们能感知的仅仅是这个世界的碎片，但我们却又对整个地球正在发生着什么深信不疑。"

江若云愣了一下，什么都不说，只是静静地望着方凌。

不知不觉，他们就快要走到出口了，一个纪念品商店横亘在了眼前，就像其他的无数个美术馆一样，总有一个地方将你从艺术的梦境拉回到消费社会的现实。方凌走进去看了看，眼前出现了无数被印在靠枕和杯子上的名画，还有一些名画的颜色被改动，加入了现代元素，仿佛安迪·沃霍尔再现了。方凌不知不觉便驻足在了印着梵高《麦田上的乌鸦》的靠枕旁，在那金黄灿烂的麦田上，却笼罩着一片黑压压的乌云，那种感觉，让方凌蓦然觉得似曾相识。

“如果你想，我们可以等暑假一起去荷兰看梵高美术馆。”看到方凌入神的样子，江若云在一旁笑着说道，语气中透着一种试探。

“可以呀！”方凌笑着说道。不知为何，方凌此刻突然想起了几天前在毕业影展之后，那个静谧又惘然的夜晚，然后有些恍惚地轻声说道：“不过我现在觉得，或许真正的文艺，不是跨越大半个地球去看一场梵高的展览，而是去拥抱身边那个像梵高一样的人吧。”

江若云缄默着凝视面前的画，又看了看方凌，像是在思索着什么，眼中露出了一丝怅然。

身后突然传来了一声咳嗽声，江若云转过头，顿时惊愕不已。

“爸，你不是说明天再来？”江若云怔怔地说道。话音刚落，方凌也猛地转过身来。

江教授穿着白衬衣出现在面前，看见江若云和方凌都转过身，他也愣了一下，连忙解释道：“我今天的会议突然取消了，就想着过来看看。你们不用管我，继续逛你们的吧，我一会儿还要去找你温叔叔。”

“那行，我们就先走啦。”

江教授冲他们温和地笑了笑，看着他们的背影逐渐走远，突然翻了翻包的最深处，翻出了一个月牙项链，凝视良久。这个和方凌脖子上的月牙项链一模一样，只不过不是方凌戴着的金色，而是银色。

他不由得想到一段闪着光又如梦幻泡影的岁月，想到没送出这条项链的那个午后，想到一代代人都有着的隐秘的哀愁，就像溪水中低洼之处的漩涡，一圈又一圈，循环往复，又步履不停。

08

暗潮涌动

“砰”的一声，电梯门关闭，世界顿时封闭了起来。

刚下课的叶泽琳一脸疲惫地站在电梯里，强撑着昏昏欲睡的身子，只想赶快回宿舍睡一觉。

旁边的两个女生正低头玩着手机，突然间，其中一个女生的表情凝固了。

“三月二十五日，在南林区广富路十字路口处，发生一起三辆车相撞的重大车祸事故，三死三伤……”平静的女声从她的手机里传来，声音在这狭小的空间中不断地反射，震耳欲聋。刹那间，叶泽琳像是被电击了一般，浑身开始止不住地颤抖，猛地扶住了电梯壁。

那个女生也被巨大的声音吓了一跳，连忙将音量调小，直到变得细若游丝。

“天啊，这是在我们学校附近发生的吗……”另一个女生表情愕然地凑了过去。

“是啊，太可怕了。”

紧接着，两个女生便小声议论着，但她们的声音就像飘浮到了异次元，叶泽琳再也无法听得真切。

苍白的光线刺了进来，电梯门开了。

“泽琳，明天是你的生日，你想去哪里吃饭呀？”方凌转向叶泽琳，一脸期待地问道。

“我也不知道……我都行的。”叶泽琳勉强笑了一下，有些心不在焉。然后她又突然强调似的抬起了头，“能不能去个近点的？”

“你看一下群，梁渊刚发了一个新开餐厅的链接，感觉好有意思！”

叶泽琳点开了链接，看到照片里的火车头时，她顿时愣住了，脸色不知不觉变得煞白，一股强烈的不适感涌了上来。

“这是火车主题餐厅，旁边还有一个花园！”方凌兴致盎然地望向叶泽琳，“离学校才一公里，你觉得怎么样？”

“我……”叶泽琳突然如鲠在喉，怎么也吐不出下一个字。她缓缓抬起头，望着方凌眸中飞扬的神采，沉寂了半晌，终于艰难地说道：“我觉得可以，那就去这家吧。”说罢，她用全力挤出了一个温暖的笑容。

叶泽琳又往下翻了翻，突然看见了火车头餐厅的人均消费，全身仿佛瞬间僵硬了。

“对了，既然是你生日，这次我们请客。”方凌似乎看到了叶泽琳紧蹙的眉头，语气轻快地说道。

方凌话音刚落，叶泽琳暗自松了一口气，但有种说不清的复杂情绪又裹挟了她。

青骑士：有空吗？想请教你个问题。

池鱼：怎么啦？

青骑士：你之前被人误解的时候，是怎么调节情绪的啊？

看到这里，方凌的脑海中不自觉地开始回荡一串钢琴声。

池鱼：是一个朋友教会了我屏蔽。

池鱼：怎么了，你是遇到什么事了吗？

青骑士：也不是什么要紧事，就是今天实习的时候，我在厕所里听到了另外两个同事说我优越感太强，仗着自己是菁世的就对她们爱搭不理……但我真的不是啊，可能是最近没休息好吧，我真的是有好几次都没听见她们叫我……但现在，我也没办法再跟她们解释了。

池鱼：背地里议论别人是她们的问题，你没有错，不用管她们，以后注意休息就行。

青骑士：唉，我也不知道怎么了，就是越来越感觉到，自己对于人与人之间的交流越来越淡薄了。我发现自己对于物的情感开始高于对人的，比如我那个已经旧得不行的水杯，我就觉得它是一个风烛残年的老人。

池鱼：那你喜欢在这里跟陌生人交流，是觉得手机里的陌生人更接近于物吗？

青骑士：感觉是的，有的时候觉得他们仿佛和手机融为了一体，让我很有安全感。

青骑士：但其实，有的时候又会觉得，手机里的陌生人更接近于真正的人。

方凌愣了一下，心中悄然涌起了一丝波浪。

池鱼：为什么呢？

青骑士：最近期末，大家不是在疯狂地学习，就是在疯狂地投

简历找实习，他们哪怕熬到凌晨三点都能每天依旧七点准时起床，感觉他们就像是一个个永不停歇的战士。

看到这里，方凌心中变得五味杂陈，自己昨天确实是三点睡的，今天也是一大早就起了。

青骑士：但是在这里，我才能感受到人类并不是战士，也是有着各种孤独，各种幽隐的角落的。

青骑士：虽然我看不见摸不着，但有几个瞬间我感觉，我能感受到你的呼吸。

对面黑色的头像在方凌的眼前跳动着，此刻占据了她的全部视线。

叶泽琳的生日刚好是在周六，午间的阳光暖暖地透过窗户，桌子被明晰地分割成了金黄和暗影。

“木子，今天是泽琳的生日，一起去吃饭吧！”方凌碰了碰还赖在床上的李木子，只见她将头深深地埋在被子里，凸起的被子宛如一个沉默的蚕蛹。

“起来吧！我们去吃的可是你最爱的意大利餐。”方凌一边说着，一边将她的被子拉开了一角，她的脸顿时露了出来，凌乱的头发在脸上横七竖八地披散着，像一道道结痂的伤口。

李木子顿时把脸转到了另一边，然后猛地又把被子拉上，始终一言不发。床上布满褶皱的被子似乎将她们隔绝成了两个世界。

方凌愣了愣，有些困惑地望向叶泽琳，然后又无奈地笑了笑。

“没关系，我们走吧，让她好好休息。”叶泽琳走上前轻轻说道。

出了宿舍，方凌还是有些不安地问道：“木子今天是怎么了呀？

感觉一直心情不好。”

叶泽琳思索片刻，然后语气轻松地说道：“应该没什么，木子的性子你还不了解啊，她要是心情不好，睡一觉就立马好了。”

方凌和叶泽琳有说有笑地提着蛋糕到了校门口，看到梁渊和江若云已经到了，江若云一见到她们便连忙接过了蛋糕。正午的暑热越来越炽烈，世界仿佛变成了密不透风的蒸笼。

“好热啊，要不然我们直接打车吧？”方凌使劲用手对着脸扇了扇风，忍不住嘟囔着，拿出手机就准备打车了。

“等等！还是走着去吧……”叶泽琳有些失态地喊道，她眉头微蹙，随即愣了一下，又笑着望向方凌解释道，“多消化消化才能吃得多嘛！”

方凌一下子笑了出来：“好吧！不过平常也没见你这么勤快，果然人为了吃什么都做得出来。”

叶泽琳笑着低下了头，眼中怅然飘过一抹暗影。

树木掩映之中，一列静止不动的绿皮火车映入眼帘，仿佛和葱郁的林木融为了一体。橙黄的灯光从里面透了出来，渐变成了灿烂的阳光，冷色与暖色在这里完美交融。在绿皮火车的最前端，蒸汽火车头躺在一段废弃的铁轨上，似乎下一秒就要往前冲去。叶泽琳的表情不知不觉变得紧绷，连忙低下了头，深吸一口气，让自己不要再去看。

见到这样一幅文明与自然、复古与现代交织的画面，方凌忍不住掏出手机不停地拍照，而此时，从火车头的另一侧，一个熟悉的身影款款走出。

“王旭？”方凌一声惊呼，随即欣然地笑了，“太巧了吧！在这里都能碰见你。”

“果然，大家都想来这个新开的餐厅。”对面的人惊诧了一瞬，便立即耸了耸肩，换上了一副见怪不怪的神情。

江若云也愣住了，然后笑着走上前去，拍了拍王旭的肩膀：“师弟，好久不见！”

方凌这才注意到身旁一脸茫然的梁渊和叶泽琳，连忙笑着解释道：“这是我的高中同学，是若云的学弟。对了，他可是菁世心理系出了名的大神！”

“哪有这么夸张！”王旭眯着眼睛笑了起来，眼中流露出一丝落拓不羁，仿佛是一个信步于花街柳巷的五陵少年。

而此时，又有一个男生从树冠的荫翳中突然出现，走向了王旭。他个子很高，穿着一身灰，眼中有着波澜不惊的成熟。

“这是我朋友，叫周齐，他也是菁世商学院的，不过比我高一届，和若云是一级。”王旭缓缓地向大家介绍着。周齐便笑着跟大家打招呼，此刻林木间安静的空气仿佛荡漾出了畅快的音符。

王旭似乎是才发现江若云手里的蛋糕，突然惊奇地问道：“咦，是有人过生日吗？”

“哦，是我室友，她今天过生日。”方凌笑着向王旭和他朋友介绍了叶泽琳。

王旭看了看叶泽琳和绑着红丝带的蛋糕，忽然幽幽地说道：“那……我们能蹭蛋糕吗？”他拖着长长的尾音，目光狡黠，半开玩笑的语气中透着一种试探。

“你啊！真是一点没变，脸皮怎么还是那么厚！”方凌瞪着他没好气地说道，随即笑出了声，“那我们就一起吃饭好了！泽琳，可以吗？”

叶泽琳笑着点了点头："没问题的。"

六个人就这样一起走进餐厅，一如所料，这个火车改装的餐厅空间并不大，但每个角落都极其精致典雅，散发着地中海风情。此刻点单声、说笑声和碰杯声一起沸腾着，长长的吊灯搅动着快活的空气，刚才从外看显得无比古旧的车厢此刻瞬间焕发了生机，宛如重新浮上海面的泰坦尼克号。

"实在不好意思，我们没有大桌了。"正当他们试图寻觅空位的时候，一个服务员朝他们走了过来，脸上有些歉意。

"那哪里还有空座位？"方凌立即问道。

"只有一个两人小桌了，你们要不稍等一会儿。"服务员向右边指了指，只见一个精巧的木桌上摆着插花，散发着隐隐约约的香气，但木桌看上去实在太过狭小，连三四个人都坐不下。

方凌环视一周，食客们围坐在一起，正兴致勃勃地谈笑着，每个大桌上的菜看起来都完整无缺，似乎都是刚刚才吃上。

"看起来要等很久……"梁渊皱着眉头咕哝道。

突然间，方凌不断游走的视线定住了，只见车厢尽头的大桌上只坐了两个外国女生，她们金发碧眼，穿着红色和黑色的吊带连衣裙，正端着红酒杯攀谈着。午后的阳光透过窗台的绿植洒了进来，她们精致的脸上光影交错。

"能不能麻烦您问一下那边的女生，如果只有她们两个人，能不能换到小桌？"方凌向那边指了指，扬起下巴示意服务员去问问。

"好的……但愿她们会中文。"服务员神色犹豫，但还是走了过去。

两个外国女生突然手舞足蹈地对着服务员比划，先说了几句拒绝的英文，然后几句蹩脚的中文又隐隐约约传了过来：“我们不换，我们喜欢窗边的座位……”

方凌眉头微锁，耳边响起了叶泽琳的一声叹息：“看来不行，那我们就等等吧。”

正当叶泽琳准备坐到门口的椅子时，江若云突然走上前，穿过了狭窄的过道，径直走到了车厢尽头的那个大桌旁，和那两个外国女生攀谈了起来。

“Bonjour!”江若云的声音传来，方凌听到江若云直接用法语问好，微微一愣。

江若云又接着说了几句法语，只见两个外国女生凝固的表情顿时化开了，如春风拂面，对着江若云嫣然一笑。紧接着，两个女生便兴奋地和江若云用法语攀谈了起来，江若云又拿出手机给她们看了什么，她们凑了过去，饶有兴致地歪了歪头，脸上的笑容更加畅快了。江若云随即又向叶泽琳的方向指了指，那两个女生欣然地点了点头，又笑着说了几句话，拥抱了一下江若云，便拎起包迅速离开了座位。她们走向此刻正一脸困惑的叶泽琳，对着她用英文大声说了一句“生日快乐”，然后便坐到了两人小桌旁。目睹一切的其他五人纷纷表情愕然，仿佛是突然闯入古希腊奥林匹亚的中世纪教徒。

“你跟她们说了什么啊？”江若云刚走回来，方凌就眨着眼睛，好奇地问道。

“她们说她们是来中国旅游的学生，但之前去过的景点全是密密麻麻的人，于是我就给她们推荐了一些小众景点，还告诉她们今晚在日月花园有集体放孔明灯的活动。然后我就说今天是来给朋友过生日，不想让朋友在生日当天等位，她们就同意换到小桌了。”江若云淡淡地笑了笑。

方凌惊呼道：“真有你的！对了，你什么时候会说法语的啊？”

江若云随即有些不好意思地回答：“我之前选修过法语。”

叶泽琳仿佛突然意识到什么，猛地转过头问道：“咦，那你是怎么知道她们是法国人的呀？我没听见她们之前说过法语啊。”

“除了法国人，还会有谁的衣服和包上都印着鸢尾花呢，并且还是香根鸢尾。”江若云望向正在小桌上碰杯的外国女生，不由得笑出了声。

叶泽琳这才注意到那两个女生衣服上的香根鸢尾，蓝紫色的花瓣悠悠地盛开着，婀娜又清雅，花瓣外侧围了一圈银白色的苞片，宛如素洁的月光裹挟着妩媚的少女。

“师兄还是这么厉害啊！只不过我要是你的话，我肯定就不仅是给她们指点去处了。”王旭在一旁缓缓称赞道，脸上挂着不怀好意的笑容。

话音刚落，方凌便又瞪了王旭一眼，江若云笑了笑没有说话。在打闹之中，大家继续往前走着。

“哇，你是泽琳吧？”一个声音似唱歌般响起。

叶泽琳一转头，只见一个明艳的身影如火流星般划过，餐厅里昏黄的灯光仿佛瞬间变得眩目。面前的女生穿着玫红色的裙子，弯弯的眼睛里透着笑意，微张的嘴唇如含苞待放的花蕊，身后一头乌黑长发直直地垂下来，发尾微微卷起，如春日湖畔微风拂过的柳枝。坐在旁边餐桌的人听到声音，也忍不住偷偷打量着她。

“你是……赵姗妮？”叶泽琳仔细思考片刻，呆呆地问道。

“对，我们在歌手大赛复赛见过，你忘了？”赵姗妮的语调越来越轻快，如林间婉转啼鸣的黄鹂。

“啊，想起来了！我很喜欢你当时唱的歌。”

赵姗妮微微低头嫣然一笑，突然指着蛋糕问道：“你们这是要给谁过生日吗？”

“哦，我今天生日。”叶泽琳不好意思地笑了笑。

这时，赵姗妮两眼放光，突然转头对着手机屏幕兴奋地说：“各位宝宝们，我在这里偶遇了过生日的同学，你们想看看她吗？”

这猝不及防的话顿时让叶泽琳变得有些慌乱，叶泽琳这才发现赵姗妮一直在直播。

赵姗妮对着一脸茫然的叶泽琳说道：“我正在直播，我粉丝都说想看看你，你可以入镜说几句吗？”她眨着眼睛歪了歪头，流苏耳环反射的光也随之晃动着。

“啊？”叶泽琳愣了一下，但还没等叶泽琳说出下一句话，赵姗妮就一把拉住了她，叶泽琳的脸就猝然出现在了面前的屏幕里，美颜滤镜顿时让她的脸瘦了好几圈，但眼睛又放大了好几倍，仿佛一个外星人。

“我朋友今天生日，大家多发一些祝福的话哦。”赵姗妮用极其可爱娇柔的语调对着屏幕说道。她话还没说完，屏幕上就顿时刷出了无数的“生日快乐”，但比祝福语更显眼的，是一个个缤纷炫目的虚拟礼物，越来越多的星星和玫瑰晃在了叶泽琳的眼前，虚拟生日蛋糕上的奶油似乎快要掉下来了，还有时不时冲上天际的火箭，仿佛一个能到达梦幻世界的传送装置。

叶泽琳怔怔地看着手机里的场景，终于回过神来，有些尴尬地对着屏幕挤出了一句：“大家好。”她那表情僵硬的脸和赵姗妮的娇媚灵动形成了鲜明的对比，如同剧场里突然被拉上台的小孩。如此持续了一会儿，赵姗妮似乎也看不下去这一滑稽的场面了，又调整了一下手机角落，叶泽琳的脸便在屏幕里消失了。

“我也吃完了，该走啦，祝你们玩得愉快！”赵姗妮拎起包向他们挥了挥手，然后便向门口走去，身姿如轻盈的小鹿。

赵姗妮的身影消失后，大家便走到了靠窗的大桌旁，终于坐定。一旁的服务员风一样地走了过来，大家三言两语便点够了两个前菜和六个主菜。

“赵姗妮可是全网公认的菁世校花。”刚点完菜，王旭便嗑着小碟里的瓜子说道。

“她才刚走，要不你追上去？”方凌玩味地一笑，瞥了一眼王旭。

“我后半句话还没说呢，”王旭喝了口水，漫不经心地说道，“但我之前不知道为什么，一直觉得她没大家说的那么好看，后来我终于想明白了。”

“想明白什么了？”方凌忽然来了兴趣，抬起头问道。

“你们觉得，为什么这个时代没有以前的那种绝世美女？”王旭放下水杯，叉着双手反问道。

“为什么？”方凌和叶泽琳的声音同时响起。

“因为啊，输出得太多就让人失去对她的想象力了。”王旭顿了顿，然后一边继续嗑着瓜子一边说着，他的面前渐渐堆起了小山丘般的瓜子皮，“没有留白，就难以出尘，不是吗？”

方凌微微一愣，随即用开玩笑的语气说道：“原来你也没那么肤浅嘛！我以为你还像高三……”

没等方凌说完，王旭便急忙打断了她：“喂！好歹同学一场，给点面子吧。”

在说笑之中，大家一起打开了蛋糕，叶泽琳的眼睛顿时被蛋糕上的绚丽彩虹吸引住了，她突然想起了以前当家教时那个小男孩生日派对上的蛋糕。不知为何，她最近总是时不时地想起曾经那个温柔美丽的徐阿姨，以及那如同春日小熊一般的小女孩，一想到这里，叶泽琳的舌尖就仿佛溢满了那个芝士蛋糕的香甜。

突然响起的生日快乐歌回荡在每个角落，叶泽琳脸上满是惊喜，周围餐桌上的人都纷纷抬头四处张望，寻觅着今日的寿星，然后对着叶泽琳会心一笑。大家帮叶泽琳在蛋糕上插上了“2”和“0”两根蜡烛，方凌随即向服务员借了打火机将蜡烛点燃，微弱的橙黄火光映在叶泽琳的脸上，她的脸庞又添了一抹暖意。

“其实，我以前都是不怎么过生日的，爸妈也从来没张罗过，所以一直没有过生日的习惯。”叶泽琳微微低下了头，“但今天，我还是想庆祝一下。不是想庆祝生日，而是想庆祝有你们。”

叶泽琳默默看着蛋糕上摇曳的烛火，仿佛正望着幽长的漆黑隧道里，从远方的出口透进来的一缕光亮。

听到叶泽琳的这句话，方凌的心似乎也被这烛光点亮了。

“许个愿吧！”方凌将生日王冠戴到了叶泽琳的头上，随即笑着说道。

叶泽琳轻阖双眼，将双手交叉，嘴角悄然漾出一丝笑意。

“我们把香槟开了吧！”叶泽琳刚睁开眼，江若云就在一旁说道。随即他便撕开了瓶口的锡箔纸，娴熟地松开钢丝笼，用大拇指按住软木塞，缓缓扭动酒瓶。“砰”的一声，江若云取下木塞，便将金黄的液体倒入了一个个酒杯。王旭迫不及待地抢先喝起了酒，看到大家哭笑不得的表情时，王旭有些尴尬地说：“干……干杯！”

随即六个酒杯相碰，香槟如海浪般激荡着，反射出璀璨迷人的光，发出了悦耳的脆响。迸溅的水面平静下来之后，一个个笑脸便倒映在了酒杯上，仿佛一个没有悲伤的虚幻之境。叶泽琳刹那间有些恍惚，她静静地看着酒杯，竟有些不敢触碰，害怕一喝掉，这虚幻之境也要随之消逝。

刚切完蛋糕，一盘盘五颜六色的菜就被端了上来，普切塔和红烩汤为黄褐色的木桌平添一抹亮红，巨大的烤羊腿旁放着几碟各式各样的调味料，香气四溢的奎宁牛排还滋着油，中间的一大盘夹着火腿的帕尼尼倒显得毫不起眼。服务员紧接着又端上来一盘甜品——潘纳库塔，吹弹可破的白色布丁上，红色的草莓酱汁正如血液般缓缓流淌下来。此时，叶泽琳拿着酒杯的手微微颤抖了一下。

“先吃点前菜吧。”江若云轻轻说着，夹起了普切塔上的小块西红柿和罗勒叶。

“我要吃肉，我可没那么讲究。”梁渊先夹起一大块烤羊腿，又夹了一块牛排，喜不自胜地嚼了起来。

“哇”的一声，旁边小孩的哭声陡然冲进每个人的耳膜，只见右边桌子坐着一个三岁左右的小男孩，他的手指被猛然掉落的刀叉划出了一个小伤口，伤口并不深，但还是渗出了一点血，那抹鲜红在他似花苞般白嫩的手上显得刺眼。一旁的女人急忙拿出了创可贴，一边哄着小男孩，一边给他贴上。

叶泽琳一动不动地盯着那抹鲜红，感觉心中的疤痕突然被撕裂，一阵莫名的绞痛袭来。小男孩的手此时已经贴上了创可贴，可是叶泽琳还是呆呆地看着那里，随即不由得打了一个寒战，仿佛冰冷的雨水又漫溢了上来，带着湿漉漉的绝望，还带着某种不可知的力量。

“你怎么了？感觉突然脸色不太好。”方凌面露忧色地看向叶泽琳，叶泽琳立马回过神来，收回了刚才的目光。

“没什么……这不是马上就要歌手大赛总决赛了嘛，我最近总是感觉紧张。”叶泽琳冲着方凌笑了笑，语气变得十分轻松。

“那到时候我给你伴奏吧，这样你就不是一个人上台了。”左边的梁渊突然说道。

“啊？真的可以吗？”叶泽琳瞬间表情愕然，双眸又隐隐放出了光芒。

“没问题的。”梁渊笑了笑，便又吃了一块牛肉。

“对了，你们不是一届的，是怎么认识的呀？”江若云突然对着王旭和周齐问道。

王旭舀起一口汤说道：“是实习时认识的，周齐在慧安资本实习，有一次他们要投我们公司的一个项目，我偶然发现他也是菁世的，就互相认识了。”

听到慧安资本，方凌心中一惊，突然想起她那个神秘网友曾经说过要去慧安资本实习的事情，便感到有些恍惚，沉寂良久。

喝了一口香槟，方凌忽然张口，对王旭投去了探寻般的目光：“对了，我听说你会读心，是真的假的？”

“哪有那么夸张，我也是通过微表情来分析的，比如通过微表情测谎。不过在外行看来，可能就跟读心术没什么区别了。”王旭不以为意地耸了耸肩，嘴里塞满食物嘟囔着：“你以为你能控制一切，其实你连自己的表情都控制不了的。”

“那……你能不能现场表演一下？”方凌将脸朝王旭的方向凑了凑，眯起眼睛笑了起来。

王旭愣了一下，不停咀嚼的嘴也停滞了，他有些无奈地笑了：“那行吧，谁让我蹭你们蛋糕了呢。”咽下了一大口食物之后，王旭像变魔术一般从包里掏出了一副游戏卡牌，表情十分神秘，只见那幅卡牌的包装上写着“矩阵潜袭”。

“你居然还随身带着桌游！”方凌不由得惊呼。

“昨天跟同学一起玩，就直接放包里了。”王旭一边说着，一边从那副卡牌中拿出了七张，然后将它们背面朝上放在桌子上，“你们从这七张牌中随便抽一张，用手机拍张照片再放回去，我转过身不会看见。然后我一张张地问，你们只需要全部回答‘不是’就好，七张全部问完之后，我就可以猜出你们抽中的是哪张了。当然，一开始拍的照就是我猜对的证据咯。”

“你真的有这么神吗？”江若云也忍不住打趣道。

“试试不就知道了。”王旭露出得意的神情，鼻子翘了起来。

“那我想先试！”方凌兴奋地说着，王旭点了点头便背过身去。方凌迅速地抽出一张牌，拍了张照，便原封不动地放了回去。

方凌叫王旭转过来，王旭便开始一个个地问了起来。

“是这张吗？”他举着一张“哈斯生化”的牌问道。

“不是。”方凌尽量让面部的表情幅度降到了最小。

“是这张吗？”王旭看了看“网际传媒”的牌，又紧盯着方凌问道。

“不是。”

王旭就这么一个接一个地问了下去，叶泽琳在旁边忍不住小声嘀咕道：“这能看出什么？方凌的表情完全没变化啊。”

全部问完之后，只见王旭静默着思考片刻，突然微微一笑，“你抽的是‘网际传媒’的牌，对吧？”

方凌顿时神情错愕，还没等她开口回答，方凌就在众人的催促下打开了手机，看到的结果令所有人都呆若木鸡。照片里“NBN”三个字母无比清晰，果然是“网际传媒”的牌无疑。

“还有谁想试试？”王旭语气轻巧，表情更加得意了。

叶泽琳眨着眼睛怔怔地说道：“那我试试吧……”

像刚才一样，等叶泽琳拍完照后，王旭便挨个把所有的牌都问一遍。

“是‘人间会社’吗？”王旭举着一张画着一棵树剪影的卡牌缓缓问道。

“不是。”叶泽琳摇了摇头。

等全部问完后，王旭饶有兴致地看着叶泽琳，自信满满地提高了嗓音，“我猜你抽的是‘塑造者’的牌。”

叶泽琳拿起手机给大家看，照片里显示的果然是“塑造者”，上面英气卓然的女人正左手叉腰。

“太神奇了吧！”江若云在一旁赞叹道。

此时的王旭罕见地表现出谦虚的样子，“还好还好，师兄你要试试吗？”

江若云欣然点头后，王旭又举起一个个卡牌问了一遍，结果不出所料，王旭再一次猜中了江若云抽到的卡牌——“逆法者”。

王旭摊了摊手，脸上浮现出又骄傲又无可奈何的神色，似乎已经见惯了面前的一个个难以置信的表情。

“你还真是名不虚传。”方凌轻轻拍了拍手，眼神放光。

这时王旭不以为意地碰了一下旁边的梁渊，“你要试试吗？”

卡牌全部归位后，梁渊便随意抽出了一张在边缘的牌，翻开一看，是“反叛者”。卡牌上身着黑夹克的人染着青黄色的头发，叼着一根烟，正眉头微锁地看着前方。

问完了所有卡牌后，王旭这次竟然首次露出了有些费解的神情，空气凝固了片刻，窗外不断摇颤的树叶似乎也停歇了。沉吟半晌后，他终于开口："是'威兰集团'吗？"

梁渊什么也没说，直接拿出了手机，"反叛者"的眼睛直勾勾地对着王旭，身后的鲜红如血迹恣肆，又如烟霞满天。

发觉自己猜错了之后，王旭的神情有些迷惑，向梁渊投去了一个悠长的目光，少顷又似有所悟地笑了笑，仿佛一个猜灯谜的人看懂了一半的谜面。

"没关系！这也说明你没那么可怕，要不然我都不敢继续跟你吃饭了。"方凌在一旁笑着打破了此刻的安静。

"真的，你已经很厉害了！简直比算命的还准。"周齐一边说着，一边帮王旭把卡牌收进了盒子里。

"你说实话，你有没有把这招用在其他方面？比如……"方凌眯缝着眼睛，对着王旭意味深长地说道。

王旭没好气地连忙打断方凌："我知道你想问什么，但你们猜，真正让我在学院出名的事情是什么？"

"是什么？"

王旭幽幽地说道："是确定考试范围。对于那些根本不划考试范围的课，我只需要考前用类似的方法跟老师聊一聊，就可以大致明白要考什么了。所以啊，每次考前，一堆人可都指望着我呢！"

听到这里，大家都恍然大悟地笑了，附近桌子的人也忍不住朝这里看了看。

盘子里的菜渐渐消灭过半，王旭忽然开口道："我们再玩个游戏吧！”

“玩什么？”周齐头也不抬地问道。

王旭甩手打了一个响指，“就玩最老套的，真心话大冒险。”

“也别那么麻烦了，就用这个吧！”王旭指了指桌上空荡荡的酒瓶，“转到谁，就是谁。”

话音刚落，大家的表情都变得有些复杂，但并没有一个人提出异议。

王旭见状，便直接伸手将酒瓶放倒：“那就开始了哦。”说着，他便开始转动酒瓶，透亮的玻璃和桌布摩擦着，静默中能依稀听见窸窣的声响。

酒瓶转了四五圈之后便开始变慢，所有人都屏息凝神地盯着瓶口，说不清到底在期待着什么。十秒钟后，酒瓶的运动停止了，瓶口直直地指向叶泽琳。

“你选真心话还是大冒险？”王旭丝毫不管叶泽琳那有些慌乱的表情，瓶口一停便立刻问道。

叶泽琳有些懵，沉寂半晌后，缓缓吐出了几个字：“真……真心话吧。”

王旭略带玩味地笑了笑，不慌不忙地问道：“你刚刚许的愿望，和在座的其他人有关吗？”

叶泽琳瞬间有些不知所措，环视了一下大家，深吸了一口气，旋即小声答道：“有。”在一个不易察觉的瞬间，她的余光偷偷往左边瞥了一眼。

话音刚落，叶泽琳仿佛瞬间变成了一块磁石，五束目光都被齐刷刷地吸了过去，方凌此刻的表情混杂着期待与疑惑。

“和谁有关？”王旭突然两眼放光，迫不及待地继续问道。

“一次只能提一个问题！”叶泽琳连忙说道。

王旭不依不饶地笑着问道：“不会是和我有关吧？”

“当然不是。”叶泽琳无奈地白了王旭一眼。

“那和他有关吗？”王旭指了指身边的周齐，正在喝水的周齐差点被呛住。

“不是啦！”叶泽琳夹了一口菜漫不经心地说道。

“那……”王旭缓缓地指向梁渊，故意压低声音说道：“跟他有关吗？”

“不是……等等，你不会是在看我的微表情吧？”叶泽琳露出了不可思议的表情，对面的周齐垂眸微微一笑，似是默认，叶泽琳见状瞬间涨红了脸，没好气地说：“拜托，我们现在不是在玩刚才的游戏！”

方凌也无奈地拍了一下王旭：“我说王旭，你可真够可以的，居然对刚认识的女生就这样。”

“好了好了，我错了，继续下一轮吧。”王旭迅速示弱，做出了一副可怜兮兮的表情。

“这次换个人转吧。”叶泽琳无奈地转向方凌，“你来吧。”

这一次酒瓶转得比上次缓慢一些，三四圈后，酒瓶很快就停了下来。大家顺着瓶口看去，只见王旭正一脸无辜地低着头。

方凌扑哧一声，忍不住笑出了声：“哈哈哈，这大概就是报应吧。”

王旭摊了摊手，脸上反倒浮现出了视死如归的表情：“我无所谓，要杀要剐，随你们。”

王旭的一张方脸就像井田制下划出的一块土地，而此刻的他正半闭着眼，紧抿着嘴，再加上那疏淡的眉毛，这块土地仿佛被割完了一整年的麦子，平坦得出奇，仔细看上去感觉十分滑稽。

“选吧，真心话还是大冒险？”叶泽琳抢先问道，带着一丝胜利者的口吻。

“大冒险。”王旭想都没想，立即回答道。

叶泽琳便在手机App中随机抽了一个，然后便捂住嘴开始笑，一旁的方凌和梁渊都凑了过去，方凌一下子笑得更大声了：“王旭啊，这个可真的是你能干出来的事。”

方凌举起手机给王旭展示屏幕，只见上面写着：给邻桌大声唱《征服》。

梁渊和江若云都笑了起来，此刻的神情像是在看马戏团的表演，周齐则是一副见怪不怪的表情。王旭的脸上浮现出满不在乎的笑，不慌不忙地走向了邻桌。邻桌的女生正在埋头吃饭，有着婴儿肥的脸此刻被食物塞得鼓鼓的，等王旭的影子投到了碗碟上，她才疑惑地抬起头，全然不知发生了什么。

“就这样被你征服……”正当王旭沉浸在自己的歌声之中时，一声破音如同接触不良的车喇叭陡然响起。邻桌的女生彻底傻了，拿在半空中的筷子“啪”的一声落到了地面。

王旭那奇异的歌声仿佛某种开关，此起彼伏的笑声顿时在餐厅爆发，几十桌的人全部瞪大了眼睛看向这边，有的人趴在桌子上身体不住地颤动，有的人乐得身子使劲向后仰，身着西装的服务员脸上也绷不住了。方凌哭笑不得地看着王旭，也被逗得说不出话来。

此时的餐厅就像被狂风席卷的湖面，笑声是被不断激起的水花，即使风停雨住，水面却余波不止，层层涟漪过了许久才悄然散去。王旭大摇大摆地走了回来，无数双眼睛依然时不时地偷瞄着他。

该到下一轮了，这一次方凌让江若云来转。江若云专注地盯着酒瓶，然后伸手将其转了起来。圆形桌面此时像一个表盘，绿色的酒瓶宛如钟表的秒针，瓶身倒映出的事物不停地快速变换着，时明时暗，仿佛倏然掠过的无尽时间。

转动停止了，刹那间大家全都一动不动，仿佛时间真的随着秒针凝固了。

“真心话还是大冒险？”王旭将手叉在胸前，饶有兴致地问梁渊。

梁渊有些错愕，似乎才反应过来瓶口指向了自己，他沉默片刻后笑着说道：“大冒险。”

不知为什么，从第二轮游戏直到最后，所有人都不约而同地选择了大冒险，仿佛说出真心话才是最大的冒险。

王旭在手机上点了一下，随机的大冒险就又显示了出来，王旭的眼中冒出了奇异的光，他兴奋地大声念道：“向右数第二个人表白！”说着他便把屏幕高举着展示给了所有人。

梁渊下意识地向右边看去，右数第二个人是方凌。过了两三秒，方凌才意识到右数第二个人就是自己，脸上的笑刹那间凝固了，如临大敌一般慌乱不已。和方凌的不知所措相比，梁渊此时却显得无比平静，他的眼眸如一潭明镜，所有人都能从中看到自己的影子，却怎么也看不穿他的所思所想。

这一刻，所有人都放下了手中的食物，“稍等稍等。”王旭突然叫了一声，脸上挂着不怀好意的讪笑，“我要录个视频！”

“那正好，我这段啊，还真得录下来才行。”梁渊笑着说道，原本得意的王旭顿时有些摸不着头脑。

正当所有人都屏息凝神等着梁渊开口时，梁渊却一言不发地拿起了手机，打开了手机里的音乐键盘。下一秒，一串舒缓动人的音符就在众人惊异的表情中流淌了出来。

乐音停止了，听入迷的王旭才一下子清醒了过来："你这可不算话吧，虽然刚才这段旋律确实很好听，但无法表达出明确的意思啊。"其他人也跟着点了点头，方凌的眼中滑过了一丝难以觉察的失落。

"这是一段话，当然可以算数了。"梁渊淡淡地说道，换来的是一双双更加疑惑的眼睛。

"等一下……我突然发现，刚才你弹出来的音符，全都是成组的四分和二分音符。"沉默许久的周奇突然开口，他猛地一抬眸，"难道刚才这些音符……是摩斯密码？"

王旭的神色瞬间呆滞了，少顷，他急忙拿起手机，把刚才录的那段视频又放了一遍。

此时此刻，所有人才突然意识到——刚才的音符都是成组出现的，每两到四个音符之后，就是一个全休止符。如果仅仅看音符的时值，就刚好可以构成摩斯密码。

王旭顿时说不出话来了，他一把拿过刚才点菜用的笔，又顺手拿了一张餐巾纸，根据每组音符的时值，把摩斯密码对应的字母一个个地写了出来。

过了几分钟，王旭像丢了魂一样，幽幽地一松手，那支笔便从他的手中无声地滑落。旁边的周奇见状，神色狐疑地缓缓凑了上去，看到已经发皱的餐巾纸上写着一句有些潦草的英文。

周奇顿时一脸不可思议地抬起了头，用颤抖的声音将那句英文念了出来：

"You had me at hello."

四周的空气顿时凝滞了，所有人都无比震惊地望着梁渊，交错着的呼吸声变得无比清晰。

不知过了多久，终于回过神来的王旭第一个打破了宁静，他又露出了狡黠的笑容，用开玩笑的口吻说道：“我的天！你怎么像是提前排练过的。”

方凌还是懵的，但还是强行做出了一脸从容的样子。她感到一股暖流涌遍全身，顷刻之间，这股暖流又变成了滔天巨浪，掀翻了穹顶的云，让她变得不知所措。

一旁的叶泽琳缄默不语地看着梁渊，又看了看方凌，缓缓低下了头，神色变得复杂。春日之中，叶泽琳感觉心头浸入了一丝秋意。

不知不觉中，满满一桌的饭菜渐渐被扫空，只剩下一碗汤还执拗地保留着底色。

“汤喝不完了……”王旭揉着肚子有些无奈地说道，“你们还有谁要喝？”

所有人都纷纷表示一点也吃不下了，周齐看了看那碗还剩一半的红烩汤，从包里拿出了一个水杯，将汤灌进了水杯里，杯子的瓶身是深蓝色，瓶盖却是白色。方凌随意瞥了一眼，却猛然一惊，那个有些掉漆的水杯上，磕出了一个大坑。

方凌彻底愣住了，内心瞬间狂风大作、波涛汹涌，沉寂半晌，她故作镇定地问道：“你怎么也不换个杯子？”

周齐笑了笑，淡淡地答道：“习惯了，不想换了。”

方凌抿了抿嘴，思索片刻，但并没有再继续往下说。她只是静静地看着那个老旧的水杯，目光复杂而悠长，宛如眺望着无尽的汪洋。

“差不多了，我们走吧。”江若云看着面前一个个连汁都不剩的碗碟说道。

一出门，连着餐厅的古旧火车头再次映入眼帘，下午的阳光比刚来时柔和了许多，将面前的火车头与葱郁的林木一道，绘成了微微泛黄的油画。置身其中，仿佛回到了几百年前，尘封的岁月又变得鲜活。所有人都有些入迷地看着眼前的景象，除了一直低着头的叶泽琳正目光躲闪。

“帮我在这里拍张照吧。”方凌说着便将手机递给了叶泽琳，径直走到了火车头旁。

叶泽琳抬起头，只觉得心里咯噔一下，她拿起方凌的手机往前走了一步，却一个踉跄，差点被脚下的石子绊倒。

“你没事吧！”方凌惊呼，连忙走上前扶住了叶泽琳。

“没事……”叶泽琳淡淡地笑了笑，但嘴唇却少了几分血色，“你过去吧，我给你拍照。”

叶泽琳缓缓举起了手机，手指微微颤抖，仿佛正举着千钧重量。屏幕里的方凌春风满面地靠在了火车头上，快门将这一幕定格。方凌又往左挪了挪，换了几个姿势，叶泽琳也移动着屏幕，不停地按着快门。照了十几张之后，方凌欢欣雀跃地过来查看着照片，刚才因为方凌不停地向左挪动，那些照片犹如定格动画，随着方凌的手不断划动，火车看上去仿佛正在向右开动着。

叶泽琳条件反射一般往后退了一步，剧烈的撞击声仿佛又在她的耳畔响起，一种强烈的窒息感再次将她紧紧攫住，她脸色发白，忍不住开始大口呼吸。但方凌却对此毫无察觉，她正面露笑意地继续看着手机里的照片，试图从中找出一张最满意的。几步之外的其他人也都兴致勃勃地聊着天，并没有谁注意到叶泽琳的异样。在某个瞬间，王旭瞥向了叶泽琳，但又转过头继续和他们说笑着。

由于王旭和周齐还有别的事情，大家便就此作别。即将离开之际，王旭似乎突然想起了什么，他用手捂着嘴，对着方凌的耳朵低声说了什么。他说完之后，方凌用余光瞄了一眼叶泽琳，表情充满了困惑。

回去的路有一条长长的坡道，粉白粉白的杏花渐次盛放着，淡黄的迎春花随风摇曳，花瓣沿着坡道滑落，一片落英缤纷，花香袭人。

无尽芬芳之中，大家却似乎都无心驻足。叶泽琳忍不住开口问道："刚才王旭跟你说了什么呀？"

"啊？没什么……"方凌有些支支吾吾地答道，"哦，就是说之后还要一起吃饭，想和我们正经地玩一次桌游。"

方凌微微低下了头，在叶泽琳望向她时，风吹起了她的长发，遮住了她的双眼。

09

飞旋的汽车

“啊！”方凌的耳边响起一声叶泽琳的惊呼。

只见一个灰色的东西以迅雷不及掩耳之势蹿到了叶泽琳的手上，正弯着腰在地上捡东西的叶泽琳猛地站了起来，脸上满是惊恐。两人定睛一看，是刺猬跑出了笼子，那根根竖直的刺此时蜷成了球状，仿佛一个脱去了长柄的狼牙棒。

“你没事吧？”方凌急忙问道，叶泽琳皱着眉将手抬到眼前，虽然没有破皮，但还是划出了几道红印。

“它怎么从笼子里跑出来了！”方凌的语气有些怏怏不快。

“没事，不影响晚上的演出就行。”叶泽琳看着将手放了下来，勉强地笑了笑。

正当刺猬跑到方凌的身后时，一阵急促的敲门声响起。

“有人吗？”门外响起的声音像是宿管阿姨。

“有，谁啊？”

对方没有回答，便径直推开了门，“我是来查寝的，检查有没有违规电器之类的东西。”大妈看起来有些不耐烦，直接走了进来。

方凌的神色突然变得有些复杂，似乎在思索着什么。过了几秒，她悄然将身体移到别处，身后那团灰色的刺猬便瞬间在洁白的瓷砖地板上显露了出来，如宣纸上的一大滴墨迹。

不出所料，阿姨的视线没过多久便被这个活物吸引了，她的脸上浮现出难以置信的表情，瞪大了眼睛一步步走来，方凌顿时屏住了呼吸。

“这是什么东西？我们学校明令禁止养宠物，你们居然还养刺猬！”阿姨死死盯着床下的刺猬，又转头看了看窗下的笼子，没好气地说道：“这个刺猬和笼子我没收了。”

“好的，阿姨，我们错了。”方凌露出了一个真诚的笑容。

听到这出奇爽快的回答，阿姨也愣住了，随即无奈地叹了口气，将刺猬放进笼子里提着走了。

看着那个被提走的刺猬消失在视线中，方凌浑身轻松地长舒了一口气。

叶泽琳换上了演出礼服，款款地走入了后台化妆室，淡黄的裙摆闪闪发光，像一轮海面上升起的月亮。这件礼服是方凌帮叶泽琳租的，但这一瞬，这件礼服似乎只该属于叶泽琳一人。

叶泽琳上一次穿礼服还是在大一的舞会，但现在的她早已褪去了当时的青涩，眼神不再懵懂怯懦，流畅柔美的身体线条和这件大气优雅的礼服完美贴合，礼服上层层叠叠的布料像花间纷飞的蝴蝶。正在旁边给吉他调音的梁渊瞥见这一幕，也微微愣了一下。

叶泽琳缓缓坐到了化妆台的镜子前，看着镜子里光芒四射的叶泽琳，方凌恍惚中莫名想起了王旭那天悄悄对自己说的话：“好好关心一下寿星，你们都不够了解她。”

可是此时此刻，面前叶泽琳的笑容是如此透亮和纯净，宛如一片没有一丝乌云的蓝天，显露出了最明澈的底色。

“泽琳！”一个软软的声音在一旁响起。

叶泽琳转头一看，赵姗妮正一脸兴奋地看着自己。她穿着一个淡粉色长裙，一头长发松松地搭在肩头，高腰线和开衩设计让她在娇美中显出了凌厉之感。赵姗妮走到哪里都是让人无法忽视的存在，她刚一进来，无数道目光便朝她扫射了过去。

“你今天也太美了吧！”赵姗妮赞叹道，“对了，你是第几个出场呀？”

“第六个。”

“太巧了！我是第七个，刚好在你后面。”赵姗妮嫣然一笑。

“那一起加油喽！”叶泽琳笑着拍了一下赵姗妮。

方凌正在看主持稿时，手机屏幕突然亮了起来，青骑士又发来了消息。

青骑士：我之前总是觉得自己应该拥有电影里的那种精彩，现在明白了，我的人生其实只是一堆废镜头罢了。

池鱼：你怎么了？

青骑士：相信奇迹，真的是一件很蠢的事情吗？

池鱼：当然不是了。

池鱼：我觉得你应该多找点事做，就不会胡思乱想了。

青骑士：嗯嗯，也对，我晚上要去看我们学校的歌手大赛了。

方凌瞬间愣住了，有些激动，又有些忐忑，然后缓缓打出了几个字。

池鱼：那不错啊！那你可要找个好位置。

青骑士：放心，我的票在第二排正中间，到时候可以给你发小

视频。

方凌呆坐着，身为主持人的她，今晚完全可以看到观众席上的所有人。她的手开始微微发抖，却只是打出了一条看似漫不经心的回复。

池鱼：嗯，好的。

刚回复完消息，负责歌手大赛的老师就来催方凌上台了。叶泽琳和梁渊都走了上去，“加油！”叶泽琳对方凌说道。

“你们也是啊！”方凌笑了笑，走了几步便又转过身来，向叶泽琳和梁渊投来了一束悠长的目光，然后缓缓离开。

方凌上台后，叶泽琳的耳边又传来了赵姗妮那让人迷醉的声音，只不过现在这声音不是对着自己，而是对着赵姗妮面前的手机屏幕。叶泽琳拿出手机，调到静音，偷偷点开了赵姗妮的直播账号，赵姗妮的脸和她身后的化妆镜立即出现在了屏幕上。此时赵姗妮的直播观看人数正在不断暴涨，而赵姗妮的笑容也变得越来越明媚，如夜晚秦淮河畔的一池春水，化妆室的白光仿佛也变成了渔船点上的灯火。这时叶泽琳隐约听到坐在另一头的赵姗妮轻轻说道：“谢谢宝宝们的礼物，再送几朵花，我就一会儿去直播舞台给你们看。”

方凌站在舞台上，一边主持，一边死死盯着观众席的第二排。正中间的座位上，却始终空空如也。

没过多久，四个表演已经结束了，距离叶泽琳上台的时间越来越近，叶泽琳看着挂钟上不断移动的秒针，脸上的表情渐渐不再平静。从未上过舞台的她这时才无比清晰地意识到，自己此刻有多么心虚。紧张的情绪就像滴进清水里的墨汁，只需一滴，就能浸染一整个水杯，正如宇宙间的万物，在不断地熵增。

“叶泽琳，马上到你了！过来吧。”一个工作人员走了进来，对着叶泽琳喊道。

叶泽琳心下一惊，手抖了一下，连忙答道:“好的，马上过去。”

咽了咽口水，叶泽琳缓缓地和梁渊一起走出了化妆室，加快的心跳声在空荡荡的走廊里和运动的秒针一样清晰，叶泽琳低着头皱着眉，脚步变得越来越慢，仿佛在一片漆黑的山谷中摸黑前行。

“上次和王旭玩读心游戏，你知道为什么只有我没被猜中吗？”梁渊看向步伐都变得慌乱的叶泽琳，停住了脚步，突然开口。

“为什么？”叶泽琳仿佛被叫醒的梦中人，突然清醒了过来。

“因为那一刻我什么都没有想，甚至让自己忘记了刚才抽到的究竟是哪一张。”梁渊笑了笑，叶泽琳猛然抬起头，惊奇地望着梁渊。

梁渊若有所思地继续说道：“其实如果当他说到你抽中的牌时，你故意掩盖表情变化，反而能看出来异常，不是吗？”

“放空，是很有力量的。紧张的时候更是如此。”

空旷的走廊里，梁渊的这句话像一阵清风，叶泽琳的不安与恐惧如秋叶被纷纷吹落。叶泽琳看着梁渊的眼睛，突然被那种空所吸引，那不是空洞，而是空灵。叶泽琳好像瞬间明白了何谓空灵——有空，才有灵。

叶泽琳的脚步不知不觉变得轻快了许多，不知不觉两人离舞台只有一步之遥了。来自舞台的音乐声越来越大，夹杂着观众席的各种声响一起在耳边轰鸣着。

前面一首歌的名字叫《从深海到陆地》。在舞台后面的角落里，叶泽琳可以看见无数条鱼的全息投影，舞台上流淌着深蓝的光，迷幻摇滚的旋律为这深蓝添了一抹神秘，空中的鱼和发光水母围绕着这片迷人的深蓝肆意飞舞着，舞台中央一身白裙的女生宛如自在的美人鱼。

“太美了吧。”在震耳欲聋的音响旁，叶泽琳的低语只能隐约听到。

“是啊，今年的舞美真的比去年好太多了。”梁渊喃喃道。旁边的叶泽琳看向梁渊，他的脸上也反射出了幽蓝的微光，如深海中游弋的精灵，叶泽琳轻轻闭上了双眼，想象着这片海底只有他们两人在漂浮着。

在叶泽琳和梁渊不断感叹之时，站在舞台另一侧的方凌却丝毫没有看向美轮美奂的表演，她还是静静凝视着观众席，似乎内心的某种期待与不安让她不得不看向那里。

可沸腾的观众席上，依然没有她想要的答案。

副歌开始时，节奏突然加快，海洋生物的全息投影猝然消失，取而代之的是各种各样的交通工具，各种颜色的汽车飞快地奔驰着，狂乱地旋转着，时不时地从歌手身旁蹿过去，让人眼花缭乱，一个魔幻大都会的场面像永不停歇的万花筒，在舞台上一下子被呈现了出来。

叶泽琳的身体僵住了，原本已经平静下来的双眼此刻充满了惊恐，她突然感到了胸闷，好像怎么也喘不上气，一阵寒意猝不及防地袭来。

上一首歌已经唱完了，观众席响起了山呼海啸的声音，有掌声、尖叫，还有各种各样的表白，这股海啸般的声音迅速地穿过了舞台，将叶泽琳裹挟。叶泽琳顿时感觉自己好像真的喘不上气了，就像溺水的人冒出了头，又被一股海浪拍了下去。一种强烈的想要逃跑的欲望席卷了叶泽琳。

上一首歌的道具撤完之后，方凌便一脸灿烂地登上舞台报幕，她特意转头看了一眼站在舞台后面的叶泽琳，投来一个鼓励的眼神。一个工作人员匆匆走过来，急促地提醒叶泽琳该上台了。叶泽琳用尽全身力气答应了一声，然后一步步地走上台阶，但她感觉自己的身体变得麻木，一个踉跄，差点被绊倒，一旁的梁渊惊讶地扶住了她。

“你怎么了？没事吧？”梁渊吓了一跳，急忙问道。

“没事。”叶泽琳惊魂未定，但还是抬起头冲梁渊笑了笑，然后拼命使自己专注下来，低着头一步步地登上台阶，然后深呼一口气，在无数目光的注视中，她一点点走到了舞台的中央。

此时，方凌退到了舞台右边的出口，而赵姗妮到了左边的入口处。一左一右的灼灼目光正紧紧盯着舞台的中央。

“宝宝们，这是我前面一首歌的舞台，现在给你们直播哦。”赵姗妮在入口处高举着手机，用俏皮的声音对屏幕里的观众说道，然后便将摄像头对准了舞台。

梁渊坐在麦架旁的椅子上，开始弹起了前奏，起伏的伴奏旋律有着大珠小珠落玉盘的清亮。六个小节后，叶泽琳就该唱主歌了，她尝试松弛紧绷着的嗓子，但刚一开口，梁渊就不由得皱起了眉，倒不是音色和音调出了问题，而是整整慢了一拍，这是之前彩排从来没有出现过的情况。不知不觉中，台下的观众席开始响起了窸窸窣窣的议论声。

叶泽琳也意识到了这个问题，显然变得更紧张了，唱到第三句的时候，明显的跑调出现了，台下的议论声变得更大了，右边角落里的方凌也一脸讶异地紧锁着眉头，另一边的赵姗妮也愣住了，但依然一动不动地举着手机。

明亮的舞台光打在叶泽琳的脸上，叶泽琳感觉有些眩晕，下意识地抬手挡住了光，然后硬着头皮继续唱了下去。她渐渐开始浑身发抖，声音也随之颤抖，某个瞬间，她突然感觉自己似乎无法控制气息了。到了高潮部分，她最害怕的事情终于发生了——她破音了。此时的观众席像是被捅了的马蜂窝，各种声音彻底爆发，有人开始起哄。

叶泽琳顿时头皮发麻，手心冒汗，梁渊一脸担忧地望向她，她想开口继续往下唱，但更可怕的事情发生了——她突然想不起来下一句歌词了。原本在脑海中无比流畅的歌词不知何时变成了飘在空中的单字，好像怎么抓也抓不住。伴奏仍在继续，她只能含混地唱过去。台下渐渐出现了越来越多的“嘘”声，方凌不由得瞪大了眼睛，梁渊也一副不知如何是好的表情，不知该不该照常弹下去。虽然观众席的兴致不断消退，但在赵姗妮的手机里，观看直播的观众似乎兴致更加高涨，屏幕里全是要求继续直播下去的弹幕。

最后一个音符终于唱完了，灯光还没彻底暗下去，叶泽琳便提起裙子飞奔着跑下了舞台，梁渊见状也跟了过去。一下舞台，叶泽琳便跌跌撞撞地跑到了后台，疯狂地翻找着自己的衣服，想把这身过分闪耀的礼服换下来。

“你没事吧？”梁渊把吉他放在一旁，一脸紧张地走了过来。

叶泽琳看着梁渊，眼泪无法自抑地完全涌了出来。面前的这张脸提醒着她，她打碎的不仅仅是她的舞台，还有一个本该只属于她的隐秘梦境。

还在台上的方凌震惊不已，主持完最后一个节目，便急忙跑去后台。在走下舞台的前一秒，她回眸又看了一眼观众席第二排，苦笑了一下，便再也没有回头。

化妆间的门猛地被推开，方凌又惊愕又困惑地望着叶泽琳："到底是怎么回事啊？这完全不是你的水平啊。"

叶泽琳低着头缄默不语，不停地擦着眼角，似乎一点也不想解释。

看到叶泽琳这样，方凌越来越焦躁，脸上浮现出恨铁不成钢的表情，语气渐渐多了一丝愠怒："你这样也太可惜了吧！之前排练的时候唱得那么好，今天到底是哪根神经不对了？"

叶泽琳缓缓抬起了头，泪水大滴大滴地划过，在厚厚的粉底中划出了一道深色的印记，她竟大声喊了出来："你什么都不知道！"

方凌和梁渊纷纷愣住了，半张着嘴一言不发，空气中一片死寂。

刚才的喊声好像抽干了叶泽琳所有的力气，她瘫软地扶住了桌子，用极微弱的声音说道："对不起，我没办法做到和你一样，每一刻都光芒万丈，无可挑剔。"

那一刻，她的眼中吹来一阵凛冽的寒风。

说罢，叶泽琳便推开门冲了出去，在这沉默之中，只能听见杂乱的脚步声一点点变小，直至消失。

夜已深，叶泽琳从大礼堂跑出来之后，原本炫目的光亮便瞬间消失了，取而代之的是看不到尽头的黑暗，路灯微弱的光也被高大葱郁的树木所掩盖。叶泽琳的影子也随着灯光一道消失了，她如一片秋叶，孤零零地下坠，在恍惚中摸着黑朝着宿舍的方向跌跌撞撞地前行，满脸泪迹已经渐渐变干。

忽然，远处有了一丝橙黄的光亮，如黄昏被打碎，又凝聚成了一个点。叶泽琳定睛一看，是宿舍附近的一个小面馆。她平日很少去那里，可今日却忍不住驻足，感觉这一丝光亮此时有着一种罕见的温暖。

她缓缓地走了进去，店里此时一个顾客也没有，看上去五六十岁的老板正在打哈欠，一睁眼看见叶泽琳，眼神露出了一丝讶异，而叶泽琳此时才意识到自己没有吃晚饭。

“一碗牛肉面，不加辣。”叶泽琳用极其微弱的声音对老板说道。

“好的。”老板应了一声，便拖着沉重的步伐走向后厨。

叶泽琳坐到了窗边，此时窗外的一切全部隐没在了黑暗里，窗户上映出的只是面馆内的陈设，还有自己的一张失魂落魄的脸。这张脸，好像连自己也不认识了。

过了一会儿，老板端上了一碗面，热气腾腾的红汤上冒着辣油。

叶泽琳愣了一下，皱了皱眉：“老板，这个真的是不加辣的吗？”

“啊？我刚才听的是你要加辣。”老板顿时表情慌乱，用僵硬的嗓音试探着说道，“那我给你重新做一碗吧？”

叶泽琳看着老板手足无措的样子，一脸疲惫地摆了摆手：“算了，不用了。”

“那行，不好意思啊，您慢用。”

叶泽琳用筷子缓缓夹起面条，吸了一口，滚烫的辣油便直冲进咽喉。从小生活在南方的叶泽琳并不太能吃辣，只吃了两三口，便忍不住眼泪直流。她感觉胃里一阵灼烧，不知为何，此刻她流着泪，却有种释然的轻松畅快。

这碗满是辣椒的红汤，替她掩盖了流泪的真正理由。

这种掩饰，似乎又让她得以放下心头那无法承受的沉重，她突然开始放声大哭。

昏昏欲睡的老板一下子吓坏了，从椅子上瞬间弹了起来："您还好吧？"老板急忙走过去，递给叶泽琳一包纸巾，"真的有那么辣吗？要不我还是给您重做一碗吧！"

叶泽琳没有作答，却开始疯狂地吃了起来，大口大口地往嘴里灌着特辣的面条和红汤。不知不觉中，她的哭声减弱了，可是泪水却不断喷涌而下。

此刻，在校园的另一边，有人正在疯狂地寻找着她。

叶泽琳从后台跑出去后，方凌也跟着跑了出去，试图追上叶泽琳，但她却像一只无头苍蝇一样，在这模糊掉一切的黑暗中，不知所向。她回到宿舍，发现叶泽琳不在，顿时心生忧虑，然后她又跑过树林和湖边，都没有看见叶泽琳的身影。

仓皇之中，方凌从低矮的面馆跑过，余光瞥了一眼，然后便猛地转过头，身体凝固了。

透过有些脏兮兮的玻璃窗，方凌最先注意到的不是任何身影，而是那不断坠落的豆大泪珠，在升腾的热气之中，如沉沉雾霭里的一场大雨。虽然隔着窗户，方凌却似乎能听见某种悲恸的巨响。

此时此刻，方凌站在黑暗中，叶泽琳坐在光亮里。方凌呆呆地凝视着叶泽琳，叶泽琳却什么也没有注意到，她仿佛再次登上了舞台，强光打在她的身上，而观众席一片漆黑。

只不过这一次，观众席里只有方凌一人。

方凌睁大了眼睛，缓缓走进了面馆，一步步靠近窗边的小桌。泪眼蒙眬中，叶泽琳猛然看见了方凌身影，顿时清醒了过来。

"这个面……真是太辣了！"叶泽琳狂灌了一口水，急忙擦拭着眼角的泪痕，挤出一丝笑容对方凌说道。

方凌望着一脸慌乱的叶泽琳，沉默不语，她缓缓坐到叶泽琳的对面，半晌终于开口："刚才我说的话……你别放在心上，我真的只是感觉有些可惜而已。"

叶泽琳低着头缄默着，似乎并不打算回应。

方凌继续说道，声音开始变得颤抖："以前我处在舆论漩涡中的时候，我说过我不怕被人讨厌。可是，我现在怕了，我清楚地知道，我真的很怕被你讨厌。"

听到方凌的话，叶泽琳愣住了，她猛灌了一口凉水，淡淡地说道："我当然不会讨厌你了，我现在讨厌的，只是我自己罢了。"

方凌一脸诧异地看着叶泽琳，用无比柔和的语气说道："那你能告诉我，到底发生了什么事吗？"

叶泽琳张了张嘴，欲言又止，似乎不知该从何说起，终于艰难地吐出一句："我好像……没办法控制自己了。"

方凌似乎没明白这句话的意思，怔怔地问道："这是怎么回事？从什么时候开始的？"

叶泽琳深深地叹了口气："一个多月了吧。"然后有些迟疑地说道，"一看到汽车，我就开始浑身发抖……"

方凌脸上的困惑更多了，"到底发生了什么啊？"

叶泽琳用颤抖的手端起水杯，喝了一口水，之后表情扭曲地揉着头发："我……我一个人，目击了一场车祸，在广富路。"

世界瞬间沉寂了下来，窗外的黑暗如悄然盘踞着的海怪，此时仿佛侵入了岸上的光亮。

方凌若有所思地在脑海中搜索着什么，然后表情渐渐凝固，"什么！是那起三死三伤的车祸吗？"

叶泽琳咬着嘴唇点了点头："是的。"

方凌总觉得叶泽琳最近像是处在另一个时空，现在她终于明白了，那是对死亡的凝视在叶泽琳灵魂深处留下的印记。

说出了这件事后，叶泽琳身上一直紧绷着的弦仿佛彻底放松了，她收起的泪水瞬间奔涌而出，从雾霭沉沉里的雨水变成了创世纪的大洪水，彻底洗刷着大千世界中的一切。

方凌在惊愕中静静地望着叶泽琳，听着这寂静中的呜咽，方凌感觉自己如诺亚一般，也经历了一遍世界的毁灭与重建。

送叶泽琳回到宿舍后，方凌便又回到演出后台收拾东西，一推开门，梁渊和江若云都在里面。

“怎么样了？找到她了吗？”梁渊眉头紧皱，焦急地问道。

“找到了。”方凌神色凝重地点了点头，随即缓缓开口，“泽琳说……她目击了一场车祸。”

“啊？什么时候的事？”江若云愣愣地看着方凌。

“一个多月前。她说从那以后，一看到汽车，就会浑身发抖……”

江若云表情凝滞了，深吸了一口气：“这是典型的PTSD（创伤后应激障碍）啊！我们居然一直都没有发现异常。”

方凌轻声叹息道：“是啊，刚才前一个节目突然出现了汽车特效，还那么逼真，她的症状就发作了……”

此刻三人都表情沉重地若有所思。

“对了，你知道她目击的是哪一场车祸吗？”江若云突然问道。

“是广富路十字路口的那起重大车祸，三死三伤……也难怪泽琳会得PTSD。”

“你说什么？”江若云的表情突然变得异常，他又自顾自地重复了一遍，“广富路十字路口，三死三伤……”然后似乎忽然想起了什么，火速掏出了手机，点开了一个文件，嘴里不知在小声嘟囔着什么。

少顷，江若云抬起了头，神色复杂地看了看方凌和梁渊：“没错了，这起车祸是我正在实习的律所代理的一个案件。”

“什么！”方凌和梁渊同时惊呼道。

“这起车祸是三辆车相撞，一辆摩托，一辆奔驰，一辆大货车，摩托车车主和奔驰上的两个人都抢救无效死亡，摩托车车主醒过来了一会儿，但最后还是去世了。一个多月前，摩托车车主的父亲找到我们，说他儿子在死亡之前告诉他，是大货车突然冲了过来，想要起诉货车所在的物流公司。”

“那现场有什么证据吗？”梁渊咽了一下口水，一脸茫然地问道。

江若云无奈地摇了摇头：“这个路段的摄像头被倒下的大树损毁，行车记录仪也都没有安装，一直没有发现什么直接的人证物证。”

“那现在事故责任是怎么认定的呀？”方凌怔怔地问道。

“当时大货车在事故后逃逸了，警察根据现场的碎片判断有第三辆车，通过下一个路段摄像头的视频确定了这辆大货车，结果大货车上的三个人一致否认他们负主要责任，说是摩托车和奔驰撞上来的，现在警方暂时认定三辆车都有责任，但遇难者不满意认定结果，起诉了物流公司，之前一审败诉，现在马上要二审。”

“那二审胜诉的概率大吗？”方凌低声有些不安地问道。

“现在我们正苦于缺少证据，这样胜诉概率很小。更何况，他告的是一个公司。”

方凌缓缓抬起头，一字一顿地说道：“所以……你的意思是，泽琳可能是唯一的目击证人？”

话音刚落，所有人都沉默了，这句话背后的意义无可避免地闯入了每个人的脑海。

回宿舍的路上，方凌的每一步都无比沉重，江若云刚才的话不停地在她的耳边循环：“如果让泽琳去作证，那搞不好会加重她的病情，可是如果真的完全不告诉她这件事，两个家庭就可能会彻底失去一个公道。”

“方凌！”一个响亮的男声回荡在耳边。

方凌驻足，抬头一看，眼前居然是周奇。他穿着黑色短袖，背着双肩包，双手插在裤兜里，正笑着看着方凌。

方凌突然想起了什么，试探着问道：“师兄，你刚才去看歌手大赛了吗？是我主持的。”

“啊，我原本是要去看的，但我有个作业实在写不完了，就没去看。”

方凌心里一颤，她怔怔地看着周奇，极力抑制着内心的汹涌澎湃：“那……你最近没发生什么事吧？”

“没有啊，怎么突然这么问？”周奇面露疑惑。

“没什么。”方凌皱着眉，拼命搜寻着理由，“就是感觉，你脸色不太好。”

周奇摸了摸自己的脸颊，扑哧一声笑了，“唉，还不是熬夜熬的。”

两人分别后，方凌缓缓走在路上，心事重重。

方凌前脚刚进宿舍，李木子后脚就进来了。方凌偷偷瞄了一眼躺在床上的叶泽琳，心里止不住地想，要不要告诉她这件事。

“咦，我的刺猬呢？”李木子不停地东张西望，嘴里小声喃喃着。方凌瞄了一眼李木子，欲言又止。

此时，杨华睿也回来了，李木子万分火急地摇了摇杨华睿：“你看见我的刺猬了吗？”

刚从图书馆回来的杨华睿完全搞不清楚状况，一脸迷茫地望着李木子。

“哦，对了，宿管阿姨来突击查寝，然后就把它没收了……我也没办法。”方凌卸下书包，一身疲惫地坐了下来。

“你说什么！她什么时候来的？”李木子像踩到了地雷一般炸裂开来，死死地盯着方凌问道。

“上午来的。”

“上午！居然过了这么久，你怎么当时不马上告诉我？”李木子露出了难以置信的表情，声音顿时变得尖锐许多。旁边胖胖的杨华睿被吓得一屁股坐到了椅子上，发出了一声闷响。

方凌皱了皱眉：“我今天一直在忙别的事，就没来得及管这个。”

“只有你的事情重要，我的事你就一点都不在乎吗？你知道我今晚找了它多久吗！我把整栋楼都快翻遍了！结果你告诉我，早就被没收了？”李木子语气焦急万分，似乎快要气哭了，“谁知道大妈会怎么对它，会把它放到哪里？”

方凌正为叶泽琳的事情心烦意乱，一听李木子这么说，怒火顿时被点燃了：“拜托，我们学校原本就不让养宠物的，错的明明是你啊！”

李木子呆呆地立在原处，嘴角开始止不住地颤抖。

方凌又看了一眼躺着的叶泽琳，没好气地冲着李木子说道：“你知道你的室友都经历了些什么吗？你对室友的状况视而不见，你眼里就只有一只刺猬吗！”

方凌话音刚落，李木子的眼中突然多了一丝寒意，但这寒意似乎并不是对着方凌，而是对着某种更宏大的事物，抑或是对着自己。在这种寒意之后，她的眼中包裹着一层不断漫溢的绝望。

李木子一言不发，转身便走出了宿舍，什么都没拿。

“啪”的一声巨响后，门被重重地关上了。

方凌无奈地叹了口气，随即手机突然收到了一条消息，打开一看，顿时惊呆了。

江若云居然把那起车祸的诉讼文件发到了有叶泽琳在的四人小群里，正当方凌急忙想要私聊江若云询问时，江若云就把文件撤回了。

江若云：抱歉……发错群了

梁渊：……

方凌长舒了一口气，又皱起眉头瞥了一眼躺着的叶泽琳，心想，她应该没看到。

半晌，方凌思忖着说道：“泽琳，要不然我给你约一个明天的心理咨询，你觉得可以吗？”

“嗯。”叶泽琳有气无力地应了一声。

熄灯后，方凌躺在床上辗转反侧，怎么也睡不着。她忍不住又拿出手机点开了Moonlight。

池鱼：在吗？

池鱼：如果需要用朋友的痛苦来换取一个更大的公正，那这个公正是值得的吗？

消息发完，方凌呆呆地盯着手机屏幕等了很久。但不知为何，直至深夜，方凌都没有等来“青骑士”的回复。

10

不用害怕黑暗，因为你会发光啊

法庭上，台上的法官正襟危坐。

“现在请原告方进行举证，首先请证人出庭。”

叶泽琳走上法庭，余光瞥到了那个阔别已久的熟悉面孔。

好久不见，她在心里默念，随即轻叹一声，思绪又飞回了那无比漫长的一天。

那是演出事故发生后的第二天。

又没睡好的叶泽琳起床之后，发现一个视频在学校论坛里被疯狂转发，点开一看，她顿时倒吸了一口凉气。

视频中，自己缓缓走上舞台，然后第一句便慢了一拍，在跑调和破音之后，又经历了无比致命的忘词，观众的起哄声从屏幕中此起彼伏地传了出来。视频的左上角，显示出了赵姗妮的直播账号ID。下方的弹幕里，全都在刷“她是怎么进总决赛的”“真是个笑话”“这么严重的演出事故也是头一回了吧”……

自大一新生舞会之后，叶泽琳的名字再次传遍了学校论坛。

一时间，叶泽琳的大脑一片空白。这种感觉，并不是天崩地裂的，更像雪崩之后，千堆雪慢慢融化，一点点吸走了周遭仅有的温存。

在去心理咨询室的路上，叶泽琳感觉身边时不时有人偷偷看向自己，恍惚中，叶泽琳似乎又回到了大一新生舞会之后，再一次体会到了那种对目光的恐惧，她不由得低头加快了脚步。

到了心理咨询室，一个温柔的女咨询师正坐在椅子上等着她。

“你这种情况，可能需要用到重复曝光疗法。”简单的沟通后，坐在对面的心理医生缓缓说道：“接下来我会放一些关于这起车祸的新闻画面，在这个过程中，你可能会感觉很痛苦、很不安，但你不要去躲避，可以尝试着去接纳这种痛苦的感受，不去评判它，尝试与它和平相处。”

心理医生说着便打开了电视机，屏幕里顿时出现了三辆车被撞得面目全非的画面，叶泽琳感觉心里一阵绞痛，忍不住想闭上眼睛，但就在她完全阖上双眼的前一秒，叶泽琳的表情凝固了，她又突然瞪大了双眼，张开了嘴想说话，却好像什么也说不出来。

画面中，出现了一个熟悉的身影。

那是一年前，她去做家教的那个家庭的男主人。那个一举一动都无比体面的叔叔，此刻在电视中哭得不成人样。同时响起的是现场记者的声音：“张先生的妻子和儿子均在此次车祸中丧生……”

少顷，徐阿姨和那个小男孩乐乐的照片出现在了屏幕中。

叶泽琳的耳边仿佛又响起了徐阿姨温柔的声音，小男孩乐乐仿佛正戴着生日王冠活蹦乱跳，还有那个无比美味的芝士蛋糕正散发着香气。

接下来的画面中，出现了专门为这起重大车祸举行的公开葬礼，数不尽的白色蜡烛在画面中摇曳着。

叶泽琳仿佛经受了一个震天响的闷雷，顿时心痛得难以呼吸，她脸色煞白，嘴角不停地抽搐。

这一个多月来，她一直在躲避，躲避着与这起车祸有关的一切，躲避着演出事故之后众人的眼光，躲避着自己内心的每一种不安与苦楚，却因此错过了去送徐阿姨最后一程的机会。

电视里接下来说了什么，她已经完全记不得了，一帧帧画面只是眼角残存的掠影。这一刻，往昔与今日被一齐打碎，变成了一地的玻璃碎片，倒映出了眸中那无尽的仓皇。

走出心理咨询室，叶泽琳看见方凌、江若云和梁渊正在外面紧张兮兮地看着自己。叶泽琳深吸一口气，径直走向了江若云。

“那个车祸案件，我愿意出庭作证。”叶泽琳淡淡地对江若云说道。

江若云愣住了，随即低声喃喃道：“啊？你……居然都知道了啊。”

“是的，那天你发错群的文件，其实我看到了。”叶泽琳顿了顿，苦笑着说道，“但我当时一直假装不知道，因为根本不想再面对这件事。”

江若云神色困惑地问道：“那……你现在真的觉得可以了吗？”

叶泽琳沉默着坐到了门口的椅子上，咬了咬嘴唇：“有些事情，不是可不可以，而是不得不做。”

她望着满脸疑惑的众人，继续说道：“我今天才知道，原来那辆奔驰车里，是我之前去做过家教的家庭，遇难的是一个阿姨和小男孩。”说到这里，叶泽琳沉静的表情瞬间消散，突然开始失声痛哭，“那个阿姨，真的特别好，特别温柔……那个小男孩，真的又好看又可爱。”叶泽琳渐渐开始语无伦次，将头深深地埋到了胸前，她的啜泣声渐渐变小，但身体却不停地剧烈颤抖着。

方凌好像也想起了什么，猛地一惊，呆呆地望着蜷缩着的叶泽琳，将手轻轻地放在了那颤抖的肩膀上。

“你们知道吗，这半个月来，我无比害怕黑暗。每当黑夜来袭的时候，那些影像，就像潮水般涌来，闭上眼就能听见暴雨打在车顶的声音。”

此时的楼道格外寂静，低声的呜咽也变得无比清晰，在回廊里不断地回响。

半晌，叶泽琳缓缓抬起头，擦了擦眼角噙着的泪水：“但是，或许只有看清楚黑暗，才能感受到真正的阳光吧。”

突然间，叶泽琳好像猛地想起了什么，急忙从包里掏出手机，在慌乱中不停地翻着相册。过了十秒，她蓦然停住了，呆呆地望着屏幕。

“你们看！”

屏幕里，一棵大树正在狂风中缓缓倾倒，凌乱的树杈仿佛扣向世间的巨掌。

而在这棵擎天大树的右边，几辆车仿佛是巨掌手中的玩具，一辆红色大货车从对面直冲过来，如一个粗重的弓弩，撞到了在两边正常行驶的摩托车和奔驰。

“天呐，你居然还有视频证据！”江若云兴奋地惊呼道。

叶泽琳也呆住了，当时她原本只是想录一段大树倒下的画面发给方凌，刚录了几秒就被摩托车的白光晃了眼睛，然后就目击了车祸，便再也没有管手机屏幕里的画面，但没想到的是，手机也同时录下了车祸场面。

从那起车祸之后，叶泽琳便极力回避与之有关的一切，再也没有翻过当天任何时间的照片和视频，更没有去看相关的新闻，希望这段记忆能像雨水一样，一点点蒸发殆尽。

但刚才在心理咨询室的一切，如无名山洞里行进着的火把，将那掩埋于黑暗深处的角落逐一点亮，露出了腐化的昆虫与可怖的遗骸，也照亮了迷路的旅人。

走在回宿舍的路上，叶泽琳好像经历了一次漫长的旅行，身心俱疲，但不知为何，头顶倾泻的阳光好像变得更真切了，她能深深感受到那温暖的照拂，穿透叶脉，从穹宇直达地底的寒冰。

身边似乎又投来了一些目光，叶泽琳深吸了一口气，抬起了头，直视着每一道扫向自己的目光。

她说不清那些目光到底意味着什么，也丝毫不想再去试图猜测，她只是静静地看着它们，让它们成为阳光的一部分，也成为自己的一部分。

叶泽琳进了宿舍楼的电梯，左边的两个女生一直在有说有笑地聊天，突然，其中的一个女生表情变得严肃。

“你最近晚上去过寝室旁边的卫生间吗？”

“没有欸，怎么了？”另一个女生不解地问道。

一旁的女生压低声音，又凑近了一点说道：“我最近几天，每天晚上都能在卫生间听到一个隔间传来哭声，特别吓人！”

“啊？晚上？哭声？”另一个女生捂住了嘴，然后一脸惊恐地问道，“那你能听出来是谁吗？”

一旁的女生摇了摇头，“听不出来，主要是经常哭得撕心裂肺，听不出原本的声音到底是什么样。”

“天啊，那我晚上绝对不敢去卫生间了，太吓人了！”

叶泽琳漫不经心地听着她们的对话，突然感觉右边的女生一直在紧紧盯着她，过了许久也未曾转移，叶泽琳便径直看向她。

又是那样的目光吗？叶泽琳有些无奈。

那个女生见叶泽琳看向自己，有些不好意思地笑了笑，然后低声问道：

“同学，请问你的衣服是在哪里买的？真的好漂亮。”

叶泽琳愣了一下，“啊，这是朋友送的生日礼物。”

电梯开了，叶泽琳和两个女生一起走了出来。外面的灯光打在叶泽琳的脸上，她开始重新审视灯光下的一切。

这一瞬，叶泽琳露出了这些天以来的第一个笑容。

不知不觉，二审的日子到了。

清晨，叶泽琳的桌子上多了一张字条。

你不用害怕黑暗，因为你会发光啊。

方凌

叶泽琳在惊喜中欣然将它拿起，静静看了片刻，又郑重地放下。

寝室门突然被推开，李木子戴着一副有半张脸大的黑色耳机，一脸漠然地走了进来。

叶泽琳怔怔地望着李木子，不由得想起自己和方凌已经有些时日没和她说话了，便试图找话题：“木子啊，你怎么现在还穿长袖，不热吗？”

李木子瞥了她一眼，却默不作声，不知是没有听见，还是压根不想搭话。

叶泽琳抿了抿嘴，感觉更加尴尬，便直接走出了门。

刚出宿舍楼，只见方凌、江若云和梁渊都在静静地等她。方凌拍了拍叶泽琳的肩膀，冲她露出了灿烂的笑容。

他们打了一辆车，没过多久便抵达了法院。

法院门口的法徽反射着阳光，犹如一只红色的眼睛，在紧紧注视着忐忑不安的叶泽琳。漫长的台阶静静铺展在叶泽琳的面前。

“现在请原告方进行举证，首先请证人出庭。”

大门打开，叶泽琳一步步地走进法庭，顺着从门外钻进来的一道光，脚步沉重而坚定。

从最前面的法官到最后一排的旁听者，所有人的目光都向她投来。又是似曾相识的场面啊，叶泽琳心想，只不过，这次全场完全静默无声。

江若云作为原告的辩护律师，正坐在原告席里目不转睛地望着她，表情肃穆，而方凌和梁渊坐在旁听席的第一排，也神色复杂地紧盯着她，目光流露出一丝忧虑。

叶泽琳的眼神划过他们三人，余光却忍不住往一边瞥，她果然看到了一年前做家教时那个别墅的男主人。

那个男主人也望向她，挺拔的身躯变得颓然，眼神里满是陌生，失焦的瞳孔被厚重的黑眼圈包裹着，似乎早已不记得她是谁了，抑或是漫溢的悲痛让他的眼神不会再泛起任何波澜。

她的心头顿时涌上一股强烈的冲动，想要立马跑过去安慰他，安慰那个小女孩，抹去一点点他们所承受的巨大哀伤。

但只过了一秒，叶泽琳便强行浇灭了这个想法。她知道，为了避嫌，为了不降低证人证言的效力，此时的她不能再和他们有半分瓜葛。

她就此移开视线，再也没有和他对视。

“我叫叶泽琳，是菁世大学商学院的学生。”

叶泽琳忍住了心中泛起的不适，看着审判员缓缓说道：“三月九日晚上十二点左右，我在广富路十字路口处目击了本次车祸。”

叶泽琳悄然攥紧了拳头，开始再次拨开回忆深处的浓雾，挖掘她躲避已久的记忆废墟。

“当晚我一个人出门散步，走到广富路十字路口附近，突然开始下暴雨……”

“我看到红色货车猛地从对面冲过来，直接撞上了右边的奔驰，两辆车停在了十字路口的中心，然后左边驶来的摩托也撞了上来……我记得当时红色货车的方向是红灯。”

“当时我原本是想拍倒下的树，结果无意中录下了这段视频，已经提交给了法院。”

无数的细节再次在叶泽琳的脑海中重现，不知何时泪水已经滑过她的脸颊，但这一次她没有试图抹去这段记忆，而是让它随着泪水一道奔涌而出。

那段暴雨中的视频随即在法庭播放。

她静静伫立，未曾闭眼。

“被告有什么想要质询的吗？”审判员对着被告席问道。

“请问你是否认识案件的当事人？”

叶泽琳嘴唇微微嚅动：“不认识。”

“请问你既然知道自己是唯一的目击者，为什么拖到二审才出面，这期间是收到过什么好处吗？”

叶泽琳愣住了，她感到有些眩晕，勉强维持着身体的平衡。四周一片死寂，她能听到的只有自己急促的呼吸。

“是啊，已经几个月的时间过去了。”静默半晌，她缓缓开口，“可是这几个月，我却和遇难家庭一样，像过了漫长的几辈子。”

“过了这么久，我才敢面对自己不敢回想的记忆，有些迟，但幸好还算来得及。”

叶泽琳轻叹一声，望向被告席的货车司机，淡淡地说道：“希望你们也能一样。”

这番话一说出，旁听席闪现出许多讶异的眼神。叶泽琳只觉得压在身上的巨石陡然滑落，她似乎终于可以畅快地呼吸了。

几轮质询后，又过了不知多久，法官休庭片刻后，终于说了那句所有人都等待已久的话。

“现在当庭宣布判决结果。”

一些听审者纷纷向前探出身，法庭一片肃静。

“被告方对此次事故负全部责任，被告方保险公司需要赔偿原告主张的死亡赔偿金、被抚养人生活费、丧葬费等共计一百五十万元。”

叶泽琳有些恍惚，在叽叽喳喳的议论声中，她蓦然望向原告席上喜不自胜的江若云。

我们，真的胜诉了吗？

她真的……帮那一家人讨回公道了吗？

休庭后，满脸欣喜的方凌一把拉住了叶泽琳：“我们成功了！你太棒了！”

法院门口的木槿花随风飘落，在地面点出浅浅淡淡的阴影。穿着棕色短袖的叶泽琳微微张开了手臂，像一只从隆冬一下子跳跃到盛夏的松鼠。

江若云缓缓走上前，似乎看穿了叶泽琳眼中痛苦燃烧后的余烬，他感慨地说道："还好有你。"

"这件事终于告一段落了，"方凌自顾自地喃喃着，又猛地看向叶泽琳，"我们庆祝一下吧！"

"怎么庆祝？"

正当方凌若有所思的时候，梁渊开口道："对了，我家就在附近，要不去我家一起烧烤？"随即又连忙说道，"我爸妈都在外地，不在家。"

"可以啊！你们觉得呢？"方凌欢欣雀跃地说道。

叶泽琳和江若云纷纷点头，于是四人便向梁渊家的方向走去。

刚走了几步，叶泽琳忽然停住了脚步。她回过头，深切地望了一眼正在起身的那个男主人，便继续向前走去，再也没有回头。

绕过繁华的闹市，四人渐渐拐入了一个清雅的街区。梁渊指着一栋蓝白相间的公寓楼，"就是这里了。"

穿过一排香樟树，四人坐电梯到了最高层。

梁渊把拖鞋一双双地从鞋柜里拿出，其他三人已经穿好，梁渊却还在里面翻箱倒柜。

"怎么了？"

"啊，我忘了家里只有三双拖鞋。"

"只有三双？那平常够用吗？"

"我一个人独来独往惯了，"梁渊不好意思地挠着头，"我爸妈经常去外地工作，平常也没什么客人来。"

方凌愣了一下，然后歪了歪头："所以，我们可算是稀客了？"

"那是当然！"

梁渊又翻了翻鞋柜，终于放弃了。

“那你们穿吧，我就光脚。”

“没事，你穿我这双吧，我就不穿了。”江若云连忙说道。

“哎呀别客气了！真的没事，反正我从小就喜欢光着脚在家里走来走去。”

梁渊一边说着，一边有些慌乱地跑去厨房给大家倒了几杯水，他光着脚跑来跑去，几乎不发出什么声响，仿佛跳跃在松软草地上的野兔。他的神情里，有着一种不属于这个时代的慌张的真诚。

一进门，方凌的视线便被墙上的景象吸引住了。那是接连不断的风光摄影，有草原上低首的大象，有山间惊起的群鸟，有山洞中透出的夕阳，悬挂在相框里，如一个个通往平行宇宙的任意门。

“这些……都是你拍的吗？”方凌有些讶异地问梁渊。

梁渊笑着摇了摇头，“这些都是我妈拍的，我妈是职业摄影师。”

梁渊说着，走到了一张拍摄跳水运动员的摄影前，有些神秘地说道：“你们猜，这上面是谁？”

叶泽琳盯着这张照片说：“这应该是规格很高的比赛吧。”

江若云环视了一遍这面墙，突然说道：“这整面墙为数不多的人物摄影，都是关于跳水的啊。”

方凌也注意到了，便愈发好奇：“是谁？”

“我爸。”看到大家惊愕的表情，梁渊又说道，“这是十几年前在亚运会拍的。”

方凌愣住了，她仔细盯着这张摄影里的身影，那个像鸟一样飞在水面之上的身影，猛然想起十几年前的一个上午。

那是亚运会的男子跳水总决赛，方凌一家收到了赠票。那一天，观众席上的方凌正专心致志地看着比赛，一旁的爸妈却正为一点小事争论不休。那时的方凌，坐在椅子上脚才刚刚能碰到地面，她倔强地踢着椅子，不停地摇晃，随着爸妈的争吵愈演愈烈，她的动静也越来越大。她没有想到，爸妈好不容易结束冷战，却又开始了连环炮击。

“方凌，别动了！”沈秋月暂停了争吵，无奈地望向方凌。

“哦。”方凌撇起小嘴，敷衍地应和着，转头白了爸妈一眼。

她默不作声，心中却山呼海啸。

这一瞬，她开始讨厌亲密关系，猛然觉得所有亲密关系都是束缚和消耗。

也是在这一瞬，她望向前方，看到了一个像鸟一样轻盈的身影，他用极优雅的姿态腾空、旋转，在空中划出了一个完美的弧度，年仅五岁的方凌顿时被那种生命感所震撼，那是真正浑然天成的自由。她突然幻想自己能够如面前飞跃的身影一样，冲破耳边如盘丝般缠绕不绝的束缚。

这短暂的一瞥，旁人根本无法察觉到方凌的异样，但正是这一瞬，成了方凌叛逆的根源。她开始对爸妈的话视作耳边风，开始蔑视社会和学校的各种规则，也故意选了和妈妈的期望截然相反的商学院。

但反叛所带来的自由终究是刻意的，在天然的自由面前，显得不堪一击。

方凌蓦然望向梁渊澄澈如水的眼睛，她终于明白，第一次在咖啡店，她到底被这双眼睛中的什么东西所吸引。

方凌又看向这张摄影，十六年前的画面和眼前的画面渐渐完全重叠。某个瞬间，方凌发现了梁渊的真相，也发现了自己的真相。

“这一张……也是他吗？”方凌缓过神来，指着下面的一张摄影。照片中的男人身处峭壁之中，冲着脚下的水流一跃而下。

“是的，他也喜欢极限运动，这是他尝试悬崖跳水的时候拍的，在墨西哥天坑。”梁渊顿了顿，有些失落地微微低头，继续说道，“其实……这也是他最后一次跳水。”

“最后一次？”

“这次悬崖跳水让他肩部关节严重受伤，从那之后，他再也不能做极限运动了，就一门心思当教练了。”

方凌呆立在原地，不知为何，她突然又想起梁渊办毕业影展时，和老师对峙，被暗中嘲讽的画面。

当鸟飞出了笼子，真的必然要受伤吗？

半晌，方凌轻叹一声：“那……叔叔一定也很难过吧？”

梁渊笑了：“其实那倒也没有。他说了，在墨西哥天坑，就算不能再玩悬崖跳水，还可以躺在水面上看星星。”

方凌愣住了，静默不语，她继续看了看这张摄影，又若有所思地望向窗外微微晃动的竹林。

忽然间，她的视线瞥到了另一面墙上的一张海报，海报上写着拉丁谚语Per Ardua Ad Astra，意思是：从双脚泥泞到满天繁星。

方凌悄然低眉，露出了一丝灿烂的笑。

“你怎么一直盯着这个？”方凌看到叶泽琳站在一张沙漠摄影前一动不动，便凑上前问道。

“没什么，就是看到这张，有种特别的感觉。”叶泽琳顿了顿，偏了一下头，“前段时间，我感觉自己整个人大概就像这样。”叶泽琳又指了指墙上的沙漠，低声喃喃着，“怎么说呢，就像沙漠，一片荒凉。”

方凌又走近了一点，仔细看了看摄影，又看了看叶泽琳，缓缓说道："其实，荒凉也可以很美。"

梁渊笑了笑，大步走到冰箱旁，迅速拿出了几瓶啤酒，淡淡地说："以前的事情，就让它过去吧。"

方凌兴奋地一把将啤酒接到了桌子上，"太好了，要点烧烤怎么能没有啤酒呢！"

"你们想点哪里的烧烤呀？"江若云翻着手机问道。

"老地方。"方凌说。

"啊？那是什么地方？"

"就是老地方啊！"方凌随即突然意识到了什么，扑哧一声笑了出来，"那个店，就叫老地方，是我同学推荐的。"

倏忽间，整个屋子便爆发出了此起彼伏的笑声，仿佛早晨法庭上的一切令人不悦的回忆都被此刻的欢乐一扫而空。

梁渊启开啤酒瓶盖，给每个人都倒了一杯，气泡倔强地在杯中向上涌动着。

"干杯！"

一阵清香的酒味飘散开来，金黄的液体如打碎了的月光。

此刻，他们仿佛又回到了大一在崇乐山上的那晚，玻璃杯的脆响代替了塑料瓶的闷响，日月星辰都像鱼一样，游荡在宇宙之海中。方凌喝着啤酒，双眼微闭，仿佛在倾听林间的风声。此刻虽是白昼，她却知道，自己看到了真正的星辰。

杯子很快便空了，方凌正要继续添酒时，猛然瞥见了手机的提醒，是"青骑士"的消息。

青骑士：有件事，我除了你，再也没有别人可以说了。

池鱼：怎么了？放心，你有什么事，都可以跟我说。

青骑士：我昨天给一个人发短信表白被拒了……但没想到，我

今天发现，他居然把短信给很多人看了。

方凌愣了一下，又点开了一遍青骑士的个人主页，确认上面显示的性别是男，于是缓缓打出了一个：

他？

过了一会儿，青骑士又发来了消息。

青骑士：哦，你可别误会，是她……

池鱼：哈哈哈哈，我也没误会，不过话说回来，你是怎么知道她给很多人看了那条短信啊？

青骑士：一传十，十传百，有别人把截图发在一个有我的群里了，等她意识到问题撤回的时候，我已经看到了。

池鱼：天啊，这也太过分了吧。

青骑士：在这件事里，你知道我最难过的是什么吗？

青骑士：我一直觉得我是一个挺懦弱的人，无数的人都跟我灌输过，要勇敢做自己。可当我好不容易能够真正鼓起勇气去做一件事情时，所有人却又反过来嘲笑我的勇气。

池鱼：这完全是那个人的错，你可千万不要钻牛角尖了。

青骑士：是不是喜欢一个人，注定会如此卑微啊？

池鱼：其实我一直觉得，任何亲密关系都是一种束缚，不是束缚了彼此，就是自己作茧自缚，所以我对亲密关系其实一直有种恐惧。

青骑士：你说得对，确实是束缚。

方凌凝神盯着屏幕，然后微微抬头，瞥了一眼旁边的人，还有那张跳水的摄影，脸上突然浮现出一丝笑意。

池鱼：不过现在，我似乎不再恐惧了。

烧烤外卖已经点了很久了，不知是谁的肚子发出了咕噜噜的叫声。

“怎么还没到啊，都快一个小时了……”叶泽琳有气无力地喃喃着。

方凌点开屏幕，发出了一声惊呼：“他居然早就点了已送达！怎么可以这样！”方凌随即叹了口气，表情有些不快。

方凌话音刚落，门铃便响了，离门最近的叶泽琳便过去开门。

门刚开了一半，随即便听到对面的人几乎脱口而出地喊了一声：“叶泽琳！”

叶泽琳猛地一抬头，这才看清这张黑瘦的脸，他表情惊异，然后又不好意思地笑了笑，细细的眼睛眯成了一条缝，一笑便露出了发黄的牙齿，头顶重重的蓝色头盔将他年轻的额头挤出了一丝皱纹。叶泽琳仔细打量着这张脸，隐约觉得有些眼熟，但在脑海中搜寻了半天也想不起来到底在哪里见过。

“你是……”叶泽琳盯着他一脸迷茫地问道。

对方有些兴奋又有些焦急：“我是刘文彬啊！”

这句话像是一枚深水炸弹，叶泽琳平静的眼神瞬间变得惊恐万分，她下意识地往后退了一步，无尽的过去山呼海啸般朝她涌来。

恍惚中，面前这张黑瘦的脸消退了，取而代之的是一个白胖的校园恶霸，是那个曾经集合了一帮小混混欺负叶泽琳的校园恶霸。她永远不会忘记，她的水杯曾经被灌满了墨汁，她的座位上曾经沾满了胶水，而造成那一切的，真的是面前这个满脸憔悴的人吗？叶泽琳怔怔地在这张脸上尝试辨认着曾经的那种不可一世的傲气，却找不到一丝能令她生出恨意的痕迹。

他苦笑了一声：“你认不出我很正常，不过我可是记得你，毕竟你可是胶城当年唯一一个考上菁世的，我每次路过你们高中，都能看见你的巨幅海报。”

叶泽琳神色复杂地沉寂良久，闭上眼睛努力让自己平静下来：“那你……是什么时候离开胶城的？”

他不假思索地开口，语气十分轻松：“我初中读完就来这边打工了，当过服务员，也被传销骗过，现在主要是在送外卖，这一行赚得可真不少啊！就是累了点。”

面前的脸庞如泥塑般发黑发黄，眼里曾经欺负别人时的神气已彻底消失殆尽，黑黑的眼袋重重地垂了下来，生活将他的傲气磨尽，他的双眼像两扇锈迹斑斑的大铁门，拴着重重的锁链，囚禁着年轻躯体里的苍老灵魂。

兴奋之后，他似乎也注意到了叶泽琳眼中的惊悸，他迟疑片刻，缓缓开口：“我知道我以前欺负过你，我真的错了。你就大人有大量，给我打个五星吧……”他抿了抿嘴，小心翼翼地轻轻说道，眼神近乎哀求。

叶泽琳愣住了，她实在想象不出此刻的乞求与刘文彬可以有任何联系。多年以来，他们之间一直隔着一条不可逾越的河流，他们不停地沿着岸边行走，她原以为，变的只是他们自己，但此刻发现，真正巨变的是整条漫漫长河。

另一种巨大的哀愁包裹了她，叶泽琳半张着嘴，像干涸河道里的一条鱼，她轻叹了一口气答道：“好的……你这些年过得怎么样啊？”

“还好，就是最近实在一言难尽。”

“怎么了？”

“一个月前，我哥骑摩托被大货车撞了，抢救了几天，但没抢救过来。”刘文彬语气淡然，但表情瞬间变得凝重悲戚，眼中的锁链似乎更重了一些。

叶泽琳一惊：“天啊，那你们现在怎么办？”

“其实原本这起事故的责任根本无法认定，除了我哥和那个大货车之外，还有一辆奔驰也同时被撞了，但摄像头被损毁了，行车记录仪也没有。我哥在去世之前曾经告诉我爸，是大货车突然冲过来，然后我爸就把大货车所在的物流公司给告了，但证据不足啊。结果真是天无绝人之路，突然就有了一个目击证人，那个证人居然还有视频证据！今早的庭审我有事没去，我爸去了，听他说我们真的胜诉了，法院判给了我们一百多万的赔偿。”

叶泽琳渐渐瞪大了眼睛，房间里的其他三人也纷纷停止了言语，目瞪口呆地望向刘文彬。叶泽琳极力控制着自己颤抖的双手，低声问道：“这起车祸……是在广富路十字路口吗？”

“是啊！咦，你怎么知道？”

叶泽琳大脑似乎一片空白，又似乎被世间所有的思绪所裹挟，她呆立半晌，挤出了一句话：“哦……这也算是大新闻了吧，还发生在我们学校附近，我当然知道了。”叶泽琳神色复杂地又看着他继续说道，“你节哀。”

刘文彬郑重地点了点头，突然他的手机又响了一下，“啊，又有一单了！我走了，拜拜！”话音刚落，他跑了几步便瞬间不见了踪影，这敏捷的身手与那凝重的双眼并不相符。这十分钟里，只有他跑着离开的那一刻，叶泽琳才真正认出了他。

叶泽琳还没回过神来，忍不住往前探了一步，张开了嘴，欲言又止，但无论再怎么眺望，那个身影都彻底没入了楼道的黑暗里，像坠入没有尽头的海底。

她在门口静立良久，终于意识到刘文彬已经消失不见了，仿佛也带走了一段沉甸甸的记忆。直到方凌在房间里叫她，她才转过身走了回来。

“你为什么不告诉他是你帮他们赢得了赔偿款啊？”方凌不解地问道。

“我也不知道……”关于这个问题，叶泽琳也完全说不清。但她想，如果让刘文彬知道是他曾经欺负过的人今日帮了他们全家，他心里估计会更不好受吧。

“给他一个五星好评吧。”叶泽琳一下了瘫软在沙发上，像是终于卸下背负已久的重担。

“他以前真的欺负过你吗？”方凌愤愤地问道。

“都过去了。”叶泽琳闭着眼微微摇头。

半分钟后，叶泽琳的耳边传来的方凌的声音：“好吧，我给他打了五星了。”

叶泽琳怎么也没有想到，竟然同时帮了自己爱的一家人和自己曾经恨过的人。但奇怪的是，当她得知自己竟无意中帮了刘文彬一家时，她的恨也消失了。

这一刻，曾经的爱与恨碰撞成了一潭平静的湖水。

一阵微风吹过，窗外的云雀又叫了一声。

11

青春是一种光荣的贫瘠

要用多少谎言
才能粉饰灵魂的残缺
那安眠寂静如死亡
睡梦的香甜意味着什么
要用多少霓虹
才能埋葬死去的星星
那银河泻下赫赫流光
如信号灯的闪烁昭示着什么
要用多少晴空万里
才能掩盖远古的电闪雷鸣
那曦光刺破厚重的云层
明媚如春的灿烂照耀着什么

高速上的疾驰
脚尖下的钢索

那些掩饰的恐惧的

那些喧哗的蔓延的

那些沉默的喑哑的

那些失控的疯长的

须臾喷涌而出

逃离地壳

不知所向

一团含着热望的滚烫

从无尽奔向无尽

抵得住恐惧的挟裹

抵不住坠落的诱惑

——方凌于诗社

“方凌，来一下我办公室。”

组织行为学的课刚结束，周老师便走下讲台，径直朝方凌走了过来。

“好的！”方凌连忙回答。

周老师点了点头，示意让方凌跟上。

方凌低着头跟在后面，忐忑不安。听说如果被周老师主动找谈话，一般不会有什么好事。

自己难道又犯了什么事？方凌不禁眉头紧锁，捏了捏衣角。

到了办公室，周老师笑着让方凌坐下。

“别紧张，我就想找你问问，李木子是你的室友吧？”

“啊？”方凌一下子愣住了。

方凌也说不清，李木子的异常究竟是从何时开始的，或许是刺猬被没收的那一天，或许还要更早一些。

李木子走到窗台边，把湿漉漉的衣服挂到晾衣架上，突然，她的手停住了。她的视线越过窗户，死死地盯着窗下，神色惊恐，仿佛有什么吃人的怪物要爬上来。方凌见状，便一脸疑惑地走了过去，假装要取之前晾的袜子，趁机瞥了一眼窗下，可除了满目的绿荫，她什么都没有看见。

方凌注意到的，是李木子的睡衣出现了越来越多的油渍，似乎已经很久没洗过了。但大一大二的时候，李木子是格外地爱干净，每天都要把宿舍彻底打扫一遍才罢休。

看着李木子有些怪异的样子，方凌又想起了周老师对自己说的话："李木子的期中成绩是全班唯一一个不及格的，而且差一半的出勤，据我所知，她不仅仅在我这节课是这样。但你知道的，她大一大二的时候，可都是拿了国家奖学金的啊。"

半晌，李木子也注意到了方凌那许久未曾移开的目光，她用失神的双眼看向方凌："怎么了？"

"哦，没事没事。"方凌有些不知所措地走开了。

"嘎吱"一声，叶泽琳推门而入，她兴奋地说着："我买了盐酥鸡，你们要吃吗？"

方凌欢喜地凑了过去，直接拿起了一串，边吃边说："木子，你要吃吗？我记得你超爱吃这个的。"

"没胃口。"李木子头也不回地说道，然后便爬上床，拉上了厚厚的床帘。

过了一会儿，方凌拿出手机，恰好发现"青骑士"刚刚发了消息。

青骑士：我最近又跟我妹吵了一架，唉。

池鱼：为什么啊？我记得你说过你们关系很好的。

青骑士：我妹上高中，她老师知道我在菁世之后，跟她说想让我给她们班做一个分享，鼓舞士气。

池鱼：那你是没同意吗？

青骑士：是的，我跟她说，我没什么好分享的，我的生活一团糟。

池鱼：然后你妹不信对吧？

青骑士：没错，她说我上了菁世人人羡慕，怎么可能没什么可以分享，说我就是懒得帮她。

池鱼：你妹肯定特别想让你去，毕竟是多有面子的事情。

青骑士：我爸妈也让我去，说做分享也是对自己的总结，而且也能让老师多关照关照我妹。

池鱼：所以……你是真的下定决心不去吗？

青骑士：不是我想不想去的问题，而是我真的毫无可以分享的东西，我也不想强行装出一个成功者的样子，那样想想就恶心。

池鱼：我懂，那你跟家人好好聊聊，他们也应该能理解的。

青骑士：我聊了，最后我说，如果真的让我去，我就想做一个主题的分享，就是如何接纳自己的平庸。结果我妹一脸不可思议，说老师明明是为了鼓舞士气，我是故意跟她作对。

池鱼：她才上高中，不理解这些也正常。

青骑士：其实说实话，我挺羡慕她的，因为在她的世界里，一切还都可以通过高考来改变。

池鱼：是啊，有些时候我也挺怀念高中的，虽然看上去很痛苦，但其实有种单纯的快乐。

青骑士：不知道为什么，越长大，快乐的阈值越来越高，但难过的阈值却变低了。

池鱼：你生在大城市，又上了名校，肯定很多人都觉得你不应该有什么好难过的。

青骑士：可我现在才明白，其实上帝给人类的喜怒哀乐是平均的，别人看来我比百分之九十的人过得好，可是我悲伤的次数一点也不少。

刚回到宿舍，方凌便看到叶泽琳正坐在椅子上喘着粗气，走近了几步，方凌惊讶地发现叶泽琳居然满头大汗。

“你怎么了？是不是身体不舒服？”方凌有些忧虑地把手搭到了叶泽琳的肩膀。

叶泽琳看到方凌回来了，愣了一下，躲闪着方凌的日光，“没……我没事。”

方凌有些不解地皱了皱眉，轻轻说道：“还说没事，这么冷的天，你怎么额头上全是汗？”

叶泽琳笑了笑：“刚才我把空调开得太足了，刚关上。”

方凌见叶泽琳如此，便也不再多问。她刚一坐下，手机屏幕就亮了起来。

青骑士：你有特别喜欢的东西吗？

池鱼：当然有了，太多了。怎么，你想送我礼物啊？

青骑士：真羡慕你。

池鱼：啊？我有什么好羡慕的？

青骑士：因为你有特别喜欢的东西啊，我现在感觉自己并没有。

池鱼：怎么会呢，一定有的，你再好好想想。

青骑士：以前我最喜欢的是美食和小动物，可现在，也不喜欢了。

池鱼：可能是你最近太累了吧，你多休息休息。

青骑士：没用的，感觉这个世界对我来说，变得越来越无关紧要了。

池鱼：这是什么意思？

青骑士：就是感觉，自己现在好像没有与任何事物有很强的连结，可以随时离开。

池鱼：离开哪里？

青骑士：这个世界。

方凌蓦然一愣，怔怔地看了无数遍屏幕前的回复，暗自喃喃道："这个世界……"

走入越来越深的隆冬，气温已经趋近零度。上早课的路上，每个人都行色匆匆，似乎想要飞速逃离室外彻骨的寒意，这种时候，即使是平日里索然无味的教室也成了惬意的温床。在瑟缩着脖子全速前进之时，方凌猛然瞥见了一个熟悉的身影。

"师兄！"方凌对着擦肩而过的周奇喊道。

周奇微微一愣："是方凌啊，好久不见。"

"你……最近还好吧？"方凌意味深长地望着周奇，有些踟蹰地问道。

"很好啊，怎么了，我看着很憔悴吗？"周奇略带不解地笑了笑。

"啊，没有没有。"方凌有些慌忙地继续说道，"就是你们现在既要写毕业论文，又要实习，又要找工作的，我很多师兄都在通宵。”

“放心吧，这些都不在话下！”周奇看上去满脸自信，然后看了看表，“我跟导师约了聊论文的事，先走了，之后再聊！”

方凌粲然一笑，和周奇说了再见，周奇也笑着走开了。

“师兄！”周奇刚走了几步，方凌便忍不住又叫住了他，眼中闪过一丝忧虑。

方凌的表情渐渐变得严肃：“如果遇到了什么困难，一定记得跟我们说。”

周奇的神色愈发不解，但还是笑着跟方凌挥了挥手。

周奇走后，方凌缓缓地走在路上，默默思忖着什么，眼中充满了困惑。

到了计量经济学的课堂上，还有五分钟才上课。无聊之际，方凌便给“青骑士”发了几条消息。

池鱼：在吗？好久没见你上线了。

池鱼：你和你妹和好了吗？

惬意总是和睡意相伴相生。在老师那声调毫无变化的背景音中，时不时打着哈欠的方凌忍不住不停地瞥一眼手机，一是看看青骑士有没有回复消息，二来也是提提神，但快到下课了，也还是没等到青骑士的回复。

下了课，方凌回到宿舍，看见李木子居然还躺在床上一动不动，再也忍不住了。

“快要期末考了你知道吗，你还要每天继续这样下去吗？你扪心自问，早上这节计量经济学的课，你最近来过吗？”方凌将书包一把扔在了椅子上，强抑怒火冲着李木子说道。

正午的阳光照在李木子的被子上，被子蠕动了一下，但又静止不动了。被子里闷闷地传出无比微弱的一句话：“我真的好累。”但这句话却像被海绵吸走了一般，方凌根本没有听清。

看到李木子没什么反应，方凌皱紧了眉头，伸手碰了碰李木子的被子。

刹那间，裹得严严实实的李木子就像一个埋在土里的地雷，猝不及防地炸裂开来。

“你能不能别管我了！”李木子腾的一下坐了起来，眼睛里布满了红血丝，方凌顿时目瞪口呆。

杀气腾腾的李木子盯着方凌，突然大声哭喊了起来：“我怎么样，跟你一点关系都没有！”

方凌被激得火冒三丈，平时优雅大方的姿态也顿时荡然无存，“你知不知道，好几个老师专门找过我问你的状况，我都不知道该怎么回答！”

李木子愣了一下，火速下了床披上一件黑色外套，凌乱无比的短发就像爆炸后的废墟，“你就说，这几次考试才是我的真实水平，我就是又懒又笨，孺子不可教。”

方凌惊得说不出话来，旁边的叶泽琳也彻底呆住了，她有些犹豫地碰了一下方凌，悻悻地说着：“算了吧。”

然而方凌却依然冷冷地看着李木子，半晌挤出一句：“你简直不可理喻。”

“对，我就是这样一个人。有我这样的室友，你一定觉得很丢脸吧，方大小姐。”李木子的眼中闪过一股寒意，但这寒意并不像刀剑一样直指方凌，而是如黑洞一般，漫无方向，能将世间万物都吸入深渊。

方凌难以置信地望着李木子，哑口无言。

“你就不能，让我一个人静一静吗？”半晌，李木子声音颤抖，露出了一个无比绝望的眼神。

叶泽琳有些不安地拉住了方凌：“我们要不先出去吧。”

方凌没有管叶泽琳，依然紧盯着李木子：“你放心，既然你都自我放弃了，我彻底不会再管你了。”方凌深吸一口气，一字一顿地说道，“如果哪天你被退学了，可别叫我帮你收拾行李。”

李木子发出了重重的呼吸声，如溺水的人突然浮上了水面。她向后退了一步，猛地朝自己的书桌一挥手，桌子上高高垒起的一摞书瞬间散落一地，如一座摩天大楼轰然坍塌，发出一声巨响。

看着几十本书横七竖八地躺在地上，方凌突然有点想哭，她不由得想起了曾经和李木子打打闹闹的时光，她会用各种零食投喂李木子，而李木子会声情并茂地描述当日得来的各种八卦。似乎曾经那样的日子，也如这般彻底坍塌了。

刹那间，方凌的眼神变了，好像突然看见了什么。

方凌一把抓起了李木子的手臂，“这是什么？”她一边说着，一边死死盯着从李木子的长袖外套露出的一点点鲜红的伤痕。

李木子瞬间一脸惊恐，她猛地将手臂从方凌的手中抽了出来，冷冷地说道：“不关你的事。”

李木子刚把手臂抽出，就又被方凌拉了起来。李木子拼命地想把方凌甩开，却都无济于事。方凌把李木子的长袖一下子掀了起来，结果她顿时张大了嘴巴，瞠目结舌。叶泽琳见状也走上前来，然后吓得瞬间瘫坐在了椅子上。

“是谁干的？”方凌强忍着内心的惊惶不安，怔怔地望着蓬头垢面的李木子。

李木子的手臂上，全是各种深深浅浅的伤口，有结痂已久的，有还没愈合的，歪歪斜斜的疤痕如同正在爬行的蚯蚓，无情地蚕食着这个年轻的躯体。

“我说了，不关你的事！”李木子尖叫了起来，刺耳的声音仿佛一台坏了的收音机。

方凌依然死死地拽着李木子的手臂，声音颤抖，露出了疑惑又不可思议的眼神，“到底是谁干的？难道……这么久以来，一直有人在霸凌你？”

李木子低下了头，眼神闪躲，“你不是说再也不管我了吗？怎么说话不算话！”

方凌的眼眶渐渐泛红，声音变得有些沙哑，但神情却无比倔强，“对，我就是说话不算话！和你一样，都是不可理喻的人。”

听到这句话，李木子愣住了，她缓缓抬起头，双眸暗淡了下来，单薄的身体如一片在风中枯黄的秋叶。

李木子抬手捂着脸，低声呜咽着。少顷，从双手的缝隙中传出了一句无比可怕的话，“是……是我自己。”

方凌神色惊恐，吓得后退了一步。叶泽琳怔怔地盯着李木子，仿佛面前是一张全然陌生的脸。

“为什么？”僵立许久，方凌终于打破了死寂。

李木子微微抬起了头，眼中是一片冷漠，“我说了，你也大概不会信的。”

她一字一顿地说道：“只有痛感能让我知道，我还活着。”

这句话像是一块从天而降的巨石，瞬间砸得方凌喘不过气来。

李木子一把甩开了方凌的手，披头散发地跑了出去，留下方凌和叶泽琳呆立在原地。空空的楼道内，踉跄的脚步声依稀可辨，渐渐地，便什么声音也听不见了。

“她连手机都没拿，就这么跑出去……不会出事吧。”叶泽琳声音发颤，一脸不安。

方凌瞥了一眼李木子桌子上的手机，刹那间，她似乎突然意识到了什么，又转头看了一眼，顿时瞪大了眼睛，猛地把李木子的手机拿了起来。

“怎么了？”叶泽琳轻轻拍了一下方凌的肩，方凌的肩膀颤抖了一下。

李木子又重新亮起的手机锁屏上，是几条方凌无比熟悉的消息。

池鱼：在吗？好久没见你上线了。

池鱼：你和你妹和好了吗？

绵延不绝的阴云遮挡了窗外的阳光，宿舍内没有开灯，变得愈发晦暗，只有面前的手机屏幕发出诡异的白光。

方凌拿着李木子的手机，她的手在不停地发颤，仿佛窗外隆冬的寒意透过窗户，浸入了骨髓。忽然间，方凌的视线又转移到了李木子书桌的一个角落，这个角落一直被高高摞起的书挡得严严实实，但现在却一览无余。

在角落里，有一个掉了漆的水瓶，有着蓝色的瓶身和白色的瓶盖，瓶盖上被磕出了一个坑。

方凌转头看向叶泽琳，双眸泛着泪光，眼神是罕见的无助。叶泽琳彻底愣住了，即使是深陷舆论漩涡之时，方凌也从未有过这样的眼神。

放下手机，方凌失魂落魄一般跑了出去，连外套也没有披。出了宿舍楼，瑟瑟发抖的方凌瞥见了一个黑色的身影，是李木子正朝着校门口的方向跑去，方凌急忙追了上去。

欢乐的下课铃声响起，紧接着，广播台也开始播放圣诞歌曲，同学们从教学楼鱼贯而出，欢声笑语不绝于耳。李木子被裹挟进这样的人流之中，瞬间无影无踪，如同一滴露水混入了滚滚而来的江河。

一阵寒风袭来，路边行道树的最后一片叶子也落了下来，方凌停住了脚步，呼吸间凝成的水雾让她的面目渐渐模糊。

这一刻，站在成群的欢笑人群之中，方凌感觉自己真正走入了冬季的深处。

“你可终于回来了！找到她了吗？”

过了将近一个小时，叶泽琳终于在宿舍门口见到了脸色苍白的方凌。

方凌苦笑着摇了摇头，“阿嚏！”方凌又吸了吸鼻子。

“你怎么刚才也不穿上外套，赶紧吃点药吧，可别感冒了！”

方凌卸下围巾，一脸疲惫地坐了下来，神色凝重地望向叶泽琳，“泽琳，我们一起把宿舍里所有的尖锐物品都找出来吧……”

“好的。”叶泽琳点了点头，随即又前前后后踱了几步，一脸忧虑地说道，“你说，木子究竟是遭遇了什么事呀？难道和我之前一样，也得了PTSD？”

方凌低下了头，揉着太阳穴思索着，嗓音沙哑地说道：“我也不好说……我知道，她是有很多不顺心的事，但我觉得都不至于到这一步。”

叶泽琳叹了一口气，又忽然想起了什么，“对了，刚才你看到木子手机的时候，为什么会有那么大的反应啊？”

“我……”方凌面色复杂，欲言又止。

突然，手机有了新的通知，方凌看了一眼，长舒一口气。

“辅导员跟我发了消息，说她联系到了木子的家长，得知她是跑回了家。”

叶泽琳的表情也如释重负，她一下瘫坐在了椅子上，“这样啊，没事就好。”

方凌和叶泽琳在宿舍翻箱倒柜，把剪刀、水果刀、裁纸刀、瑞士军刀都拿了出来，放进了厚厚的布袋里，又套上了三层袋子，扎得紧紧的。不知不觉，两人已经满头大汗。

方凌瘫坐在椅子上，不停地喘着粗气。少顷，方凌拨通了梁渊的电话。

“喂，梁渊……我能把一些东西暂时放到你宿舍吗？”方凌忍不住有些哽咽。

“什么东西？”电话那头问道。

方凌深吸了一口气：“危险物品。”

晚上十一点，回到学校的梁渊来到了方凌宿舍楼下。

此时，室外的气温已是零度。方凌穿着一身单薄的毛衣，低着头缓缓走了出来，和手中提着的大袋子比起来，她更显得瘦弱无依。

“你怎么穿得这么少！”梁渊语气有些焦急，他接过袋子，便连忙把自己的长款厚羽绒服脱了下来。

正当梁渊要把羽绒服披到方凌身上时，方凌一下子将头扎进了梁渊的怀抱里，抽泣了起来。梁渊顿时愣住了，将羽绒服盖到方凌身上后，便一动不动。梁渊宽大的白色羽绒服到了矮一头的方凌身上，便一下子拖到了地面，几乎将两人都埋了进去。

及地的白色的羽绒服如一团白皑皑的大雪，静立的方凌和梁渊如同两尊雕像，被漫长的雪夜添上了一层厚重的素洁。

缄默良久，方凌红着眼抬起了头：“我感觉，自己真的是一个无比冷漠的人。”

下午在电话里，方凌告诉了梁渊事情的始末，但并没有说出李木子就是自己一直以来频繁聊天的网友。

“怎么会呢？”梁渊摇了摇头。

方凌打了一个寒战，声音也在颤抖：“身边的人都要走入深渊了，我却一点都没看出来异样，反而在逼她……曾经对泽琳是如此，现在对木子同样是如此。”

梁渊伸手将羽绒服的帽子给方凌戴上，然后直视着她，平静地说道：“我知道，你不是那样的人。”

“真的吗？”方凌看向梁渊，和他那悠长的目光相接。

“你一点都不冷漠，你只是孤独。”

方凌露出了讶异的表情，梁渊默默看着她，欲言又止。

方凌的身旁，一个长发女生魂不守舍地跑进宿舍楼，明艳的脸上挂着泪痕。

到了半夜十二点，方凌依然睁着眼睛躺在床上，辗转难眠。她又拿起了手机，打开Moonlight，不停地看着自己以前和“青骑士”的聊天记录。过了快一个小时，方凌才翻完所有的聊天记录，她一遍遍地质问着自己，为何以前丝毫没有察觉到“青骑士”和李木子的种种相似之处，又为何不告诉“青骑士”自己也是菁世大学的。

这种质问是无声的，却在她心里变得越来越尖厉，如同山风穿过峡谷时的呼啸。

伸手不见五指的黑暗反而消弭了房间的边界，此刻，只有微弱的光芒在方凌的床上闪烁，仿佛是飘荡在无限漆黑宇宙中的孤单星辰。翻完聊天记录，方凌点开了“青骑士”那纯黑的头像，个人主页便显示了出来。突然间，方凌猛地坐了起来，因为她发觉，“青骑士”的个性签名变了：

我的朋友是一个又一个自己，静观她们刹那的绚烂，然后目睹她们排排倾倒，如大厦般轰然坍塌。

手机的光熄灭了，方凌呆坐着，彻底陷进了无穷的黑暗里。

不知为何，方凌的耳边又响起了梁渊的那句话：

“你一点都不冷漠，你只是孤独。”

一阵敲门声陡然响起，不知不觉中，已经到了第二天的清晨。

方凌迷迷糊糊地去开了门，一个四五十岁模样的女人出现在眼前。她穿着棕色的毛呢大衣，虽素面朝天，却气质优雅。方凌立刻注意到，她的眼皮是浮肿的，如压着两块重重的石子，每抬起一次都需要用尽全力。

“请问，这是李木子的寝室吗？”面前的女人想进门，却有些迟疑。

“是的，您是？”

女人随即把挎包放在了桌子上，脱下外套挂到了椅背上，露出了黑色的针织毛衣和一串闪着金光的项链：“我是她妈妈，来拿她的东西。”

李木子妈妈一边说着，一边把李木子落在桌子上的手机放回了包里，方凌盯着那部手机，感受到了一阵刺痛。咽了一下口水，方凌缓缓开口：“木子她……没事吧？”

方凌话音刚落，对面的女人就突然开始小声抽泣，然后抬手捂住了嘴。

叶泽琳也起来了，看到如此场面，拿着外套的手停在半空，表情惊愕万分。

方凌望向叶泽琳，两人都不知所措。无奈之下，方凌急忙拉出一把椅子，“您……您先坐。”

李木子妈妈坐了下来，过了半晌，她的情绪终于平复了下来，望向呆立着的方凌和叶泽琳：“你们都是木子的室友吧？”

“是的。”

李木子妈妈垂眸，深深地叹了一口气：“短期内，你们可能见不到她了。”

“啊？这是什么意思？”方凌僵在原地，昨晚脑海中闪过的种种可怖画面再次浮现。

李木子妈妈静默了几秒，从包里拿出了一张确诊单，一举一动都像在强装着镇定，仿佛在拼命压抑着心底一触即发的呼啸。

“她被确诊为重度抑郁症，要休学一年。”

刹那间，方凌如被闪电击中，浑身颤抖地凑近那个确诊单，看见上面显示的就诊日期是昨天。

“抑郁症……”一旁的叶泽琳猛地站了起来，恍然大悟般不停地喃喃着。

“我今天来，就是要整理一下她所有的东西，然后带回家。”李木子妈妈一边收拾着书桌上杂乱的物品，一边缓缓地解释道。突然间，她的手停了下来，肩膀颤动。

她开始低声啜泣，痛苦地用手抵住额头，拼命摇着头：“我真的不知道，她为什么会这样……明明没有发生什么事，她怎么就能得这种病？都怪我，都怪我。”

方凌呆愣在一旁，听着李木子妈妈的自责，恍惚中，李木子妈妈的话渐渐变成了方凌对自己的诘问。

整整一天时间，方凌都在苦思冥想，李木子究竟为何如此。她翻遍了自己和“青骑士”几年来的所有聊天记录，试图寻找一些蛛丝马迹，寻找李木子究竟遭遇了什么足以让她伤害自己的事情，却一直无果。但方凌一直忽视的一点是，对于抑郁症而言，每一件看似无关紧要的事情，都足以成为压倒骆驼的最后一根稻草。

方凌强忍着内心的汹涌的浪涛，试探着问道：“阿姨，我一会儿下了课，能去看看她吗？”

李木子妈妈有些意外地看着方凌，“可以，我把地址发给你。”

“那……我能一起去吗？”叶泽琳急忙问道。

李木子妈妈红着眼睛，点了点头。

没过多久，李木子妈妈就发来了地址，是位于市中心的一个高档小区。

下午一下课，方凌和李木子便跑回宿舍收拾东西，准备去李木子家探望。

“李木子的事，你们听说了吗？”

方凌和叶泽琳刚走进电梯，就听见旁边女生的议论声。方凌抬头一看，发现说话的人是自己市场营销课上的同学王紫琳和孙悦，她们一直在盯着手机，似乎完全没有看见身后的方凌和叶泽琳。

“她怎么了呀？”

“重度抑郁症！已经休学了。”王紫琳凑近孙悦，煞有其事地说道。

“李木子？重度抑郁症？”一旁的孙悦瞪大了眼睛，“她居然也能抑郁？”

站在后面的叶泽琳皱了皱眉，有些无奈地望向方凌，但此时的方凌却看不出什么表情。

“好像从年初开始，她是有点不对劲……可是她一切都顺风顺水的，去年拿了国家奖学金，家里还有钱。”王紫琳撇了撇涂得鲜红的嘴唇，“唉，真不知道有什么好矫情的。”

“是啊，之前慧安资本的实习面试，她过了，我被淘汰了，如果我像她那么脆弱，我早抑郁了。”孙悦翻了一个白眼，语气漫不经心。

“你们还知道些什么？”方凌的声音如从天而降的寒冰，让气温又低了几度。

“方……方凌，你也在啊。”两人一下子愣住了，王紫琳紧张地捋了一下长发。

“是，她顺风顺水的，拿过国奖，家里有钱。”方凌向前走了一步，直视着她们，冷冷地问道：“除了这些，你们还知道什么？”

二人顿时哑口无言。

“昨晚快十二点，有个人喝醉了酒，肿着眼睛跌跌撞撞地走进宿舍楼……王紫琳，你刚跟男朋友分手了，是吧？”

王紫琳愣住了，顿时僵在原地，紧抿着嘴唇。

“啊？这是真的吗？”孙悦望向王紫琳，瞪大了眼睛，“你怎么没告诉我？他是不是又做什么对不起你的事了！”

方凌又瞥向王紫琳空荡荡的脖子，“之前一直戴着的项链呢，怎么不戴了？”

“你别说了！”王紫琳突然朝着方凌尖声喊道，妆容精致的脸露出难以掩饰的哀戚，旁边的孙悦似乎被吓了一大跳。

“还有你，孙悦。”方凌不顾王紫琳突如其来的失态，转向孙悦继续说道，“你对外宣称你是放弃了保研机会选择出国，其实根本就没有保上研，对吧？之前商学院公示文件里出现的孙悦，是国际关系学院的那个跨专业考研的、和你重名的孙悦。我说的没错吧？”

“你……”孙悦瞪大了眼睛，旁边的王紫琳也皱起了眉，一脸狐疑地看向孙悦。

“别人也会觉得你的生活简直完美，”方凌一字一顿地说着，“可是在你的内心深处，其实一直都很自卑，对吧？”

话音刚落，叶泽琳也一脸震惊的表情，半张着嘴望着方凌。

“你想干什么？”王紫琳走了上来，正对着方凌，眼神充满了警惕。

方凌苦笑了一声，又轻叹了一口气：“没什么。我只是想提醒你们一下，不要只看到表象，就轻易地说别人矫情。别人的痛苦，你们是永远也无法真正感同身受的。”

说完这句话，一层刚好到了，方凌和叶泽琳径直走了出去，眉头紧锁的王紫琳和孙悦也悻悻地跟在她们身后。突然，方凌停住了脚步，她转过身，正对着王紫琳和孙悦，却没有看向她们，目光飘到了她们身后某个不存在的远方。

方凌嘴唇微颤，悲伤如泉水般涌进了她的眼中，“这句话不仅仅是说给你们的，也是我说给自己听的。”

说罢，方凌就快步向前走去，叶泽琳神色复杂地看了一眼身后的王紫琳和孙悦，也紧跟了上去。刚走出宿舍楼，一阵寒意袭来，正当她们要往前走时，方凌的肩膀被猛地拍了一下。

一转头，只见杨华睿呼哧呼哧地喘着粗气：“我跟你们一起去。”她穿着红色大棉衣，背着一个鼓鼓的黑书包，两团黑眼圈像影子一样长长地拖在脸上。

方凌和叶泽琳神色疑惑，“可你这几天不是一直都有考试吗？我们就没敢为了木子的事打扰你。”

“没事的，我刚交卷了，就急忙赶回来了。”杨华睿依然上气不接下气地说。

方凌看了一眼表，发现离今天杨华睿的第一场考试结束还有半个小时，猛然意识到她是提前交卷了。方凌愣住了，这几年来，杨华睿每当遇到考试，就会推掉那一天的所有其他事情，两耳不闻窗外事地去考场；每次考完之后，她也会第一时间去查阅她不太确定的知识点，所以整天见不着人是常事。

“我们快点走吧！”杨华睿认真地说道。

雪花一点点落下，一点点抹去这个世界存在的痕迹。方凌、叶泽琳和杨华睿走在去李木子家的路上，雪花在她们的肩头降落，又融化。一辆车响起了汽笛声，转眼间，汽笛声便也和雪花一起融化了。

“刚才虽然她们说得有点过分，但确实也是实话。”叶泽琳忍不住说道，“很多得抑郁症的人，都是在外人看来条件很好的人。”

方凌若有所思地叹了口气，升腾的蒸汽如雪花舞动的水袖。

“很多人短暂的难过，都可以通过赚更多的钱，更努力拼搏来获取希望。但如果你早已成为那种众人艳羡的对象，就很容易明白，有些东西不是努力赚钱、努力学习就可以获得的，继而感受到一种更本质的悲伤，那才是真正的无能为力。”

叶泽琳有些错愕地望向方凌，缓缓问道："那……你也是这样吗？"

方凌有些恍惚，没有再说话，想到那独来独往的童年，一种巨大的孤寂包裹了她。

手机突然响了一声，方凌拿起了手机。

青骑士：我终于可以在家歇很久了。

青骑士：可是我现在闲下来才发现，我是真的不知道自己该做什么，想做什么。

"是谁的消息啊？"一旁的叶泽琳好奇地问道。

方凌叹了口气，看着屏幕上跳动的消息和那个沉默的黑色头像，竟感觉恍如隔世。

市中心的高楼大厦依然耸立，但往日的喧腾尽数消散。一片静谧之中，万物的轮廓变得越来越模糊。进了李木子妈妈告知的高档小区，几树梅花让这里焕发出生机。透过小区健身房的巨大玻璃窗，能看见里面穿着短袖挥汗如雨的人们，那是冰雪无法触及的地方。

按了门铃后，李木子妈妈再次出现在眼前，她依然气质优雅，穿了一件得体的法兰绒家居服，岁月在她的脸上没留下什么痕迹，但眼神却是掩饰不住的哀伤。

一进门，叶泽琳和杨华睿的表情就变得有些复杂。李木子的家是一个复式公寓，整体是西洋古典式的装修风格，大地色系的高档家具让整个空间显得典雅肃穆，但方凌走了几步，便发现了一处违和的地方：在餐厅旁边的一面墙上，贴满了李木子从小到大获得的各类奖状，不禁让人眼花缭乱。

"天啊，木子真的太优秀了吧。"叶泽琳怔怔地喃喃道。

方凌盯着这面墙看了一会儿，突然皱起了眉头，似乎意识到了什么不对，“阿姨，这么多奖状全贴在墙上，会不会和整体装修有些违和啊？”

“不会啊，每次一有客人来，都能看到木子的奖状，多好的事。”

方凌愣了一下，突然明白了什么，“那木子有没有提出过，想要把这些奖状收起来？”杨华睿怔怔地看向方凌，似乎对她的提问有些不解。

李木子妈妈仔细想了想：“确实说过，她说不想再贴奖状了，想换成她拍的那些照片，但我和她爸爸都觉得现在这样挺好的，别人看到后对她也是种激励。我们是生意人，都没上过名校，所以对木子的学习一直有种执念。”

方凌紧抿着嘴唇，从这面高墙移开了视线。

李木子妈妈苦笑着说道：“我们还一度担心这面墙不够用呢，不过木子上了大学后，这面墙就没什么变化了。”

“哦，也不是完全没变化，就得了两次国奖。”她的语气轻描淡写，像是在说自己晚饭多吃了两个包子。

方凌和叶泽琳皱着眉同时看向了对方，似乎明白了什么，轻轻叹了口气。

另一扇房门开了，一个穿着校服的女生走了出来，她看上去一脸青涩且执拗，边走边挎上了书包。她瞥了一眼方凌、叶泽琳和杨华睿，一边嚼着口香糖，一边漫不经心地对着李木子妈妈说着：“我去上课了。”

李木子妈妈答应了一声，大门便哐当一声关上了。

“这是木子的妹妹，正上高三，不过她成绩实在不行，我们其实一直以来都只能指望木子在学习上能出人头地。但谁能想到，木子竟然会得上这种病……”李木子妈妈无奈地说道，口气格外得诚恳。

一只白猫从三人身后跑了过来，毛茸茸的头蹭着方凌的脚，呜呜地叫着。

“这是木子养了五年的猫。”李木子妈妈将它抱了起来，顺了顺它的毛，突然有些哽咽，泪水开始滴到了白猫的身上，“木子这孩子从小就善良，对小动物比对自己都好。现在得了这种病，也不会伤害别人，只会伤害自己。”

听到这句话，方凌的心被狠狠地揪了一下，她不禁想到了自己故意让宿管阿姨没收李木子的刺猬的事情，表情懊悔又惭愧。

“阿姨，木子在哪个房间呀？”叶泽琳看到李木子妈妈情绪开始失控，有些不知所措。

“在楼上，你们上去看看吧。”李木子妈妈急忙擦了擦眼角，向上指了一下。她和楼上的房间隔着高高的楼梯，好像和那里的距离一直如此遥远。

“我现在出门去给木子拿药，你们先聊着。”话音刚落，李木子妈妈便关上了大门。

楼上的房间房门紧闭，方凌敲了敲门，却丝毫没有动静，三人不禁面面相觑。正当她们僵在原地之时，一声有气无力的“请进”从房间里传出，叶泽琳正准备转动门把手，却突然停住了，表情不安地看向方凌，似乎有些害怕。方凌冲叶泽琳点了点头，叶泽琳才终于打开了门。

深蓝色的窗帘严严实实地挡住了阳光，方凌顿时感觉自己被关进了一个密不透风的小盒子里。

在七零八落的房间里，李木子正半闭着眼靠在床上，脸色惨白，层层叠叠的白色枕头散落在床上，若海面上翻涌的白浪。红色的头戴式耳机将她瘦削的脸颊紧紧箍着，耳机里传出的摇滚乐在不停嘶吼着，即使站在门口也清晰可辨，如蚊蝇在绝望地呐喊。方凌想问李木子音量会不会太大，但此刻却什么也说不出口。

看见方凌、叶泽琳和杨华睿她们来了，李木子的表情没有任何变化，她只是拿下了耳机，瞥了一眼三人。她的脸上看不出任何生的意趣，唯有一直紧箍的耳机留下的一点印痕。

李木子用细若游丝的声音说道："你们知道吗？在我的世界里，安静中的一点声音都会被无限放大，噪音反而能带给我平静。"

李木子的床头立着一个相框，那是一张她在沙滩上奔跑的照片，她张开双臂，肆意地笑着，有点婴儿肥的红润面颊上一双弯月似的眼睛里神采飞扬。方凌这才猛然意识到，李木子和以前相比，已经瘦了不知多少。

而在这张明媚的照片旁边，此时放着一把剪刀。

方凌直接坐到了床边的沙发上，而叶泽琳和杨华睿依然一脸担忧地靠在墙上，有些不知所措。方凌默默看着李木子，眼神似乎透过她飘向了更远的地方。

忽然间，方凌忍不住想起了刚才"青骑士"发来的消息，她打破了寂静，语气漫不经心却又意味深长："不知道自己该做什么，也意味着无限可能啊。"

李木子皱了皱眉，目光充满了困惑。叶泽琳和杨华睿也呆呆地看向方凌，对方凌突然蹦出的话感到摸不着头脑。

方凌思索片刻，有些犹豫地拿出了自己的手机，将Moonlight中的聊天界面直接放到了李木子面前。"池鱼"和"青骑士"几年来的聊天记录，就这样如一个澎湃的瀑布咆哮着倾泻而下。李木子凑近了一点，顷刻间神色大变，一把将方凌的手机抢了过去，直愣愣地盯着屏幕。不知过了多久，她的眼角开始泛出晶莹的泪花，如瀑布飞溅到脸上的水花。

李木子的手开始剧烈地颤抖，“扑通”一声，手机掉在了床上。她仰起头，露出了难以置信的表情，哽咽地嗫嚅着：“‘池鱼’就是……你？”

方凌直视着李木子那惊惶的双眼，微微点了点头。叶泽琳似乎突然明白了一切，无比震惊地望向李木子，又看了看方凌。杨华睿则愣在一旁，一脸疑惑。

李木子抓了抓凌乱的头发，她摇着头，似乎在拼命思考着什么，“可……可你为什么不告诉我，你也是菁世的啊？”

方凌低下了头，攥紧了衣角，半晌噙着泪说道：“这就是为什么，我现在觉得生病的人不仅仅是你，还有我。”

李木子继续裹在被子里，一遍遍地看着方凌手机里的聊天记录，她失神的眼睛突然变得汹涌炽烈，仿佛火山爆发，泪水如岩浆般滚滚喷薄而出。她开始抽泣，声音变得越来越沙哑：“不知道从什么时候开始，我只能从陌生人那里寻求安慰。”

“我也是。”方凌瞬间抬起了头，尽量不让泪水往下掉。

猛然间，李木子一把将枕头砸向对面的墙，她突然开始放声大哭，仿佛岩浆已经裹挟了半个地球，世界回到了文明诞生之前，回到了那个电闪雷鸣、汹涌无歇的海面。

在方凌和叶泽琳的震惊之中，李木子一下子把头靠在方凌的肩膀上，不停地呜咽着，语气变得激动却充满无奈：“原来最懂我的人一直就在身边。”

仿佛触发了什么按钮，李木子一直压抑的情绪就这样喷涌而出，发出了撕心裂肺的哭声。这样的一团火，似乎开始融化横亘在两人之间无数日夜的那道寒冰。

虽然是以这样的方式，但方凌还是再次感受到了李木子身上最初的那种生机和活力。方凌眨了眨眼睛，似乎突然想起了什么:“对了，那你为什么把性别设置成男？”

李木子渐渐冷静了下来:“你难道不觉得，女生在网络上就是天然的猎物吗？”

方凌一时语塞。

“木子……对不起。”叶泽琳走上前，把手放在了李木子的肩头。

李木子和方凌抬起了头看着叶泽琳。

“其实我之前的那段时间，可能是和你处在相似的状态中吧，我也感受到了你的异常。但我当时是觉得，如果我们相互拉扯，怕是会陷得更深。”

李木子有些诧异地望着叶泽琳，然后微微摇头，用虚弱的声音嗫嚅着:“溺水和直接坠落的感觉是不同的。”

“溺水是慢慢地一点点向下，水的浮力让你不会一下子落到水底，你仰起头，却看不清自己身处什么深度，你不知道你到底何时会触碰水底。可能永远也不会，可能就是下一秒。”

“不过我还是很惊讶，你居然那么早就感受到了我的异常。因为……每一天，我都在假装正常。”李木子咬了咬嘴唇，神情愈发悲伤。

方凌深深叹了口气，“对不起。你在那种状态下，我居然还嫌你不努力。”

“你们也不用跟我道歉了，”李木子淡淡地说道，“你们知道当我知道自己得了这个病的那一刻，最大的感受是什么吗？”

方凌和叶泽琳摇了摇头，缄默不语。

“是释然。我终于可以放心了，原来不是我本身性格有问题而疏远了你们，这只是一场病而已。”李木子红着眼睛抬起头，嘴唇用力上扬，冲着方凌和叶泽琳笑了一下。

叶泽琳诧异地看着李木子，娇小的身体颤抖着，然后猛然抱住了李木子。

“楼下的那面贴满奖状的墙你们肯定都看到了吧？很可笑，对吧？”不知为何，李木子突然提起了那面震惊两人的奖状墙。

方凌有些出乎意料地望向李木子，欲言又止。

“不会啊，我们都觉得你很厉害。”看到方凌沉默了，叶泽琳连忙说道。

李木子苦笑了一下，却蓦然望向沉默着的方凌：“你刚才说，不知道自己该做什么，也意味着无限可能。可是你知道吗？对无限可能抱有幻想，有时候更加致命。”

方凌有些愕然，正当她微微张口似乎想说什么时，一阵响动从门口传来。房门缓缓地开了，但门口却空无一人。

只见白猫伏在门口探出头来，睁着懵懂单纯的眼睛，又低声叫着。李木子突然笑了，她张开了双臂，和旁边的照片一模一样。下一秒，白猫便如射出的箭一般跑了过来，一下子跳到了她的身上，摩挲着她的臂膀。浑身洁白的猫似乎和素白的被子融为一体，如千堆雪隆起的雕塑。

方凌看着李木子脸上突然浮现的畅然笑意，竟有些入迷。这种笑在大街小巷随处可见，但方凌第一次意识到了它的珍贵。

“木子……其实，我有样东西要给你。”一直沉默的杨华睿突然开口，神色胆怯又认真，其他三人齐刷刷地看向了她。

她卸下鼓鼓的书包，小心翼翼地拉开了拉链，紧接着，捧出了一个令所有人大吃一惊的东西。

一团灰黑色的东西跳上了洁白的床——那是一只刺猬。李木子一伸手，它便跳到了李木子的手掌中。许久不见，它已经变得和手掌一般大了。李木子瞪大了眼睛，不可思议地抬起头看着杨华睿。

“其实……它被没收的那天，我去找了宿管阿姨，她说没收了就不会再归还了，我就求她养在自己家里。我每周会定期去给它喂食、做清洁、换木屑，但今天我把你的情况跟她说了之后，她就同意把它还给你了……”杨华睿低着头自顾自地喃喃着，丝毫没有看到李木子眼眶里不停打转的泪水。李木子呆呆地看着不停解释的杨华睿，泪水终于滚落了下来，滴到了刺猬那坚硬的外表，如同一股来自太平洋的暖流涌向了在海面漂浮的冰山。

方凌和叶泽琳也彻底愣住了，一股难以言表的羞愧再次涌向方凌，她下意识地说出一句：“谢谢你，华睿。”话音刚落，方凌才发觉，这句话从她嘴里说出来显得有些莫名其妙，但只有她明白，这句话意味着什么。李木子的嘴角缓缓上扬，颤抖着手捧着那个已经长大的非洲迷你刺猬，它调皮地晃动着短小的四肢，露出了腹部奶油色的毛，李木子顿时感觉全世界的奶油蛋糕都集中到了掌心。

忽然间，李木子脸上的笑消失了，她捂住了额头，嘴唇发白，额头冒出了冷汗，眉头像打了结一般，似是感受到了万箭穿心的痛。

“怎么了？”方凌有些慌张地问道，叶泽琳上前摸了摸她的额头。

“头疼，浑身疼……”李木子艰难地憋出了几个字。如一个溺水的人突然上了岸，她大口大口地喘着粗气，揉了揉太阳穴又揉了揉手臂，但眉头却皱得更紧了，眼泪如雨滴般簌簌地落下来。

李木子艰难地转过头，瞥了一眼床头柜上的剪刀，方凌打了个激灵，急忙把剪刀拿到一边。

看到方凌如此反应，李木子苦笑一声，她环视了一圈身旁的方凌、叶泽琳和杨华睿，眼神突然变得坚定，“你们看住我，等我妈拿回了药，就好了。”

三人点了点头，李木子便闭上了眼睛，又把自己紧紧地裹在了被子里，似乎在极力克制着自己的一举一动。

出了公寓楼，天地已是一片苍茫。方凌、叶泽琳和杨华睿在厚厚的雪地里缓缓移动着，从天上看，像是洁白宣纸上的三滴微不足道的墨迹。

“华睿，你下一场考试是几点啊？”方凌突然想起来，今天杨华睿有三场考试。

得知了方凌和李木子的事情后，杨华睿还一时难以消化整个事情的来龙去脉，仍然一脸错愕地静默着发呆。听到方凌的话，才恍然清醒了过来，她看了一眼表，突然惊呼一声：“哎呀，是半个小时之后！”

方凌顿时愣住了，杨华睿圆圆的脸变得涨红，她急匆匆地说：“我要跑回去了，你们慢慢走。”最后一个音节还没落下，她便如箭一般射了出去，谁也没料到，她不起眼的样貌下居然蕴藏着这么大的能量。

远望着杨华睿越来越小的背影，一股复杂的情绪如山洪般涌向方凌，良久，这股情绪逐渐变成了释然，宛如点点乌云尽数飘散，显露出了原属于天空的一片澄明。

“天啊，原来你和木子居然是网友，而且彼此都不知道对方的真实身份，天底下居然真的会有这么神奇的事！”杨华睿走后，叶泽琳依然不停歇地喃喃着，似乎还是无法相信这种事会发生在自己身边。

方凌面色复杂，“其实，我以前经常会纠结，要不要告诉对方我也是菁世的，但终究还是没有。”

叶泽琳迟疑着说道：“因为……你想和‘青骑士’保持一个长久的关系，但又不想再深入？”

“是的。和陌生人说话，让我莫名的安心。”方凌顿了顿继续说道，“我一直很害怕跟别人建立深入的关系，或许是因为……害怕被束缚。”

“那我难道就不算吗？”叶泽琳突然停下脚步，故意笑着问道。

“不算！谁让我已经习惯你的存在了啊。”方凌不经意地瞥了一眼叶泽琳，脸上闪过一丝不易察觉的笑。

叶泽琳的语气又严肃了起来：“那你和木子在网上聊天的时候，有没有感受到她的异常啊？”

方凌无奈地摇了摇头：“你知道我觉得自己最可笑的一点是什么吗？就是……我早就觉察到了‘青骑士’心理上出了问题，却对木子的那些异常行为无比迟钝。”

“在网络上，一言一行都会被放大，人会变得更加敏感，这也不能怪你。”叶泽琳看向方凌，然后微微仰头，看了看被炫目的灯火掩埋的星空，“其实，现在这个时代，不管是谁得这种病，我都不会感到奇怪。”

叶泽琳轻轻闭上了眼，“很多时候，我就感觉自己像是开车进了一条黑暗的隧道，只有车灯下的方寸之地是清晰的，前方一片晦暗，但也只能继续前行。”

方凌有些讶异地转头看向叶泽琳。

“刚才木子说，对无限可能抱有幻想更加致命，其实一点没错。”叶泽琳继续说道，然后缓缓吐出一口热气，“因为焦虑就是自由的另一面。”

不知不觉，方凌和叶泽琳就走上了天桥。市中心的行人看上去更加行色匆匆，高跟鞋那有节奏的声音穿透了大雪的寂静，时不时有西装革履的男人用英语打着电话，没有一个人关注天桥上匍匐着的乞讨的老人。天桥两旁的车流永不停歇，闭上眼，仿佛听见了哗哗的水流声。道路两侧，红光与白光各自分流，如两条永不相交的银河。

“这个时代看似自由了很多，可当外界的限制越来越少的时候，你不觉得，其实压力反而会增大吗？”

方凌愣了一下，然后思忖着说道：“是因为失去了失败的借口吗？如果自己不成功，就会觉得，一定是自己的问题了。”

天桥旁，几只麻雀落到了满是积雪的电线杆上，不停地左顾右盼，一个飞走后，另外几个便一齐跟着飞走了。

叶泽琳点了点头，“在这个城市里，经常会有种自己能实现一切的错觉，仿佛一切繁华都可能与自己有关。可是在这种自由之下，没人告诉你自己真实的定位，只有撞到南墙的时候，才会明白自己那份傲气的荒谬。”

一阵刺骨的寒风吹过，方凌急忙把手缩进了外衣口袋，扶了扶帽子。

“可是，这些确实可能会与你有关吧，就算现在不会，以后也会啊。”

叶泽琳笑了笑，“我和你不一样。对我来说，大城市和名校仿佛是一阵无形的龙卷风，你似乎不费吹灰之力就能上升，能从高处看到以前看不到的地方，可是并不能分清这是因为风力，还是因为自己会飞翔。”

灯火深处，或许是伪装成龙卷风的漩涡，抑或是看似峰峦叠嶂的深渊。一声鸣笛响起，车灯射来的一束红光顿时让方凌睁不开眼。

恍惚中，江教授的话又回荡在方凌耳边：这个时代，光源太多，你根本分不清你的方向究竟被哪个光源照亮，所以需要做减法，需要找到真正属于自己的光源。

“但没有办法啊，在这条黑暗的隧道里，我只能用尽全力继续走下去。”叶泽琳那甜美的声音在天桥上响起，“不管走的是正路，还是岔路。”

听到这句话，方凌有些动容，一股暖意升腾起来，如同喝到了凛冬的第一杯热可可，“不知道为什么，突然有点羡慕你这股倔劲儿。”

“你知道我最羡慕什么人吗？”叶泽琳笑了笑，“是上个世纪六十年代的那些嬉皮士。”

方凌看向叶泽琳，面露疑惑。

“真正的颓废是需要力量的，而我没有那样的勇气，只敢阳光。”说这句话时，叶泽琳的表情没有变化，但眼中还是闪过一丝哀伤。

方凌抬头，一座座摩天大楼像是披着光鳞的异兽，在钢铁森林中摇头摆尾地低吼。

这一晚，方凌又想起了森山大道的那句话：青春是透明而无为的时间，是一种光荣的贫瘠，伟大的缺席。

12

真正的跑道

没有课的周五，方凌直接睡到了自然醒。起床后，方凌漫不经心地刷着校园论坛，全是些求占座、求抢票之类无关痛痒的琐事。正当方凌准备关上电脑时，一个标题陡然映入眼帘：

现在假贫困生真的没人举报吗？

方凌愣了一下，有些好奇地点了进去。下一秒，她便瞪大了眼睛。

这个帖子里上传的照片，全是在逛街时的叶泽琳。

只见叶泽琳穿着一身小香风外套，戴着贝雷帽，手里竟挎着一个爱马仕限量版的女包，从头到脚都散发着令人着迷的优雅与自信，仿佛穿了一身无形的盔甲，让她刀剑不入。这个款式的包方凌十分眼熟，以前和妈妈一起参加活动的时候，方凌看见它是各路明星的心头好。

方凌揉了揉眼睛，又仔细地凝视了许久。这个帖子目前只有十几个阅读量，还没有什么热度。照片里的人看上去气质比叶泽琳成熟自信很多，但这张脸，却完完全全就是叶泽琳。方凌又目不转睛地辨认了一下叶泽琳手中的爱马仕包，确实是正品无疑。

方凌僵坐在椅子上，身体止不住地颤抖，一阵寒风从窗外吹进来，她却仿佛没了起身关窗户的力气。无数个问号如蚊虫在方凌的耳边嗡嗡作响，无数个猜想如烟雾般混杂在空气里，无论怎么努力也挥之不去。

嘎吱一声，门开了。方凌一转头，看见叶泽琳走了进来，打了个激灵，猛地把电脑扣了起来。面前的叶泽琳，依然是那副学生气十足的样子，背着褐色的书包，普通的羊毛衫外裹着大羽绒服。方凌直勾勾地看着叶泽琳，一言不发。

“你没事吧？怎么脸色不太好。”叶泽琳走进了几步，忍不住问道。

“啊？没事没事，可能是有点着凉了。”方凌假装咳嗽了两声，急忙起身关上了窗户。她背对着叶泽琳，久久没有转过身去。

一个月前，隆冬还未至，树木一片萧索，但还有一些树叶在风中悬挂，一半黄一半绿，似乎残留着一丝生长的希望。市中心的季节却仿佛一直停留在春天，空气中弥漫着永恒的躁动气息。

恰逢周末，叶泽琳闲来无事在市中心逛街，正准备过马路时，一个大妈笑嘻嘻地直接拦住了她。

“小姑娘，要不要看看我这里的包，做工精良，绝对看不出来是高仿。”大妈看上去五六十岁，穿着一个大棉袄，面色发红，一笑便露出了嘴里的黄牙。

叶泽琳转过头，看了一眼大妈身旁的地摊，全是各种奢侈品的高仿。

“看你长得亲切，我给你个最低价，三十，怎么样？”大妈捂着嘴，低声给叶泽琳说着，随即拎起了一个高仿LV包。

叶泽琳从来没有近距离研究过这些奢侈品，自然也看不出正品和高仿的区别，只觉得眼前这些花花绿绿的东西好像和电视里看到的差不多。她凝望着地摊上的各种大牌箱包和高级成衣，尽管它们狼狈地散落一地，却仿佛是一个个望不到尽头的镜子，折射着一个虚幻却缤纷诱人的镜像世界。

绿灯亮了，旁边的行人纷纷向前走去，但叶泽琳却似乎移不开腿了，仿佛被巨大的磁石攫住。

大妈看到叶泽琳驻足良久，眼中发出了更强的光，她兴致勃勃地拉着叶泽琳，和她介绍起了地摊上所有高仿的价格。身旁不时地有衣着光鲜亮丽的行人路过，大妈却只紧紧盯着叶泽琳，仿佛早已看穿，叶泽琳这样的人才是真正的目标。

叶泽琳环顾四周，一波路人刚过完了马路，此刻这里无人注意到她，但八九个人正有说有笑地朝这个路口走来。绿灯又亮了，叶泽琳不希望有人看到她在这个摊位前停留，于是便以迅雷不及掩耳之势付了款，背起大妈手中的高仿LV便快步向前走去。

“姑娘，谢谢啊！”大妈挥了挥手，操着方言朝叶泽琳大喊道。

叶泽琳走得更快了，两三下便消失在人潮之中。

走进一个购物中心后，迎面而来的皆是笑语欢歌、衣香鬓影。叶泽琳向上提了提肩上的高仿LV包，继续向前走着，但她自己都没有发现，她的仪态发生了一些微妙的变化。

她已经觉察到的是，自己的所有感官都突然变得比以往更加敏感了：店员的一个眼神、一个语气词，旁人随意的谈话，都不可避免地进入她的耳膜，然后清晰地印刻在她的脑海。

她看着接连不断的奢侈品店里那些流光溢彩的橱窗，懂事地保持着一个合适的距离，既不会远到看起来完全不可能进店，又不会激发虎视眈眈的店员心中的希望，继而落得尴尬的局面。

走到拐角处，叶泽琳还没看见人，两个女生的声音就传了过来。

“今天这些奢侈品店的顾客还挺多，你看Prada门口居然都排起了队。”

“唉，不过现在越来越多的人背的都是假货。”

走过拐角，叶泽琳看清了声音的主人。一个高挑的长发女生穿着Fendi拼色貂毛风衣，风衣里搭了一件紫色长裙，衣袂翩然，气质却孤傲凌厉；另一个娇小的女生穿着香奈儿斜纹软呢外套，褐色的头发优雅地卷在两颊，宛如好莱坞黄金时代的公主。

“那些人也就骗骗自己，骗骗外行。”穿着Fendi风衣的女生撇了撇嘴，漫不经心地扫视着四周，“像我已经练出火眼金睛了，那些假货啊，一眼就能看出来。”

叶泽琳一惊，冷汗差点冒出来，急忙偷偷地转过身去，可一旁的长发女生却早已将目光定格到了叶泽琳身上。

“你看前面那个女生，她的包用黄牛皮代替了变色皮，配件上有锈斑，拉链处有断线，一看就是高仿里的劣等品，估计就是几十块钱的地摊货。”高挑的长发女生略带玩味地盯着叶泽琳，用手随意地捋了一下头发，露出了卡地亚的手链，炫目夺人。

她的声音很小，但还是钻进了叶泽琳的耳朵里。低着头的叶泽琳想立马离开这里，却僵在原地，仿佛抬不动腿。

“我的天呐，你可真是厉害！”穿着香奈儿外套的卷发女生惊奇地望向高个女生，面露赞叹。

一旁的店员也不经意间听见了她们的低声对话，对叶泽琳投向了复杂的目光。两个女生言毕，又瞥了叶泽琳一眼，便从她身旁若无其事地擦肩而过。

叶泽琳强行让自己平静下来，挪动着双腿一步步走开了，突然余光又瞥见一个熟悉的身影。叶泽琳定睛一看，透过对面的爱马仕橱窗，赵珊妮正在柜台付款，几秒钟后便拎着一个大袋子优雅地走了出来，如在山林间闲庭信步。叶泽琳瞬间转过身去，待赵珊妮轻盈的身姿彻底看不见踪迹之后，才缓缓向出口处走去。

叶泽琳不知道自己是怎么走出购物中心的，只觉得什么东西轰然崩塌了，压得她喘不过气来。远处的高楼被高大的树干遮掩着，而在树木遮挡不到的地方，更高处的顶层发出朦胧的光，如高悬于空中的海市蜃楼。

走在天桥上，叶泽琳终于控制不住了，几滴泪水不争气地掉了下来。她转头望向夜幕笼罩的地平线，天空被各处灯火照映成了鎏金的锦缎，这个城市最瑰丽的一面尽收眼底，散发着最诱人的神秘，闪动着无尽梦想的熠熠光辉。

她蓦然醒悟，大都市给了她一个从阴沟里往外看的机会，但尽管眼中繁星闪耀，双脚却依然深陷泥沼。

叶泽琳在天桥的中央伫立良久，无数车灯的光在她的脸上不断明灭。她抬起袖子擦干眼泪，随即拿出手机，打开了校园论坛，犹豫着在搜索栏输入了几个字：

快速赚钱

页面刷新了一下，一个神秘的帖子引起了叶泽琳的注意。

五分钟赚五百的活儿，姐妹们速来

叶泽琳有些兴奋地点开了这个帖子，但奇怪的是，里面并没有说明具体是什么工作，只是留了一个联系方式，让有意者来私聊。

方凌刚回到宿舍门口，叶泽琳便慌慌张张地走了出来，罕见地穿着一身运动服，和旁边裹着大羽绒服走过的同学相比显得格外单薄。

“你这是要出去健身吗？”方凌有些惊讶，因为叶泽琳从来都不是一个爱运动的人。

看到方凌，叶泽琳愣了一下，目光有些躲闪，“哦……是的。”

“这么冷的天，你居然还有力气去健身，真厉害。”

“冬天容易生病嘛，想增强点免疫力。”叶泽琳愈发不自然地笑了笑。

话音刚落，叶泽琳便快步离开了。方凌望着叶泽琳的背影，仿佛在望着一个难解的神秘图腾。

走进宿舍，方凌再三确认里面没有别人后，便立即锁上了房门。她缓缓走到叶泽琳的衣柜前，迟疑片刻，表情有些不安，但还是打开了柜门。

她想要一个答案。

在一堆杂乱的衣物中，一个熟悉的女包高高挂在衣架上。褐色的羊皮与白色的羊羔绒相间，每一寸毛皮都纤尘不染，在寒冬之中，仿佛带着天然的温暖。

方凌瘫坐在椅子上，一脸茫然。她忍不住又点进了校园论坛，惊奇地发现那个原本只有几个阅读量的帖子竟然热度越来越高，回复区里全都是清一色的质疑，甚至已经有人扬言要去举报。

鸦雀无声的宿舍里，方凌又看了一眼叶泽琳的衣柜，有些犹豫地点击了输入栏。

操场上，叶泽琳拼命地奔跑着，白色的终点线横亘在眼前。

可恍惚之中，终点线渐渐变得模糊，仿佛一下就能飘走的白色烟尘。叶泽琳感觉自己的血不停地涌向咽喉，热气从每一寸皮肤凶猛地散发出去，似乎在进行着冰与火的对决。

叶泽林的脚步变得越来越沉重，用尽全力迈出最后一步后，终于过了终点线。叶泽琳仰着头瘫倒在一旁，如瞬间融化的冰雪。望着眼前漫长的跑道，她大口喘着气，揉了揉酸痛的腿。过了一会儿，她的心跳渐渐恢复了平静，周身的热气也已消散，但未干的汗水却依然紧紧附着在身上。一阵风吹过，随之而来的是更加刺骨的寒冷，叶泽琳瞬间打了个哆嗦，牙齿开始打战。

“三分四十秒，不错啊。”正当叶泽林在寒风中瑟瑟发抖的时候，一个浑厚的男声响起。

“同学，请问你叫什么名字？”体育老师拿着一张纸和一支笔，带着赞许的语气问道。

“周梦瑶。”叶泽琳平视着前方，冷冷地说道，没有看向他的眼睛。

手机响起一声提示音，叶泽琳走出人群，拿出了手机。

银行的短信出现在屏幕上，五百元到账了。

一周后，叶泽琳坐在宿舍里，表情严肃地盯着手机屏幕。

提醒您一下，您这个月租的爱马仕即将到期，续租需要再付999元，如果不再续租，就需要麻烦您尽快寄回我司。

放下手机，叶泽琳神色变得复杂，她站起来打开了衣柜，盯着高高挂起的那一团褐色的温暖。不知为何，叶泽林最近只要一看到它，几周前一个女店员的眼神就又浮现在眼前，似乎能穿越时间和空间，将她引去一个神秘的任意门。

那一天，她背着刚租的爱马仕再次到市中心逛街，她没有像以前一样，总是和奢侈品店隔着微妙的安全距离，而是径直走了进去。叶泽琳前脚刚迈进去，女店员便像多年的故友一样迎了上来，脸上吹起一阵春风，仿佛叶泽琳原本就应该来到这里，而她就在这里一直等待着。

在流光溢彩的珠宝和淡淡的香水味之中，店员极耐心地向叶泽琳介绍着最新款的秋冬女装，其间不时地有其他人进来，但店员却一直热情地拉着叶泽琳，她的眼神中混杂着无尽的艳羡、信赖与希冀。此时的叶泽琳恍惚中发现，这么多年来，她似乎从未见过别人向她投来这样的眼神。

她想要的不多，只不过是一种眼神而已。

一阵冷风穿过宿舍的窗户，叶泽琳瞬间清醒了过来。她拿起手机，查了查银行卡余额后，艰难地打出了几个字：

好的，我会尽快寄出，请注意查收。

她的手停留在发送键上，但过了几秒，却依然没有点击发送。

“咚咚咚”，响起了几声敲门声。

“谁啊？”叶泽琳一脸疑惑地放下了手机，一边说着，一边打开了门。

“好久不见啊。”明媚的笑容荡漾在赵珊妮的脸上。她依然是那副骄矜的架势，穿着鲜亮的方格呢短外套，搭配撞色阔腿裤，戴着一顶卡其色软呢帽，仿佛把宿舍楼的走廊变成了时装周的T台。

看到赵珊妮，叶泽琳心头一紧。她还记得，一年前的校园歌手大赛上，把她那场彻底崩盘的演出全程直播的，正是赵珊妮。

“有什么事吗？”叶泽琳面无表情地问道。

赵珊妮却没有直接答复，而是眨着眼睛，不停地向宿舍内张望着。

“里面没人。”叶泽琳似乎看穿了赵珊妮的想法。

“那……我能进去聊吗？”赵珊妮试探着向房间内指了指。

“进来吧。”

赵珊妮刚关上门，便笑意盈盈地开口。

“有件事，想找你帮个忙。”

“什么事？”

“就是……你最近做了好几次的事。”赵珊妮直视着叶泽琳笑了笑，“我给的报酬，可比那些人都要高。”

叶泽琳的身体僵住了，她深吸了一口气：“所以，你到底想让我帮你什么？”

“就是代跑体测嘛。这么冷的天，我实在没办法在外面跑步。”见叶泽琳无意接她的茬，赵珊妮耸了耸肩，终于不再绕弯。

叶泽琳摇了摇头：“不好意思，我已经不干这个了，你找别人吧。”

“一次一千，怎么样？我是不是很够意思？”赵珊妮依然继续说着，她高傲地扬着明艳的脸庞，似乎完全没把叶泽琳刚才的拒绝当一回事。

一听到这个数目，叶泽琳彻底愣住了，嘴角颤抖了一下。她看向赵珊妮，忍不住又想起曾经被疯狂转发的演出视频和评论里排山倒海般涌来的嘲笑。她想要答应赵珊妮，却如鲠在喉，怎么也说不出话来。

“你知道吗？现在有人在议论你是假贫困生。”在叶泽琳犹豫之时，赵珊妮突然打破了房间的静默。

“什么？”叶泽琳猛地抬起了头，大脑开始疯狂地运转，一直在忙的她最近并没有登录过校园论坛。

“你居然还不知道吗？”赵珊妮露出了难以置信的表情，随即凑近了一点，语气略带玩味。

“但不管别人怎么说，我永远相信你，你怎么可能是骗子呢！所以，你肯定是需要这笔钱的，对吧？”

叶泽琳依然面无表情地看着赵珊妮，但她的手颤抖了一下，随之而来的是一种巨大的无力感。不是因为她不想答应赵珊妮，而是此刻她绝望地发现，赵珊妮似乎比她自己还要了解自己一些。

让叶泽琳深感绝望的，是这样的自己。

操场上依然喧腾无比，口哨声、说笑声、叫喊声混作一团，但冬日仿佛给所有的声音都罩上了一层薄雾，一切声响都变得越来越模糊。过了几秒，叶泽琳发现有一种声音却变得愈发清晰，才猛然惊觉那是自己的耳鸣声，心下一沉。旋即，一阵头痛又袭来，叶泽琳顺势扶住一棵树，稍稍缓了几秒后，便极力让自己显得若无其事，然后继续往前走。

过了一会儿，刚才的不适感悄然消失了，她松了口气，开始照常做简单的热身。

一声口哨陡然响起，叶泽琳便猛地从起跑线弹开，奋力地向前跑去。不知何时，眩晕感在她的头部缓缓散开，如一滴墨汁浸入了水中，过了两分钟，她才真正察觉到这股眩晕的猛烈。操场上的喧闹声变得模糊，取而代之的是她的心跳声愈发清晰，她能感受到那越来越快的鼓点催促着她杂乱的脚步。

还有几十米，十米，五米，一米……叶泽琳不断在心里默念着，冒着冷汗越过了终点线。然而就在这一刻，她的眼前变成了一潭死水，她轰然倒地，却没发出什么声响，如湖面上激起的一朵水花跌落下来，融入了一潭明镜之中。

就在叶泽琳倒下的一刹那，操场外的方凌无意中看到了她。

远处的方凌以为自己看错了，走近了几步，隔着操场的围网，看见了双眼紧闭的叶泽琳。方凌火速跑到操场，挤进了密密麻麻的人群，面前的叶泽琳正仰着头倒地上，一动不动。

“泽琳！”方凌一下子冲了上去，惊恐万分地呼喊着，地上的人却没有一丝回应。

“你是她朋友吗？她刚跑完一千米就昏倒了，真把我们吓坏了。”旁边的女生焦急地说道。

“一千米？这是在体测吗？”方凌瞬间抬起了头，有些纳闷地问道。

“是啊。”旁边的几个女生点了点头。

方凌愣住了，她明明记得，自己和叶泽琳早就一起参加完了所有体测项目。倏忽间，她突然想到了什么，起身从一旁的体育老师手里慌乱地抢过了名单。

“同学，你这是干什么？”老师焦躁地问道。

“果然没有啊……”方凌低声喃喃着。

“怎么了？”

“没什么，不好意思打扰了。”方凌顿时明白了一切，深吸了一口气，把名单一把塞给老师，便跑到依然昏迷不起的叶泽琳身边，将她的一只手绕过自己的脖子，然后扶着她，一点点向校医院的方向挪动。

方凌忍不住又想起了叶泽琳背着爱马仕的照片，再加上今天撞见了她代跑体测的事，方凌眉头紧锁，无数个问号在脑海中嗡嗡作响。

“方凌……”细若游丝的声音传到了方凌的耳边，意识稍稍恢复的叶泽琳气息奄奄。

方凌长舒一口气，“你终于醒了！稍等，我们马上就到校医院了。”

做完一些基础的检查之后，一个女医生走了进来，有些忧虑地看着躺在病床上的叶泽琳，“她是脑部供血不足又低血糖，再加上着了凉，产生了运动性昏厥。问题不大，不过一定要好好休息，这几天绝对不能再剧烈运动了。”

一脸苍白的叶泽琳点了点头，医生走后，病房里一片沉寂，方凌阴沉着脸突然开口：“你为什么要靠这种方式赚钱？”

叶泽琳的眼眶渐渐泛红，她忍不住想起了之前经历的一切，这些天无处可发的委屈一下子翻涌了出来，“我又不偷不抢，为什么不行？”

方凌一脸无奈地拿出手机，把叶泽琳背着爱马仕的照片放在她面前，直勾勾地盯着她，“有人说你是骗补助款的假贫困生，我当然不信了，但这个爱马仕限量款的包到底是怎么回事？”

叶泽琳的眼神顿时冷若冰霜，她有些绝望地点了点头，“我明白了，不管我做什么，错的总是我。我买高仿的时候，有人嘲笑我；我赚钱租正品爱马仕，有人骂我是假扮贫困生的骗子；我晕倒醒来之后，你第一句话也是在质问我。”她的声音渐渐带上了哭腔，“难道贫困生就只配做这个花花世界的旁观者吗？难道我们就不配有一点点的奢望吗？”

方凌半张着嘴一言不发，她难以置信地看着叶泽琳，缓缓开口：“什么？那个爱马仕限量版的包……是租的？”

叶泽琳抹了一把眼泪，把脸扭到一边，“我只是租了一个月罢了。前两天正打算还回去的时候，赵珊妮来找我了，让我再帮忙代跑一次。”

“那你为什么又要答应啊？”方凌皱起了眉头，语气变得急促。

“原本我只想租一个月罢了，但快到期的时候，突然发现自己好像已经离不开这个包了。”叶泽琳静静地看向窗外，眼神充溢着哀伤，“我只是以为……背着它走在这个城市里，就不会再有人像之前那样嘲笑我。”

“所以，你觉得它在某种程度上是你的保护伞吗？”方凌无奈地叹了口气，“你知道吗？被什么保护，就会被什么限制。”

这句话其实也是方凌说给自己的，她很早就明白，有些东西，是盔甲，亦是囚牢，所以她一直在尽力挣脱那些以保护为名的枷锁，哪怕会无枝可栖、路遥马亡。

叶泽琳的表情愈发痛苦，她猛地用被子蒙住了脸，“不要再跟我讲道理了！所有人都知道你是沈秋月的女儿，你不需要任何奢侈品，不需要任何表面上的加持就没人敢嘲笑你。可我不一样啊！”

方凌正要开口的时候，叶泽琳又突然掀开被子坐了起来：“我们去木子家的那天晚上，你说，一切繁华都会与我有关。可当我真的试图伸手去碰的时候，你也来嘲笑我，你也觉得我很可笑，跟她们一模一样。”

方凌愣了一下，她很想说出安慰的话，很想给叶泽琳一个拥抱，但话到嘴边却变成了一把更锋利的剑：“你以为你有一件奢侈品就足够了是吧？我告诉你，一旦你这么认为，过不了多久，你就会去租衣服、租鞋子、租更多的包！消费主义的核心就是鄙视链，这个鄙视链是无穷无尽的。”

这把更锋利的剑，瞬间将叶泽琳刺得体无完肤，她内心深处拼凑完好的角落开始一点点破碎。

叶泽琳缓缓抬头，眼神变得决绝，“你能不能不要总是一副高高在上的样子？你知道二十年来从不敢靠近奢侈品店的感觉吗？你知道每时每刻都在掩饰着自卑的感觉吗？贫穷的痛，你是一点也不懂，所以，你一点都没资格说我。”

“是，我是不懂。但我很清楚的是，这一个月里，你一点都没有变得更快乐。”

叶泽琳静默半晌，然后看向方凌，表情复杂，各种情感如走马灯般轮番上演了一遍，“你知道我有多羡慕你们这种人吗？我遇见过赵珊妮在爱马仕门店随意买单的样子，而我在橱窗外，连跟她打声招呼都不敢。我当时就觉得，那样的生活，真的太自由了。”

“你觉得，那样真的是自由吗？”方凌苦笑着说，“选项众多，就等于选择的自由吗？”

有无数种可能可供选择，会让大多数人产生拥有自由的错觉。

叶泽琳似乎被问住了，低着头缄默不语，双手不停地拉着被角。

“不管你是怎么想的，但我明白，你和那些人是不一样的。如果你很在意那些表面的标签，就等于自己矮化了自己。”方凌表情黯然地看着叶泽琳，一字一顿地说道，语气毫不客气，“你现在这样，就算背着正品，别人也会觉得是高仿。”

叶泽琳虚弱的身体颤抖了一下，失焦的双眼如一片苍凉的冬日雪原，她冷笑了一声：“记得大一刚开学的时候，我说我一直不喜欢被人说运气好，你却说过于努力的样子，不够体面。从那一刻起，我就知道，我们根本就是两个世界的人。”

“啪”的一声，一个小球砸到了窗户上，窗外出现了几个不停打闹的小孩，他们笑着跑了过来，捡起小球，便一溜烟地跑到了远处。

方凌怅然若失地走到窗前，静立片刻，窗外的夕阳挥洒出了淡粉色的余晖。她忽然转过身来，语气坚定地朝着叶泽琳说道：“不，我们……其实是一类人。”

说罢，方凌似乎想到了什么，突然跑了出去，边跑边说：“稍等，我马上回来。”

过了一分钟，方凌回来了，直接递给叶泽琳一张海报。这是方凌刚刚从外面撕下来的，叶泽琳刚一触碰，一阵冰冷便从指尖传来。

方凌淡淡地说道：“这是我关注很久的商赛节目，最新一季正在招募参与者，获得名次就能得到天使轮的投资和最低20万的奖金。”

叶泽琳看向这张海报，上方写着“Trendsetter——互联网创业挑战节目第二季”，海报的视觉主题是一条红色的跑道，一直延伸到天边。

方凌意味深长地看着叶泽琳，轻轻拍了一下她的肩膀，“你应该来到真正的跑道上。”

叶泽琳静默片刻，把海报放到一边，靠在床头面无表情地平视着前方，“你先走吧，我想一个人静静。”

方凌站了起来，刚走了一步便转过头继续说道，“你考虑考虑，如果想一起参赛，随时告诉我。”

方凌走后，叶泽琳拿出手机，屏幕显示出赵珊妮刚刚给自己转了一千元。

叶泽琳皱了皱眉，点开了校园论坛，眼前果然出现了那个质疑自己是贫困生的帖子，她恐慌地发现，这个帖子居然已经成了热度第一的帖子。她的脸色顿时变得煞白，用发抖的手点进了这个帖子，飞速浏览着所有的回复，看着看着，她渐渐瞪大了眼睛——就在刚才，发帖的人居然公开道歉了。

而这一切的转折，都因其中的一个回复而起。

池鱼：大家好，我是方凌。一个月前，我和泽琳一起参与了一个线上的抽奖活动，这个包是泽琳的没错，但我可以作证，这是她当时抽中的大奖。我当时只是羡慕泽琳一直以来的锦鲤体质，但没想到，居然会有这么多人怀疑她在骗补助款。希望谣言能止于智者。

方凌的回复看似简单，却彻底调转了舆论的方向盘，无数人再次回想起叶泽琳曾经在新生舞会上出了名的锦鲤事迹，大家的语气开始转向调侃，渐渐有越来越多的人表示见怪不怪。

叶泽琳一脸不可思议地看着屏幕，泪花在眼眶里回旋。呆坐半晌，她把手机撂在一旁，面色复杂，拿起了那张依然冰凉的海报。

方凌走出校医院，夕阳已经完全退场，世界变成了霓虹和路灯的舞台。在灯光格外耀眼的地方，无数公告栏上贴着各种“跨年大促”的海报，还有一些散落到了地上，这才让方凌意识到马上就要跨年了。在众多海报之中，对面高档商城推出的999元的跨年礼盒显得格外醒目，海报上的烟花与玫瑰，紧紧抓住了无数少女的心，海报的上方写着“新的一年，遇见更好的自己”。

“我今天暗示男朋友送我一个跨年礼盒，他居然各种不乐意，还跟我怄气。”旁边走过的一个女生愤愤地说道。

“跨年居然也能这么小气，不分手还等什么。”另一个女生无奈地摇了摇头。

不知何时，我们脑海中出现了一个特殊的日历，这个日历需要种种物品来圆满，仪式感变得越来越有形化。消费主义和浪漫主义一道，成为这个时代齐飞的落霞与孤鹜，覆盖了人们并不在乎的秋水和长天。

站在校医院前方的路上，可以看到校外流淌着一片朦胧的光带，那是商圈四周的行道树全部被装点成了火树银花。方凌遥望着看不见星辰的天幕，苦笑了一下，手机铃声突然响起。

“喂，”方凌接起了电话，随即表情顿时严肃了起来，“是木子妈妈呀。”

“方凌啊，冒昧打扰了。是这样，木子下周过生日，我想请你们来家里一起陪她过，最好多叫上几个同学，这样或许对她的病情也有帮助。”电话那头，李木子妈妈试探着说道。

方凌立马答应，笑着说道：“没问题的！我之前还在想今年怎么给她过呢。”

她想要询问李木子今日的状况，但终究还是没有问出口，只是呆呆地让手机悬浮在半空，似乎害怕听到最真实的回答。

刚挂下电话，一个瘦小的人影出现在了路灯下，方凌看见了正朝着自己缓缓走来的叶泽琳，瞬间愣住了，眼睛亮了起来。

“如果一起参加比赛，你想做什么样的项目呀？”叶泽琳的声音远远地传了过来。

方凌还以为自己听错了，有些不敢相信地望着叶泽琳。

“你……同意了？”

叶泽琳扑哧一声笑了：“你要是自己偷偷参加不带我，我可就真生气了！”

不易察觉的笑意涌现在方凌的眼角眉梢，她若有所思地向叶泽琳走近了一步，“你还记得两年前，我向庞帝提出的那个问题吗？”

叶泽琳愣了一下，思考片刻后有些迟疑地说道：“好像记得，你当时好像问的是……关于互联网带来的分裂？”

“当时他说，连接永远都是互联网发展的终极目的。”方凌看了看教学楼不断明灭的灯火，又向叶泽琳露出了明媚的眼神，“其实我一直想做一种能加强人与人之间连接的产品，但还没想好具体做什么。”

“没事，那我们就一起想。”叶泽琳的面色依然有些苍白，但她的眼神里有了一种潜滋暗长的能量。

一阵响声从天边传来，方凌和叶泽琳同时抬头。烟火绽开了，缤纷的火光四散开来，如一颗颗坠落凡尘的流星，点亮了世间的每一个方向，也映照在二人明净的瞳孔里。叶泽琳感觉自己内心的某个角落也像烟火般燃烧了起来，虽然这种光亮不可触摸，但却让她得以在漫长的冬夜里，不再惧怕寒冷。

跨年夜到来了。

13

流淌的汪洋

已经一个月了，李木子一直躲在这个密不透风的房间里，每次失眠之后，整个世界仿佛都在坍缩，被重重的空气压成了二维。

头痛欲裂的李木子看向放在床头的剪刀，然后缓缓地将它拿了起来，眼神变得愈发异样，就像在阴森的山洞里盯着一个散发着幽微光芒的火把。

“木子，该吃药了，我进门了。”李木子妈妈拿着一瓶水和一盒药，站在门口敲了敲门。

回应她的是寂静。

一个多月以来，方凌不得不开始适应一个事实——手机上的Moonlight软件再也没有跳出过消息，而她也从未再次打开过它。她去探望过李木子数次，但每次都掺杂着又期待又恐慌的矛盾心态。李木子房间的那扇门变成了一块令所有人都捉摸不定的幕布，幕布打开后，有时是天朗气清，有时是电闪雷鸣。

终于到了李木子生日的这天，方凌和叶泽琳拉来了梁渊和江若云，而就在前两天，原本要一起去的杨华睿突然收到一通来自老家的电话，得知妈妈心脏病突发住进了医院，她连夜便坐上了回家的火车。

再次进入市中心的高档小区，方凌发现，这里除了香气四溢的梅花，已经有其他的树木开始抽芽。方凌有些忐忑地按了门铃，门开了，李木子妈妈穿着一身玫红色的裙子，看上去气色好了很多。“你们来了啊，快进来吧。”她热切的语气中难掩感激与欣喜。

刚一进门，所有人的目光便一齐汇聚到了沙发上，气氛变得有些不对劲。

只见各种杂志、报纸、照片和书籍杂乱地堆在了沙发上，更诡异的是，所有的纸张都是被剪得零零散散，方凌急忙走过去翻了翻，竟发现没有一张纸是完整无缺的，还有几张全家福照片也被剪成了碎片。在这如山的碎纸中，方凌似乎窥伺到了一个人在绝望中呐喊，在痛苦中癫狂，她不禁打了一个寒战。

方凌惊恐地看向了其他人，梁渊和江若云正面面相觑，叶泽琳的表情也是愈发不安，她的眼神仿佛在问方凌，李木子的症状是不是已经变得更加严重。而一旁李木子妈妈的神色却见怪不怪，似乎已经习以为常，看不出那是平静还是绝望，这反而让方凌的心中更加忧虑。方凌想要询问李木子妈妈这究竟是怎么回事，但从心底漫上来的恐惧让她此刻发不出一点声音。

方凌突然想起了李木子一直放在床头的剪刀，再看了看面前这破乱不堪的景象，恐惧如不断上涨的潮水，让深藏于潜意识的可怖猜想都浮了上来。

李木子妈妈微微扬头示意他们上去，却一言不发，方凌更觉疑惑。四人接连慌乱地跑到楼上，到了李木子的房门口，所有人都没有再向前。方凌深吸了一口气，她不知道进去后会看到什么，但这一次她没有敲门，直接转动把手打开了门。

面前的景象让所有人都目瞪口呆。

李木子正背对着大家，在书桌上忙活着什么，而她的床上，是一件件精彩绝伦的艺术品——那是一张张拼贴画。只见在一张纸上，跳水运动员的脚下是一片蓝天；另一张纸上，神庙立于宇宙星河之中，如某种远古的神谕。

戴着耳机的李木子并没有注意到房门被打开了，依然背对着门口，此时大家站在门口，放下了蛋糕，目光顺着放在床上的拼贴画作品一个个扫了过去。

白鸽在雪山上盘旋着，如白雪生成的精灵；复古的黑白海报与缤纷的彩色画报交叠，形成了奇异的镜像；巴洛克教堂里神秘肃穆，但彩窗上是蒙德里安的红黄蓝几何画；哥特式建筑巍然耸立，而两侧的中国古典歇山顶如腾飞的两翼；几个人正在台球桌上拿着球杆，而一个个台球是银河系中色彩各异的行星；碧蓝的大海里一个舞者在伸展手臂，仿佛将海底万物指挥成了一个交响乐章……

所有人都惊讶得说不出话来，方凌一步步地走到了李木子的侧面，整个房间的窗帘已被完全拉开，午后的阳光倾泻而入。方凌静静地看着李木子，浅浅淡淡的光斑在她的脸上跳跃，树叶的影子在她的脸颊上微微晃动，她眼中深不见底的阴郁似乎已被一种和煦的温暖取代。看到桌子上层层叠叠的树影中多了一抹人影，李木子这才猛地抬起了头，“你们来了啊。”

叶泽琳也走了上去，指着床上的拼贴画怔怔地问道：“这些……都是你做的？”

李木子不好意思地笑了一下，点了点头。所有人都一脸不可思议地看着李木子，而梁渊还在欲罢不能地欣赏着那些散落在各处的拼贴作品。

方凌似乎突然想起了什么，“那楼下的那些碎纸，也都是你用来做拼贴画的？”

“是啊，因为之后还需要用，就没让我妈收拾。”

方凌长长地舒了一口气，有些动容地低头轻笑了出来，她望着李木子的脸，感觉整个冬日的寒冰都在此时的阳光下融化。

李木子好像猜透了大家刚才的恐惧，有些尴尬地挠了挠头，“我确实在一次崩溃的时候把房间里所有的杂志和照片都剪烂了，那天碎纸片像雪花一样在家里到处乱飞，我爸妈完全吓坏了，直接把医生叫到了家里。”

“吃完药稍微平静下来之后，我翻着那些被剪得乱七八糟的东西，开始随意地东拼西凑，没想到就拼出了这个……也不知道为什么，当时我就突然想到了你说的那句话：不知道自己该做什么，也意味着无限可能。”李木子指着一张拼贴画说道，就是那张大海里一个舞者肆意起舞的作品，是几个不同的旅游广告页拼起来的。

“在这之前，我一直感觉自己像是寄居在这个躯壳里的怪物。但从那一刻起，我好像被什么东西击中了，似乎从这个躯壳里重生了，整个世界似乎突然变得有意思了起来，好像万事万物都可以变成艺术品的一部分。”

方凌仔细看着那张海中舞者的拼贴画，仿佛置身于一片碧蓝之中，渐渐看入了迷。

“你们知道拼贴的乐趣是什么吗？就在于你很难提前计划，你也不知道你最终会做出什么。但就像你说的，这就是无限可能。”李木子神思有些恍惚，蓦然望向方凌。

“其实大部分人，对自己的人生都是缺乏想象力的。之前的我总是把自己逼到死胡同里，直到今天，我好像终于明白了无限可能到底意味着什么。”

一阵清风从窗外吹了进来，将床上的几张拼贴画悠悠地吹到了地面，江若云连忙小心翼翼地将它们捡了起来，他的动作变得格外缓慢，似是有些入神。

“你做的这些拼贴画太好了！需不需要我们帮你把它们贴到墙上？”梁渊两眼放光地看着李木子身旁的拼贴画，语气越来越激动。

“真的有那么好吗？突然被艺术学院的大神夸了，还真有点不太适应。”李木子语气轻快，低下头笑了笑。

房门口有个人影在晃动，一个女生正探头探脑地往房间里望，像一只躲在树梢上的松鼠。方凌定睛一看，发现居然是李木子的妹妹。

和方凌四目相对后，女孩猛地蹿了进来，笑嘻嘻地看着李木子，把所有人都吓了一大跳。她不再像上次那样穿着校服，而是随性地穿着一身布满签名的长款T恤，两根双马尾随着她的大步流星不停地跳动着。

“岚岚！你不是在上课吗？”李木子惊愕不已。

“我可是专门翘了语文课，提前回家给你过生日的。”女孩面色神秘地卸下书包。

“啊？那被老师发现怎么办？”

“哎呀！你就别管那么多了，老李哪有你重要啊！”她上前拍了一下李木子，潇洒的语气像出自一个行走江湖的女侠客。

李木子扑哧一声笑了出来，表情又惊又喜。

在楼顶的天台上，李木子妈妈摆了一个桌子，大家把蛋糕放了上去，梁渊带头唱起了生日歌，随即所有人都唱了起来，歌声不太整齐却出奇得和谐。习习凉风时不时地吹动衣袖，为了防止蜡烛被吹灭，大家自动地围成了一个圈，荡漾的歌声如一波又一波的海浪，向着世间万物翻涌而去。李木子站在圆圈的中心，轻阖双眼开始许愿。她的短发在不知不觉中留长了，阳光在她的面庞上半明半暗地流动，她额前的碎发轻拂过带着笑意的眼角，像是一幅新古典主义油画。

吹灭蜡烛后，李木子缓缓说道："真的谢谢你们过来，我感觉自己好多了。"

方凌轻轻说道："抑郁症里陪伴虽然重要，但最重要的是自救，你最该感谢的是自己。"

"我以前一直想把心底这只黑狗赶走。"李木子入神地看着蛋糕上那一圈被吹灭的蜡烛，"但我后来渐渐明白了，每个人心里都有一个幽暗的角落，只要学会安放，那个角落也可以很温柔。"

蜡烛映在李木子的瞳孔里，似乎又燃起了光亮。

"对了，这是我们送你的礼物。"方凌拿出了一个不透明纸袋，神秘兮兮地递给李木子。

"等我们走了你再打开吧。"叶泽琳连忙补充道，然后和方凌会心一笑。

"这么神秘啊，好吧，那我就忍忍一会儿再看。"

阵阵微风之中，方凌恍然意识到，"池鱼"与"青骑士"的秘密倏然消逝了，而方凌和李木子的时光重新开始了。

大家回到房间后，岚岚猛地跑向书包，火急火燎地拿出了作业本。

“对了！”岚岚一把抓住了身旁江若云的袖子，“突然想起来，你们可都是菁世的啊！那我今天作业里不会的题是不是就都有着落了？”

“岚岚！”李木子哭笑不得地喊道。

“姐，我最近可是不敢随便打扰你，但今天你同学都来了，大好时机我可不能错过了！”岚岚眯起眼睛，嘴角露出了一丝顽劣的笑。

“我原本还挺感动，结果你果然还是另有所图。”李木子佯装生气地撇了撇嘴。

“我都冒着生命危险专门为你翘课了，你就让我沾沾你的光吧。”岚岚一边说着，一边火速翻动着作业本，翻到了一页放到江若云的眼前，“这个不等式怎么证明啊？”

江若云看了一眼，便笑着说道：“数形结合，然后用余弦定理试试？”

岚岚略加思索，随即恍然大悟，她两眼放光地又指着一道题问道：“那这道函数题应该选什么呀？”

江若云拿过习题册，聚精会神地看了几秒钟，“选D。设一个变量，然后分情况讨论就好。”

岚岚在纸上写写画画算了会儿，然后惊讶地张大了嘴巴，“你……你几秒钟是怎么算出来的？”

看着岚岚丢了魂一样的表情，所有人都忍不住笑了出来。岚岚依然目不转睛地盯着江若云，发起愣来。

江若云把习题册放回岚岚的手上，垂眸笑了笑，“你认认真真做完这本题，我就告诉你我怎么算出来的。”

呆若木鸡的岚岚睁着圆圆的眼睛，不停地点着头。

度过了一个愉快的下午之后，他们到了该走的时候了，李木子坚持要把他们送到小区大门口。走在路上，方凌看着李木子如小兔子般胆怯却纯净的眼神，又想起了她刚才说的话：“每个人心里都有一个幽暗的角落，只要你学会安放，那个角落也可以很温柔。”

将四人送走后，李木子便往回走去。在麻雀的啁啾声中，暖暖的阳光照耀着她的背影，将她前方的石子路染成了金色。天边飘荡的朵朵白云被夕阳点亮，镶上了金边，散发出柔和的光晕，像漂浮在无尽大海中的发光水母。

李木子似乎也感受到了一股暖意，解开了外套的几个扣子，活动了一下胳膊，她感到这股暖意从她的身后蔓延开来，浸入了她的每个细胞，那是一种永驻世间的力量。

逆光前行的时候，太阳就在你面前，可是却很刺眼，让你看不清前路，而顺光前行的时候你是看不见太阳的，但满眼都是柔和的阳光。

你知道太阳一直与你同在。

你不需要回头。

今天见到李木子后，方凌感觉心底隐秘的伤口开始愈合。这些日子以来，李木子就像一面镜子，让方凌看到了自己无意识的冷漠，对旁人悲欢的无视，对强社交关系的恐惧，而她意想不到的自救同时也让方凌拥有了一丝对自己人性的希望。

快回到宿舍楼时，叶泽琳差点撞上一辆自行车，方凌急忙把叶泽琳拉到了人行道，“你怎么魂不守舍的，在想什么呢？”

“在想木子今天说的话。”叶泽琳低声喃喃着，“其实大部分人，对自己的人生都是缺乏想象力的。”她没有说的是，她也想到了自己那希望与绝望并存的漫长时光。

“没有想象力的努力是一种牢笼，时间长了一定会窒息。”叶泽琳苦笑了一下。

方凌有些感慨地说：“其实对抑郁症来说，非常需要跳出抑郁情绪本身去观察自己，真没想到木子这么快就能做到。”

“是啊……而且居然还能做出那些拼贴画。”叶泽琳脚步变缓，神色若有所思，随即双眼放光地喊道：“我突然有个想法！”

“什么啊？”

“那个商赛，我们可以做一个共享想象力的平台！”叶泽琳盯着方凌，表情越来越兴奋，像孩童不经意发现了藏宝图上的宝藏。

“共享……想象力？”方凌一时间被这个抽象的说法搞得摸不着头脑。

“就是一个共享想法的App，大家在上面不是单纯地获取知识，而是群策群力去创造新的东西，解决新的问题。”叶泽琳皱起了眉头，似乎在苦思冥想该怎么解释她的想法，“就像……就像拼贴画！”

“可是……每个人贡献一点想法，真的能像拼贴画一样，产生一个全新的东西吗？”方凌对此有些怀疑。

叶泽琳的语气越来越认真：“从古至今的各种创新，往往是旧事物的组合产生的，不是吗？”

方凌沉默片刻，若有所思地喃喃自语：“现在的共享经济共享的都是实物，众筹平台众筹的都是资金……”

“可是每个人的创造力和想象力，远比实物和资金更有价值。”叶泽琳望向方凌，接着她的话说了起来，语气变得掷地有声。

方凌有些诧异地看着叶泽琳，突然发觉，她的脸上早已褪去了大一时谨小慎微的怯懦。

叶泽琳目光炯炯，露出了自信的笑:“我想到了一个项目名字。”

“是什么？”方凌愈发好奇地问道。

叶泽琳的眼前，浮现出了那张海底世界的拼贴画，一个舞者正舞步翩翩，用独特的韵律和节奏包容着海洋万物。

“MindWave。”她的声音融进了寂静的夜色，和月光一道弥漫开来。

李木子回到了房间，把门关上，缓缓地打开了大家留下的礼物袋。

袋子里是一个厚厚的本子，她一页页地翻开看，手有些发颤。

本子里五颜六色的墨迹一应俱全，全是同学们写给她的话，有的字迹歪歪扭扭，有的行云流水，有的顿挫有致，有的端正典雅，还有的画了一幅简笔画，每点笔墨都能让她想起某一段时光。李木子瞪大了眼睛，一字不落地看到了最后一页，恍然间似乎又将大学生涯过了一遍，只不过这一遍，没有抑郁症，没有悲伤，没有身不由己，因为她明白，每个人都一直与她同在。

突然间，她有了一股不知从何而起的勇气，抱着房间里所有的拼贴画，飞速跑下了楼。

站在那面巨大的奖状墙面前，她将所有璀璨夺目的奖状一张张撕了下来，纸张和墙面粘连已经太久了，壁纸上出现了一道道白色的痕迹。没过多久，整个墙面便彻底空无一物。

看着空荡荡的墙面，她的心里涌出久违的畅快。有些东西，旁人远远望去会认为那是耀眼的流星，但对于身在近处的人而言，它只是陨石而已——有着万钧重量的陨石。

李木子拿起一张拼贴画，小心翼翼地贴了上去，覆盖了墙面上一道道纯白的伤痕。渐渐地，整面墙变成了一个五彩绚烂的奇异世界，似乎通往无数个平行时空，耳边既能听见鸟雀啼啭、环佩叮咚，又能闻得梵音真韵、教堂颂歌。

“我帮你贴吧！”一个清脆的女声甜甜地响起，岚岚正一脸兴奋地走过来。

李木子点了点头，便把另一张拼贴画给了岚岚。

“但这些撕下来的奖状你可要收好啊！你不要，我还要。”岚岚嘟着嘴望着这些金光闪闪的东西。

“你就放心吧，我肯定不会就这么扔了。”李木子又被岚岚逗笑了，少顷，她若有所思地开口，“毕竟，没有来路，就不会有今朝。”

“对了姐，你上次的同学什么时候再来呀？”岚岚撕下胶带，然后有意无意地向李木子凑近了一点。

“方凌和泽琳会经常来的。”

岚岚迟疑了一下，然后漫不经心地问道：“那……另外的呢？”

“另外的……”李木子有些狐疑地盯着欲言又止的妹妹，然后突然睁大了眼睛笑着说：“好啊你，别以为我不知道你在想什么！”

李木子话音刚落，岚岚便飞快地跑开了，一边跑一边喊着：“我什么都没想！”

李木子没好气地追了上去，两个人在客厅追赶着、打闹着，跳上沙发，又扔起了抱枕，仿佛又回到了很久很久以前，仿佛什么都未曾改变。欢笑声在房间里萦绕不绝，然后飘进了墙上的异世界里。

没过多久，方凌和叶泽林就迎来了好消息，她们初步的创业方案通过了商赛节目的筛选，成功入围了总决赛。叶泽琳的计算机双学位派上了用场，她联合了几个同学，并申请到了学院的创业基金，一起开发了内测版的App。方凌在不停地分析行业报告，做用户调研，优化商业模式。两人一边打磨商业计划书，一边做着市场调研，她们先在校内做了产品推广，让菁世内部的同学先试用，然后收集了大量反馈。

在做了足够的量化研究之后，方凌和叶泽林决定去街上做随机的深入访谈，她们从学校出发，一路上遇到的主要还是学生。不知不觉，已经到了正午，天朗气清，树影变得越来越清晰。

忽然间，一个有些矮胖的女人走了过来，她穿着大红毛衣，面颊黑黄粗糙，眼角爬着皱纹，泛着油光的头发紧紧贴在头皮上，但她却拥有着与年龄不符的眼神，极其纯净质朴，像一个小兔子一样好奇又惶恐地环视着四周。一个六七岁模样的小男孩默默跟在她的身后，他低着头拽着衣角，步调比女人还要迟缓，似乎背负着很多重量。

“您好，我们是菁世大学的学生，想为创业项目做一个简单的调研，不知您是否有空？”方凌走上前问道。

听到她们是菁世的，女人流露出了艳羡的神情，她停下脚步，操着西北方言怯怯地说道：“好哇，但俺们是刚从农村来的，啥也不懂。”

方凌开始介绍这个平台的功能和模式，告诉他们可以在上面发布任何想法，农村女人似懂非懂地听着。

“那我的愿望也能发在上面吗？”小男孩突然打断了方凌，仰起天真的脸，语气无比认真地问道。

方凌笑了，弯下腰问道：“你的愿望是什么呀？”

“我想和爸爸一起过生日。”小男孩兴奋地说了出来，眼神充满着执拗的期待。

见到方凌和叶泽林纷纷愣住了，女人的表情有些窘迫，缓缓蹦出几句话：“其实……他爸爸因为替人打架，进了监狱。今天是他生日，我和娃都想去见他，但监狱一个月只能探视一次，刚才我们想进去来着，在门口被拒绝了。”

方凌沉默不语，有些无奈地看向叶泽琳，两人都不知所措。

“可以的。”叶泽琳思索片刻，径直走上前，温柔地摸了摸他的头，手把手地教他如何使用内测版App，“你要不要试试在上面发提问？说不定会有惊喜。”

小男孩欢欣雀跃地答应了一声，拿过了叶泽琳的手机，他的指甲缝里有着黑黑的污垢。叶泽林抬起头，神色复杂地看着方凌。

回到宿舍，方凌开始整理几天来的调研结果，正当翻找着各种资料的时候，她突然叹了口气，心事重重地走到窗边，望着不远处教学楼上密密麻麻的爬山虎。

“不知道为什么，我总是忍不住去想今天碰到的那个小男孩。”方凌黯然垂下了头，“我们的想法看上去野心勃勃，但对于这些被边缘化的人群来说，似乎什么忙也帮不上。”

“那种愿望，也不是我们能做到的，我们做好力所能及的事情就可以了。”叶泽琳安慰道，她表面上云淡风轻，但心却被揪得生疼。她没有说出口的是，她在小男孩身上看到了自己的影子，他就像自己在人生分叉路口生长出的另一端，呼吸着令人窒息的无言的绝望。而自己无法帮助他的事实，又在不断提醒着此刻的她生命的另一面，那拖在身后的、永远不可摆脱的悠长暗影。

手机响起一声短信提示音，叶泽琳随手拿起看了一眼，顿时惊诧不已。

“这是那个小男孩发来的短信……”叶泽琳半张着嘴，呆呆地喃喃着。

方凌难以置信地凑了过去：“他……他居然感谢我们帮他实现了愿望？”

两人面面相觑，随即方凌一脸困惑地拿出手机，点开了内测版App。小男孩的提问之下，一条回复跳跃在眼前。

江上云隐：不一定要面对面才叫一起过生日，也可以是，让他感受到你们的存在。

郊区的监狱里，一个面容憔悴的男人从硬板床上坐了起来，今天是该他打扫院子的时间。走了几步，当秋日的晨光照进了暗无天日的隔间，他忽然感觉自己似乎忘记了什么，仔细回想才意识到，今天是他的生日。

可是又能怎么样呢？他苦笑了，摸了摸许久未刮的胡茬。

走到院子里，片片落叶飞舞着，满目的枯黄延绵至高墙。他看着高墙之上的一方湛蓝的天空，神色凄怆。有些东西，他失去得太久了。

他从早晨一直打扫到下午，整个院子的落叶一片不剩了。即使凉爽的秋风不时地拂过，他却还是出了不少的汗，单薄的囚服紧紧地贴在了身上。

陡然间，天空中有什么东西一晃而过，他以为自己花了眼。他仰起头定睛一看，瞬间愣在原地。

一个风筝正在忽上忽下地飘荡，上面用水彩笔画着一幅稚嫩的简笔画，是一男一女和一个小孩，旁边用很粗的马克笔写着一行字——爸爸，生日快乐。

男人凝望着飘扬的风筝，红着眼眶吹起了口哨，那是一首小男孩十分熟悉的童谣。小男孩惊喜地看了一眼妈妈，然后将风筝拽得更紧了。稚嫩的声音开始飘荡，小男孩唱起了生日歌，此时此刻，天空中飘荡着两种声音，交织成了复调乐章。

乐音和风筝缠绕着，在阵阵微风中忽近忽远，好像变成了飞鸟，似乎这里不是牢笼般的监狱，而是山水之间的自由乐园。在这个温暖的乐园里，正值草长莺飞二月天，有着拂堤杨柳醉春烟。

宿舍内，方凌和叶泽林又惊又喜地笑了，一看到这个ID，不用说，便都明白了是谁。突然方凌的手机又响了一声，是梁渊发来了一张更新版的logo设计图。

设计图上，背景是海浪的简笔画，MindWave的“M”和“W”交叠到了一起，如跳跃的复调旋律，融进了一片蔚蓝的涛声之中。

不知不觉，比赛的日子到了。这段时间，叶泽琳的心态渐渐发生了变化，不知从何时起，她感觉自己似乎不再期待巨额奖金，而是有了比奖金和名次更渴望的东西。

电视台一楼的大厅里，一波波的人群攒动着，空气中到处弥漫着焦灼与振奋的气息，工作人员正在忙碌地引导着各位选手、评委和观众有序进场。只需看每个人的表情，便可轻易分辨出他来这里的身份。临近上台，方凌和叶泽林的话反而变少了，似乎大家都害怕一开口便让对方变得更加紧张。

“别紧张，我们……”方凌还是忍不住打破沉默，但刚说了一半，她就突然眉头拧成一团，神色变得惊恐。她扶着墙小心翼翼地蹲了下来，另一只手痛苦地抓起了头发。

“你怎么了？”叶泽琳、江若云和梁渊都吓坏了，急忙扶住了方凌。

方凌什么话也说不出，她低着头径直冲向了卫生间。叶泽琳追了上去，一进卫生间，便看见方凌在不停地呕吐。过了一会儿，方凌一脸虚脱地望向脸色煞白的叶泽琳，用尽全力挤出几个字：“去医院。”

叶泽琳慌乱地扶着方凌出来后，迅速地掏出手机打了一辆车，一脸焦灼地左顾右盼。

方凌瘫软在走廊，不停地冒着虚汗：“我上了车，你就赶紧去比赛现场吧，别管我了。”

“可是……”叶泽琳愣住了，这一刻，她才猛然意识到，自己真正最担心的其实不是方凌的病情，而是自己完全不敢一个人站在台上的事实。她突然感到羞愧难当，不知是为自己的冷漠，还是自己的懦弱。

“这个项目的内核原本就是你提出来的，你完全可以一个人讲好。”方凌冲叶泽琳笑了笑，似乎读懂了她在想什么。

叶泽琳抬起了头，有些惊讶地看着方凌，两人眼神相对。面色苍白的方凌依然对她微笑着，似乎不仅触碰到了她的真实想法，又穿透了她深藏于心底的怯懦。此时的方凌，虽然整张脸都失去了血色，但她的眼中有着一种无比柔和的明澈，就像风和日丽时的大海，顿时将叶泽琳的焦虑席卷而去。

“我送你去医院吧。”梁渊走上前，对着方凌说道。方凌没有看向他，但嘴角浮出一丝笑意。

“若云，你和泽琳去现场吧，不用担心我。我等你们的好消息。”江若云正欲言又止的时候，方凌便笑着拍了一下他。

刚出电视台的大楼，一阵深秋的寒意袭来，梁渊给方凌披上了大衣，两人坐进了出租车里。

大型演播厅的每个角落都聒噪不安，叶泽琳原本想找个安静的地方镇定一下，但发现自己无处可躲。叶泽琳和江若云一起在演播厅周围转了一大圈又回到了原点，但她的焦虑却丝毫不减，刚戴上团队的专属胸牌，一个现场导演就走了过来。

“你们是MindWave团队吧？之前登记的两位汇报者都到齐了吗？”导演姐姐低着头，正在一张纸上记录着什么。

“是的……但另一个人出了点状况，刚刚去医院了。”

“啊？”现场导演猛地抬起了头，“那你就自己上台吧，一会儿我会在耳返里提醒你剩余时间。”

“这……”叶泽琳想拉住现场导演，但她却头也不回地走到了下个团队的面前。

“不用紧张。”江若云平静地看着焦躁不安的叶泽琳，“不要怕忘记什么，你只需要记住，一开始为什么要做这个项目就好。”

叶泽琳望向江若云，有些动容地点了点头。

“大夫，请问方凌怎么样了？”医生刚给方凌做完检查，梁渊便焦急地问道。

“她是急性阑尾炎，需要马上做切除手术，你是家属吗？签个字吧。”

“啊？我……”梁渊愣了一下，有些不知所措地看着医生。

“没事，你就签吧，不用担心我。”方凌听见了门口的谈话，有气无力地走了出来。

梁渊的神色闪过一丝尴尬，然后面露忧虑地看了看方凌，一把拿过笔签了字。

“各位评委老师们好，我们的项目是MindWave，我是负责人之一——来自菁世大学的叶泽琳。”叶泽琳硬着头皮，鼓足了全部的勇气说道。

站在聚光灯之下，无数道目光汇聚到叶泽琳的身上，她突然有点恍惚，仿佛是两年前站在校园歌手大赛总决赛的舞台。

“在接下来的十分钟时间里，我们希望你们能说明，你们做的是什么，为什么有价值，以及你们面对竞争者的护城河是什么。”坐在中央的评委微微一笑，正看着平板电脑里每个团队详细的商业计划书。他是一家知名独角兽企业的CEO和畅销书作家，戴着一副黑框眼镜，样貌年轻却有着不怒自威的气质。

“MindWave是一个让用户共享想法的平台，分为创作区、商业区、生活区、发明区、学习区……”叶泽琳开始演示幻灯片，阐述产品的设计和商业模式。“你可以提问，也可以分享自己的想法。在商业区内，对于有商业想法且打算自己启动的人，可以招募合伙人，或者寻求创意的优化；对于有好的想法但不打算自己做的人，可以贡献自己的点子，让有资源有技术的人来推动你的创意。总之，只要你有想法，无论处于什么阶段，都能在MindWave中找到属于你的一方天地。”

突然间，一声尖啸从叶泽琳手中的麦克风传来，叶泽琳顿时不知所措。台下的观众也开始面面相觑，细微的议论声响起。一旁的工作人员见状急忙跑上台，发现是麦克风坏了，便立即给叶泽琳换了一个。

叶泽琳拿着新麦克风，呆呆地站在台上，紧张地咽了咽口水。刚才的事故虽然已经解决，但却似乎猛然关上了她整个人的开关，让她的大脑变得一片空白。

“13号病人做完手术了，你可以进去了。”

医生话音刚落，梁渊猛地站了起来，什么都没说，便焦灼难耐地跑了进去。

骄傲如天鹅的方凌，此时像一只受伤的野猫，斜着身子静静地蜷缩在病床上输着吊瓶。看到梁渊进来，她拧成一团的眉头如释重负地展开了：“谢谢你啊，陪我这么久。”

“我也就等了半个小时，干嘛突然对我这么客气。”梁渊一边检查吊瓶一边说着：“对了，大夫说了，今天不能进食，就委屈你暂时忍忍了。”

方凌笑了笑，低声缓缓说道：“我说的，不仅仅是今天。”她的目光变得炯炯有神。

梁渊的手凝固在半空，有些讶异地望向方凌。

两人相对静默了几秒后，方凌突然拍着脑袋坐起了身，火急火燎地喊道：“哎呀，快点把我的手机给我！”

拿过手机后，方凌旋即点开了商赛节目总决赛的直播链接，梁渊也凑了上来。

叶泽琳的面部特写浮现在眼前。

“那你们现在的项目进展怎么样？”评委就在眼前，但他的声音却仿佛远隔崇山峻岭，散落成了朦胧的回声。

叶泽琳的心跳越来越快，手心不停地冒汗，她浑身颤抖着把手在衣服上蹭了蹭，但无济于事。

“我们……我们的内测版App，在菁世大学内部已经有超过1000人注册。”叶泽琳的眼神飘忽，无法抑制地开始变得结巴。台下的江若云身体前倾，难掩紧张地望着她。

就在这时，身旁的摄像机却离她更近了，如一个无限延伸的黑洞。地面缠绕的黑线如密不透风的蛛网，将她紧紧攫住。她环顾周围，四面八方的摄像机不断地提醒着她，这不仅仅是一个比赛，更是一个电视节目，她的每一个动作都会被直播出去，就像两年前的校园歌手大赛一样。她身体的战栗愈发强烈，一阵寒意呼啸而过。

演播厅那沉重的后门突然开了，一抹鲜亮的橙色踏着门外透进来的光缓缓移动，引起了叶泽琳的注意。

那个人影正朝着前排的方向走来，叶泽琳终于看清了她的脸，难以置信地盯着此刻已经坐到了第二排的李木子。一向偏好穿黑色系的李木子，此时却穿着长款橙色卫衣。演播厅四面八方的灯光在她的身上流转漫溢，她变成了一轮温暖的太阳，散发着明媚却不刺眼的橙色光芒。

李木子对着舞台笑着挥了挥手，然后比了一个加油的手势。

叶泽琳明白，李木子已经从黑暗的隧道里走了出来，而自己，就是她期望看到的一束隧道之外的日光。

“我看你们在商业计划书里围绕着共享经济写了很多，你们做这个项目是想追赶共享经济的风口吗？”左边的女评委一开口便让提问变得犀利。

叶泽琳愣了一下，她又望向台下的李木子，深呼吸了几下，然后平静地看着评委说道：“如今共享经济盛行，从交通到办公再到新消费，几乎所有的领域都有人涉足。在这个风口之上，野火烧不尽，春风吹又生，但似乎很少有人思考，这个世界上，最值得共享的东西到底是什么？”

台下响起了窃窃私语的声音，前排的评委也似乎来了兴致，停止了所有的小动作，聚精会神地盯着叶泽琳。

“是思想。共享经济的本质是人与人之间的连接，而最高级的连接，是意识与思想的连接。只有这样，我们才不会变成一个个孤岛。”

叶泽琳环视了一圈密密麻麻的观众，有五六十岁的男人正目光如炬地看着演示屏，有十几岁的中学生露出似懂非懂的眼神，有和自己一样大的年轻女孩用精致的妆容掩饰着青涩，大家都在认真倾听着，不知不觉中叶泽琳渐渐提高了声音。

“每个人都有灵光一闪的瞬间，但想象力不应该像一阵风一样下一秒就溜走。我们的肉体每时每刻都在被三维世界所束缚，但思想是没有任何枷锁的，是世界上最自由的东西。任何物质产品都会在共享中损耗，只有想象力会在共享中蓬勃。”

病床上，方凌难以自抑地笑了出来，脸上开始浮现出血色，好像所有的病痛都已尽数消失。

摩托车上，刘文彬又接到了一个新的外卖订单，急忙横冲直撞地赶向餐厅。在他路过的每一个路口，都创造出了呼啸而过的风。

“老板，尾号3578的订单做好了吗？”刚从摩托车下来，他便喘着粗气问道。

“好了，就在这儿！”忙前忙后的老板大声吆喝着。

刘文彬如剑客一般御风而行，潇洒地一挥手便顺走了包装好的外卖。可正当他准备踏入车水马龙的“江湖”时，却突然停住了脚步。

从挂在墙上的电视机里，传来了他熟悉的声音。

“你们的产品调研主要针对一线城市，那你觉得你们的产品在下沉市场的前景如何？如何能确定不是伪需求？”右边一个岁数稍大的评委缓缓问道。

叶泽琳简要介绍了一下对下沉市场的分析后，略加思索，猛地想到了什么。她一下子拿出了手机：“我能不能投影一下我的手机屏幕？”

工作人员帮忙操作了一番后，叶泽琳的手机屏幕就显示到了演播厅的大屏上，每个字都无比清晰地展现在所有人的眼前——

姐姐，谢谢你们的App帮我用别样的方式圆了和爸爸一起过生日的愿望，我回丽阳村后，一定会帮你们努力推广的。我想，在那种闭塞的地方，会有更多的人需要它。

“大家知道这条短信是谁发给我们的吗？是一个农村的小男孩。”叶泽琳看着睁大眼睛的评委和观众，一字一顿地说道，“这些年来，大家总说共享经济是一个风口，无数商界名流、创业精英们都在摩拳擦掌、跑马圈地，好像它已经成了一个精英圈的游戏。但一个农村小男孩让我们彻底明白了，它不是一时的游戏，重要的不是谁能独占鳌头。对于被边缘化的人群来说，这样的产品，可能是这个世界不经意间流露的一抹曙光。”

看着屏幕上稚嫩淳朴的短信，台下的每个人皆哑然无言。叶泽琳逐渐想象出了那个小男孩的笑脸，渐渐地，那个脑海中的笑脸叠化成了自己。

一阵急促的手机铃声响起，正在电视前看得入神的刘文彬急忙接了起来。

“您好，不好意思刚才耽搁了一会儿，我马上就给您送！请稍等。”

戴上头盔，他便立即往门外走。到了门口，他又转头看了一眼电视，竟笑了出来。

他一笑，便露出了一整排参差不齐的牙齿，黄黑的脸有了一丝生气，像荒寒的冬日照进了春日的暖阳，一粒种子开始发芽，开始在贫瘠干涸的泥土里潜滋暗长。

他飞一般地骑上摩托，眼神多了一丝畅快。那一刻，属于他的武林，似乎从刀光剑影变向快意恩仇。

几千公里外的胶城，电视机前的叶泽琳妈妈正随意地换着台，她鼻孔朝天伸了个懒腰，靠在有些破损的灰色布沙发上。“咣当”一声，从厨房传来了碗筷掉在地上的声音。

“真是不中用，干啥啥不行。”这个一脸倦怠的妇女扭着头，开始冲着厨房里的男人骂骂咧咧。

不知何时，她嘟囔不停的嘴突然没了动静，表情变得像鹰一样敏锐警觉，然后猛地转过了头。她似石雕般僵坐着，使劲眨了眨眼睛，确认自己没有看错电视里出现的人。

“其实一些传统智库也和你们的产品有类似的功能，你觉得你们和传统智库的根本区别是什么？”评委席中，一位知性优雅的学者温柔地提问道。

叶泽琳略加思索，语气变得越来越自信：“是信息源的去中心化。我们平台上的所有问题的发起者、回答者、实践者，都可能是我们身边的每一个人。”

“那你们有没有想过，这个产品在知识产权方面可能会存在潜在的纠纷？你们打算如何处理这方面的问题？”

“关于这个问题，我们目前在项目初期还没有完全解决。我们目前暂时采用的是积分制，我们有一套算法来给予每个发布者不同的积分，由此每个人可以获得相应的回报。”叶泽琳坦诚地说道，人群中又开始了议论纷纷的声音，她深吸了一口气，“但未来我们致力于利用区块链技术实现知识产权的共享和精细化分成。我们对此充满信心，因为我们明白，未来必将是一个群智时代。”

坐在中央的评委表情微妙，用充满玩味的眼神看着叶泽琳，“其实你们的想法听起来很理想主义，就像是一个赛博乌托邦。你相信科技能够让世界变得更好吗？”

“技术本身是中性的，我们需要想办法让它往好的方向发展。科技只是人性的放大器而已，我们需要做的是用科技去引导人性，而不是仅仅去迎合人性。这不是理想主义，这就是我们切实的理想。”叶泽琳悠扬的声音从电视里传出，在四周的宁静中显得越来越清亮。

“老叶，快过来！”叶泽琳妈妈呆滞的双眼突然放着光，大声招呼着叶泽琳继父。

双手还沾着油渍的男人凑了过来，他弯着腰直勾勾地盯着电视屏幕，兴奋地咧了咧嘴，他颤抖着手指向叶泽琳的脸，“这……这真的是我们泽琳吗？”

“肯定没错！”臃肿的女人嘴唇微颤，她紧紧凝视着屏幕，像是要把每一个像素都刻在脑海中。

菁世大学的食堂里，林晓雨刚打了一份最便宜的饭，依旧独自一人默默用餐。正当她准备戴上耳机的时候，突然开始紧盯着食堂里的电视屏幕。潭城的一家小医院里，杨华睿正静悄悄地守着躺在病床上的母亲，午后的阳光晃到了她的眼睛，让昏昏欲睡的她清醒了过来。她猛地坐直了身子，急忙掏出手机，点开了直播链接。

舞台下，坐在中间不苟言笑的评委露出了罕见的笑容，好奇地凝望着对答如流的叶泽琳，缓缓开口问道："我突然很好奇你们最初的想法是怎么来的，能简单说一下吗？"

叶泽琳呆立着，视线飘向台下的李木子，表情意味深长，"我有一个朋友，她得了重度抑郁症，要休学一年。我们去看她的时候，原本以为她的病情加重了，但我们看到的，是她创作出来的美轮美奂的拼贴画。她说，拼贴画让她明白了什么是无限可能。而在那时我也明白了，我们要做的产品，就应该像拼贴画一样，让每一个思想的碎片都能生长出变幻无穷的姿态。"

台下的评委明显有些惊讶，若有所思地交流着什么，然后向叶泽琳投来了别样的赞许目光。李木子更是一脸不可思议地望着叶泽琳，和叶泽琳眼神相交的那一刻，似有千言万语翻越山海，落入彼此缓缓打开的心扉。

叶泽琳的视线缓缓扫过众人，穿过李木子，穿过最后一排，穿过恢宏的演播厅，似乎在遥望着远方。她再次缓缓张口，语气如吟诵般悠远：

"这个时代，看似拥有了无尽的知识，但想象力却越来越干涸。如果想象力是水，一滴一滴的水很容易干涸，可是如果汇成了一片海洋，便永远不会干涸。"

林晓雨拿着筷子的手停在了半空，旁边的人起身后，她才意识到自己发了很久的呆。身边空无一人后，她神色复杂地掏出了一个小本子，一页页地翻动着，各种奇异的符号接连闪过，全是她随手记录的小说灵感，一个异世界的神秘大陆已经构建完成。

杨华睿一笑，眼睛便眯得更小了，若不是她的嘴角扬了起来，看上去则像是在躲避刺眼的阳光。她放下手机，若有所思地望了望窗外汹涌的人潮，然后紧紧地握住了母亲搭在床头的手。

“天啊！泽琳也太棒了，绝对没问题了！”梁渊盯着屏幕，神色激动地说道。

但这一刻，方凌却变得越来越平静，就像巨浪退去，唯余海鸥在海面盘旋。她明白，此时的叶泽琳，已经彻底不再需要风力把她带上天空，她本身就能够自由自在地飞翔。

她向旁边瞟了一眼，注意到平日里一向从容淡定的梁渊面色又兴奋又焦灼，眼中悄然浮现出一丝隐秘的快乐。她突然想为难一下梁渊，于是刻意用欣喜若狂的语气说：“太开心了！我要下床走走！”她一下掀开了被子，双腿搭在床边调皮地晃动着。

梁渊一惊，立即按住了方凌的胳膊，面露难色：“可是……医生说刚做完手术最好先不要活动。”

“你什么时候也成了这么听话的人了？我就想下床走走而已。”方凌故意面露不悦。

“那好吧……你小心点。”梁渊摸了摸脑袋，眼神有些无辜。

刚穿上鞋走了一步，方凌便又感受到一阵剧痛如电击般传遍了全身，她忍不住咬紧了牙关，顿时对自己的行为有些后悔。梁渊急忙伸手去扶方凌，无法站稳的方凌一下子倒在了梁渊的身上，两人顿时僵住了，面颊只相隔一寸的距离。

一声响动传来，病房的门忽然被推开了。

方凌目瞪口呆地望着门口，踉跄着站直了身，结结巴巴地问道：“妈？你……你怎么来了？”

沈秋月刚结束一个演讲活动，她发髻高绾，衣着端庄淑雅，但无论她穿戴得多么典雅，却总也掩不去的她眼中那抹不羁。

“主治医生是我朋友，刚才他一告诉我，我就立马赶过来了。”沈秋月摇了摇头，“你说你，出了这种情况居然不主动告诉我。”

“我不是怕影响你的事情嘛！我没事的，刚做完手术，马上就能好。”

沈秋月向方凌走近，心疼地看着方凌：“都做手术了还没事？你这孩子，我的那些事能有你重要吗？”

听到这句话，方凌愣了一下，有些动容地笑了笑。她们母女之间，这种对话似乎已是久违。

沈秋月突然意识到了什么，看了看方凌，又打量了一下梁渊，用试探的语气问道：“我要不然先出去吧？你们继续聊。”

方凌和梁渊有些尴尬地瞥了一眼对方，正要开口的时候，手机里传来了主持人清脆响亮的声音。

“获胜团队的logo将会在十秒后出现在大屏上。”从手机传来的声音虽不大，却顿时搅动了病房里的空气，此时病房里刹那间的安静，是龙卷风中心的平静。

“妈，你别走！”方凌急忙喊住了沈秋月。沈秋月回头，有些意外地看着方凌，方凌顿了顿，有些不好意思地说道：“你们都在，我才会真正感到安心。”

沈秋月垂眸一笑，更显明丽出尘，她随即走到床边，与方凌和梁渊一起注视着屏幕。

坐回台下的叶泽琳盯着大屏，嘴唇紧抿，大气都不敢出。

无比漫长的几秒钟后，叶泽琳的眼前闪动着一片澄明的蓝色，蓝色之中，翻涌着朵朵绽开的浪花。“M”在上，“W”在下，如无尽生命的倒影。

以前还在胶城的时候，海洋对她而言是窒息的、压抑的，但此刻眼前的这片海，它却是包容万物的、充满无限可能的。叶泽琳感觉自己的灵魂变得愈发轻盈，仿佛身处于无尽的蔚蓝里。

叶泽琳渐渐眼眶泛红，身边一切欢呼声与喧嚣都变得朦胧。在一片模糊之中，耳边响起了江若云那无比清晰的声音：“你知道吗？你会成为很多很多人的光。”

无数的闪光灯在眼前晃过，叶泽琳缓缓站了起来，这一刻，她什么也不再恐惧了。

病房里，面色依旧有些苍白的方凌激动不已，一把抱住了梁渊，随即突然意识到了什么，面露尴尬地又转向沈秋月使劲抱住了她。

“我……我就是太激动了。”方凌笑中带泪地紧紧搂着沈秋月，融进了一片久违的温暖里。

“学姐你好，我是菁世大学校报的，能采访你一下吗？”一个扎着马尾辫的女生小跑了过来，一脸崇拜地望着叶泽琳。

叶泽琳正匆忙地收拾着东西，“我现在有点急事，回学校之后你直接找我就行！”叶泽琳刚给学妹留下联系方式，就飞跑了出去，江若云紧跟其后，留下校报的女生一头雾水。

刚跑到马路边，叶泽琳和江若云立刻拦了一辆出租车，没过多久就开到了医院。一冲进病房，叶泽琳就焦急地问：“你现在还好吧？刚才梁渊都告诉我了，你刚做完手术，可一定要静养几天。”

“一点都不好……我……”方凌神色凝重地说道，瞥见叶泽琳一下子变得紧张后，突然扑哧一声笑出声来，“刚才看节目直播太激动了，喊得口干舌燥！嗓子疼着呢。”

叶泽琳愣了一下，然后没好气地瞪了方凌一眼，随即就和方凌一起笑出了声。

“怎么样！夺冠的感觉，是不是很爽！”方凌眯了眯眼，两潭月牙泉在阳光下变得更加晶莹。

“你这精气神，可一点都不像个病号啊！”叶泽琳歪了歪头，故意做出了惊讶的表情。

“人逢喜事精神爽嘛！”方凌做了个鬼脸，“之后可还有奖金和投资等着我们呢。”

听到这话，叶泽琳的神色变得认真了起来，缓缓说道：“其实，我最开始答应和你一起参加商赛节目的时候，就只是为了奖金而已。到后来，我开始想，如果真的成功了，我就会被更多人看到，我想向那些曾经瞧不起我的人证明自己。”叶泽琳如释重负地笑了笑，继续说道，“可是再后来，这些好像都没那么重要了，无论成功或失败，我都明白，这就是我想做的事情。”

江若云的手机突然低声作响，他走到一边解锁了手机，屏幕上亮出了一条短信：

恭喜您通过了司法局下属法律援助中心公职律师的申请，您的面试安排在本周五下午，预祝面试顺利。

“以前我一直在寻找一个真正的正确，但现在才发现，珍贵的不是正确的事，而是认为自己所做的是正确的事的这份坚定。”叶泽琳抬起头，她悠扬的声音在小小的病房里回荡。

方凌的眼角溢出了无比明媚的笑意，她明白，在这片海里，她和叶泽林要真正开始一起乘风破浪了。

旁边的梁渊随意看了一眼手机，便顿时惊呼一声："天啊！"

叶泽琳和方凌凑上前一看，只见校园论坛正沸腾着，已经彻底被叶泽琳参加商赛节目夺冠的帖子刷屏，放眼望去，尽是"锦鲤重现江湖"的字眼。四年前的她怎么也不会想到，从大一到大四，众人口中的锦鲤事迹是她大学生涯的开端，亦是结尾。这个被人津津乐道的奇异标签，构成了大多数人对她的全部印象。她五味杂陈地摇了摇头，不知道这究竟是好事，还是生活给她开的一个玩笑。

"我三番五次背上锦鲤的名号，还不是拜你所赐！可你最清楚了，我哪是什么锦鲤呀。"叶泽琳神色无奈地望着方凌。

方凌当然明白她是什么意思，低头会心一笑。她沉默半晌，然后看向叶泽琳，掷地有声地说道："你不是锦鲤，你是勇士。"

14

池鱼思故渊

我害怕有一天
我会忘记你的名字
所以想把你的名字写在海底
写在沙滩
写在群山
海底的暗涌会一遍遍翻滚
海浪会一遍遍拍打着沙滩
狂风会一遍遍席卷着群山
我会一遍遍写着

——方凌于诗社

一打开门，门口随即出现了李木子的脸。

叶泽琳立马出了宿舍，把门半掩在身后，“你来了啊！”

“你们要毕业了，我当然要来给你们庆祝了。”李木子穿着一件天蓝色短袖，笑吟吟地说着。

叶泽琳却依旧挡在宿舍门前面，似乎并不打算让李木子直接进去。李木子透过半掩着的门，看见里面空无一人。

“方凌不在吗？”李木子随意地问了一句。

“她……”叶泽琳有些支支吾吾地说着，她四下看了看，然后露出了异样的神色，“你能不能帮我个忙？”

“什么啊？”李木子愣了愣，目光变得困惑，闪过了一丝难以言表的不安。

“跟我去个地方，到了你就知道了。”

穿过几排高大繁茂的梧桐树，就是艺术学院的后门了。这条小路似乎很少有人走，一切喧闹声都于此地悄然消散了，只有孜孜不倦的蝉鸣宣告着夏日生命的蓬勃。叶泽琳缓缓走上台阶，拉开了有些沉重的门，然后示意李木子跟进来。

刚一进门，眼前是一片黑魆魆的沉寂。听到李木子也跟进来了之后，叶泽琳便轻手轻脚地继续往前走。

“好黑啊……”李木子的声音充满忧虑，她一把拉住了叶泽琳，“我们这是要去哪儿？”

叶泽琳默然无声，只是继续慢慢往前走，两个闪动的人影如同黑暗凝成的深渊。

在一楼迷宫般的地形中，两人拐了七八个弯，走到了一面厚重的门帘之前。

一片漆黑之中，叶泽琳笑了笑，随即缓缓拉开了门帘。下一秒，两人便迎来了光明。

无数梦幻般的彩色光束交错着，在偌大的空间上下游走着，李木子不由得眯起了眼，她的双眼一时还无法适应这样的光明。

半晌，李木子终于定睛看清了周遭的一切，而就在眼前的画面上，一个女孩正在跳着芭蕾舞，而星云成了她旋转的裙摆。在一棵灰色的枯树上，或大或小的星辰长满了每个苍老的树枝。

“这……你们不是说要贴到宿舍里吗？”李木子彻底愣住了。眼前的这两幅拼贴画，明明就是方凌和叶泽琳几个月前问自己要的两幅，说是想把她的作品贴在宿舍里。

“还不是为了给你一个惊喜啊！”方凌从一个展板的背面突然出现，一下子蹿到了李木子的面前，梁渊和江若云也缓缓走了出来。

“方凌！”李木子露出了不可思议的神情，又看了看一脸神秘的梁渊和江若云，大脑飞速运行着。

“我们拿到你的拼贴画之后，就立马给艺术学院的年度大展投稿啦！”方凌的语气越发轻快，瞳孔映照出了不停流转的斑斓，“你的大作，可不能只委屈在我们宿舍那点地方。”

在不断迸溅的古典音符之中，李木子怔怔地望着自己那两幅被郑重其事地展出的画。蓦然间，她内心一直随意飘荡着的蒲公英落到了脉脉群山，落到了万里江天，藏匿在厚实的泥土里，变成了一片片延绵不绝的洁白。

刚一走出艺术学院，叶泽琳就隐隐感觉余光瞥到了什么不对劲的东西。猛然转过头后，她顿时愣在了原地。

只见旁边的孔子塑像竟戴上了一个蓝色的棒球帽，手里挂上了破旧的蜘蛛侠书包。叶泽琳走近了几步，定睛一看，这个棒球帽和书包竟变得越来越眼熟。

突然间，一只手从孔子像背后伸了出来，然后是一整条胳膊，最后终于露出了一张脸。那黑黝黝的皮肤上，圆滚滚的眼珠不停转动着，似乎还在搜罗着能“装点”孔子像的道具。

“小……小军？”叶泽琳身子有些颤抖，她一脸不可思议地低声喃喃着。

对面的男孩停止了手头的忙碌，怔怔地望向叶泽琳，眼神变得越来越欣喜，同时也有着一丝与年龄不符的深远，仿佛隔海遥望多年的游子终于漂到了对岸。

“你这孩子，别捣蛋了，这可是菁世！”旁边响起了另一个熟悉的声音，只不过那声音似乎不再那么尖厉，流露出了更多的怜爱。

叶泽琳呆立在孔子像面前，瞪大了眼睛，“妈？小军？你们怎么突然来了！”

叶泽琳永远不会忘记，就在四年前她刚收到菁世录取通知书的那天，弟弟小军被关进了少管所，她挥舞着通知书的手变成了瞬间凋零的昙花。那本该欢欣雀跃的一天，从此便被蒙上了一层挥之不去的阴影。

“姐，我原本以为我是无法亲眼看到你毕业了，但没想到，就在你临毕业的前几天，我因为表现良好被提前放出来了。”男孩笑着说道，那双眼眸依然有着属于少年的天真。

叶泽琳母亲穿着一条玫红色裙子，她一笑，眼角的皱纹就被挤得愈发明显。她踮起脚将孔子像头上的棒球帽戴回到男孩头上，然后缓缓走到了叶泽琳面前，“闺女，毕业快乐。”

叶泽琳抬起头，感觉心中那片大雪覆盖多年的荒原吹进了一缕暖风，贫瘠的土地上几颗种子开始发芽，开始无声地长出绿意，长出一个温柔的春天。

第二天，是毕业典礼的日子。肃穆的大礼堂内，方凌作为毕业生代表正站在台上发言。讲着讲着，她开始不停地环视着观众席，似乎在寻找着什么。少顷，她的嘴角漾起了灿烂的笑意，一举一动都变得更加舒展自如。

那清脆的声音在偌大的会场回荡着："我永远也不会忘记，我有一个朋友，她在人生最黑暗的那段时间，却触碰到了很多人一辈子也追寻不到的光明。"方凌再次望向观众席，看见了全场唯一一个没有穿学士服的李木子。在一片黑压压的学士服中，那抹蓝色如天空漏下的一滴颜料。

"这也是菁世真正带给我们的东西，菁世不是让我们变得更确定，而是让我们变得不那么确定。我们不那么确定，因为我们能够放下偏见，去理解他人的万千种悲欢；我们不那么确定，因为我们打开了内心的樊笼，去拥抱生活的无限种可能；我们不那么确定，因为我们能够海纳万物，去倾听世间的每一种声音。"

叶泽琳静静地坐在台下，随着方凌悠扬的声音，无数个画面开始在她的眼前流淌，如一卷没有尽头的电影胶片，一端连着一切的开始，一端是无限的未知。

"但包容万物并不意味着在四面八方的光源中迷失，自由其实同时包含着做加法和做减法。所谓的不忘初心并不一定指坚持某个具体的东西，它其实是一种心境。对生命的无限可能敞开环抱，但始终抱持纯粹的心境，不为杂音所扰，拥有独一无二的光源。"

"霍金曾言，世间最令人感动的是遥远的相似性。一双慧眼、一对翅膀、一颗赤子之心、一个自由之魂，这就是菁世赋予我们的相似性。这是能够凌驾一切的相似性，是越遥远越珍贵的纠缠。我们殊途不同归，也殊途同归。”

坐在第一排的江教授看着方凌那自信又柔和的笑容，他的面颊微微颤抖，重重地点了点头，然后缓缓地鼓起了掌。紧接着，台下的掌声阵阵响起，如此起彼伏的波浪。

一出大礼堂，方凌便感觉上方似乎飞着什么，她抬手挡住阳光，只见一只红黄相间的风筝在天空中摇曳。方凌驻足仔细看了看，才发现那风筝是一条金鱼的样子，它随着微风上下起伏，如同在无边无际的透明水波中游弋。渐渐地，它离太阳越来越近，融进了一片炫目的金黄里。

远处，一个熟悉的身影拖着一个大大的行李箱，正缓缓朝着校门走去。

“华睿！”方凌大声喊道，远处的人立即回过头来。

方凌呼哧呼哧地跑了过来，“你今天就要走吗？”

杨华睿依然露出了那种极其质朴的笑，“对，我今天就回老家了，我还是回老家当公务员啦。”面前的这张脸总是素面朝天，依旧有些微胖，最近晒得有点发黑，马尾辫旁的碎发随意地飘摇着。方凌突然意识到，身边所有人这四年来都像变了一个人，可只有杨华睿似乎什么都没有变，如同湍急的水流里伫立始终的顽石。

沉默片刻，方凌还是忍不住问道：“是你家人让你回去工作的吗？”

杨华睿微微抬眼望着天空，似乎很认真地思考着，“也不算是，其实我原本就喜欢稳定的生活，喜欢老家那片地方。而且我爸妈身体也不好，需要我经常照顾呀。”

那一刻她的眼神无比清亮，流淌着一种赤诚的爱。方凌明白了，那不是妥协，那就是她真正想要的一切。有些人生来便是属于天空的，而有些人则注定属于故土，不是因为他们故步自封，而是他们有着这个时代无比稀缺的博大与坚定，他们能够将自己的生命之根扎得越来越深。

有些人的自由徜徉在天空，有些人的自由扎根于大地。

“方凌。”一个浑厚的声音响起。江教授穿着一件咖啡色休闲衬衫缓缓走了过来，脚步健硕，目光炯炯，“毕业快乐。”江若云也跟着走了过来，手里捧着一大束绣球花，花瓣团团相依。

方凌一转头，便欣喜万分地喊了出来：“江叔叔！若云！”她连蹦带跳地跑了几步，一把接过了江若云手中的花，长长的学士服在风中翻飞着。

“你这一年可是跑了不少地方，真的瘦了好多！”方凌笑着对江若云说道。自从当了专职援助律师后，他跑了很多大大小小的县城和村庄，帮助无数毫无法律知识的受害者争取权益。他整个人瘦削了许多，面颊的棱角越来越分明，但目光依旧炯炯有神，好像什么也无法打败他。

“我这段时间做过的案子倒是真的不少。”江若云露出了罕见的得意神情，“对了，你还记得你们当时遇到的那个小男孩吗？”

方凌愣了一下，“你是说丽阳村的那个来找爸爸的小男孩？当然记得。”

江若云若有所思地沉吟着：“当时他爸爸因为替人打架进了监狱，可他为什么会这么做呢？因为他被人骗光了仅有的积蓄，穷途末路才会用这种方式维生。”

江若云有些神秘兮兮地掏出了手机，举到了一脸讶异的方凌面前。

方凌的眼前是三个人的合照，一个穿着大红毛衣的矮胖女人将手搭在了小男孩的肩头，而旁边的一个瘦高的男人一脸爱怜地摸着小男孩的头，他的脸上满是胡茬，眼中有着难以掩饰的疲态，但并不憔悴，闪动着一种温柔的执着。

“所以……你是帮他们上诉，成功追讨回了钱？”方凌难以置信地望向江若云，紧接着加快了语气。

“没错。”

忽然间，方凌的表情凝滞了，她的视线飘到江教授的左后方，嘴角颤抖了一下，紧接着眸中涌出了绵延不绝的欢喜，如滚滚而来的浪潮。

沈秋月穿着一身黑白斜纹的裙子，她没有盘起头发，而是任它们随意蓬松地披散在肩头，给精致的脸庞添了一丝慵懒。渐渐地有人认出了她，旁边不时地有各种目光投向这里。她抱着一束向日葵和满天星，像是一捧生生不息的梦境。

方凌粲然一笑，缓缓接过了这束花，不自觉地心潮起伏，仿佛是接过了沉甸甸的岁月。

“沈阿姨好！”江若云立即说道，沈秋月便又和江若云有说有笑地聊了起来，而一旁的江教授怔怔地看着沈秋月，表情似笑非笑。

“对了，我们今天一起给方凌庆祝毕业吧！要不就去以前常去的那家餐厅？”过了一会儿，沈秋月突然转过头，看着若有所思的江教授说道。

江教授陡然回过神来，笑着喃喃道：“好啊，我应该还带了会员卡。”江教授一边说着，一边掏出了钱包，正当他在翻找的时候，一个银色月牙项链猛地掉了出来，反射出了一道冷冽的光。

江教授顿时面色大变，强装着淡定将它一把捡了起来，但还是难掩惊慌。方凌也一脸讶异，感觉这个项链越看越熟悉，她下意识地低了一下头，才猛然发现它和自己脖子上的项链似乎是同款，只不过是金色和银色的差别。

紧盯着项链的沈秋月却丝毫没有发现江教授的表情变化，她愣了一下，随即异常惊喜地说："这个项链……跟我之前戴的好像是同一款欸！"然后她眯了眯眼睛，用开玩笑的天真语气说道："是要送给你家的那位吧？"

江教授一时无言，他默默看着手中那个几十年来都未送出的银色项链，不由得想起曾经的一个午后，还是学生的沈秋月兴高采烈地跟他展示脖子上的金色月牙项链："看！他刚刚送我的。"当时的自己笑了笑，看着对面的女孩那皎月一般明澈的脸庞，将手中准备送出的银色项链偷偷沉入了书包的黑暗中。

待眼中的悲伤缓缓消失后，他抬起头，岁月的风云在他静默的脸庞上一晃而过。他向沈秋月投去了一束无比悠长的目光，那目光似近实远，像是某种告别。旋即，他微笑着说："是的。"

拍完毕业照，有些疲惫的方凌和叶泽琳径直坐到了台阶上，方凌入神地望着远方，突然开口："你觉得，你这四年有遗憾吗？"

叶泽琳愣了一下，随即扑哧笑了出来："当然有啊，比如那次校园歌手大赛总决赛。"方凌有些惊诧地转头看向叶泽琳，没想到她会自己如此坦然地提及这件事。

半晌，叶泽琳敛了敛笑意，若有所思地缓缓说道："不过我觉得，有了遗憾，才更能体会到某些事物的珍贵吧。"

话音刚落，她们便听见了由远及近的脚步声，梁渊正朝她们跑过来，黑色的相机包在他的肩头上下跳跃着。他逆着阳光，周身被镶上了一圈金边。

去年毕业后，梁渊先在艺术杂志做了半年的签约设计师和摄影师，随后在MindWave上参与了一个由知名摄影师发起的名为“万物皆为禅绕画”的视觉项目。他这半年来都在全球各地进行拍摄，试图在大自然中找到类似于禅绕画的景象，即用不断重复的基本图形构成的绚丽图案。在他的作品集中，有不断缠绕的藤蔓，有层层叠叠的树叶，有花瓣繁复而温柔的垂丝海棠，还有房屋紧密交织的非洲古村落。

“你居然真的千里迢迢赶回国了？”方凌强掩着此刻内心的激动，用戏谑的口吻对梁渊说道。

梁渊抬了抬头上的白色棒球帽，笑容如烟花般瞬间绽开了，“你们的大日子，我当然不能错过！”

这一趟跨越几大洲的旅行，让梁渊着实晒黑了不少。半年未见，他有没有改变呢？方凌仔细看了看，面前的那双眼眸和曾经相比，盛下的东西更多了，它们盛下了人类文明萌芽时期的岩画，盛下了迦太基古城的废墟，盛下了挪威峡湾跃出水面的鳕鱼。但那双眼睛似乎又什么都没变，如没有一丝尘埃的宇宙，露出了最原始的那种澄明与幽远。

午后的阳光毫无吝啬地照拂着万千生灵，在礼堂前沸腾的喧嚣开始退潮时，方凌、叶泽琳、江若云和梁渊围坐在大礼堂门口的石阶上，翻看着梁渊刚给她们拍的毕业照。方凌和叶泽琳刚刚躺在草坪上摆出了奔跑的姿势，而梁渊则跑到了旁边的高楼上俯角拍摄，显示屏中，她们就仿佛在一片绿色的天空中飞翔。

方凌再次望向梁渊的眼睛，心中泛起了越来越多的波澜。梁渊和江若云都是那种自始至终从未改变过的人，不同的是，江若云永远扎根于大地与人群，而梁渊却自在地翱翔在云端之上，是一只永远也不属于尘世的飞鸟。看着他眼中那股貌似永不磨灭的自由，方凌突然有些害怕，害怕这样耀眼的光芒会有一天被社会的庞大机器所改造，不着痕迹地被消磨。她想要保护这样的灵魂，让他得以获得永恒的纯净，却又陡然陷入了另一种恐惧，她害怕自己也终有一天会变得无力，在日日夜夜的重复之中变得麻木，害怕自己会首先沾染上世道的污浊。

"讲讲你去非洲拍摄的见闻呗！有什么好玩的事情吗？"方凌突然笑嘻嘻地开口，试图消释心头这莫名而来的恐惧和悲伤。

"这可就太多了……"梁渊眯了眯眼，开始绘声绘色地讲述着一个个奇遇，讲他被酋长邀请到家里做客，讲他差点迷失在纳米比亚的沙漠。

"我的天，听起来也太有趣了吧！"方凌渐渐听入了迷，忘记了刚才那稍纵即逝的不安。

"你知道做这个项目真正的乐趣是什么吗？"梁渊眨了眨眼睛，把棒球帽一把拿了下来扇起了风。

"我彻底明白了，原来重复的元素竟然也能组合成无比美妙的事物。某一刻我突然在想，未来的日子，假如终究真的会变成日复一日的重复，或许也能像禅绕画一样，永远不会枯燥，永远不会灰暗吧。"他淡淡地说道，笑着看向方凌。

方凌顿时一愣，眼前的最后一丝乌云似乎也消散了，她和梁渊相视一笑，然后伸出手，接住了此刻从头顶悠悠飘落的一片绿叶。

在梁渊的相机里翻着翻着，大家就渐渐翻到了以前的旧照，无数个回忆被定格在了相机里，展现在了四人的眼前。记忆，似乎就是一帧帧抽掉时间的画面，却如宇宙随意投掷的石子，难以预料会形成怎样的量子波动。下一秒，显示屏漫出一片粉红的夕阳，李木子正微闭双眼，暖暖的烛光映照在她的脸上，旁边的所有人围成了一个圈，如流淌的时光卷起的一个漩涡。再往前翻，眼前的四个人一边大笑，一边吃着烧烤，数不尽的绿色啤酒瓶懒洋洋地躺在四周，旁边的一圈白墙上，这个星球的无数种风景尽收眼底，形成了没有尽头的画中画。

看着看着，四个人渐渐发起了呆，不知让他们入迷的是眼前缤纷的画面，还是那悠长如歌的记忆。继续往下翻，眼前出现了一个孤零零的小土堆，一朵淡黄色的野花正在黑黢黢的泥土上闪耀，如一颗暗夜中夺目的宝石，旁边叶泽琳默然静坐，她的眼中混合着怅然与释然。下一张照片的背景是夜晚的海岸，一个小男孩正在把玩着烟火棒，在天空划出了一圈圈绚丽的火光，又如同烧掉了天幕那表面的黑漆，露出了原本金黄的底色。少顷，大家不知不觉就翻到了去崇乐山的照片，只见四个黑色的剪影各拿着一个手电筒，四束手电筒的光直直地射向星河，似乎与淼淼银河在交换着远古的信息。

四个人越翻越有兴致，每看到一张照片，就开始讨论当时的糗事，不知已过了多久，欢笑声在石阶上不停流淌着。阳光一直都在，但他们转瞬间却仿佛经历了斗转星移。

群体不是幸福的根源，但却是痛苦的根源。

只不过有些人的到来，可以让这种痛苦瞬间烟消云散，无论它曾经是多么的深重。

“你们最喜欢哪一张照片啊？看看我们想的是不是一样。”方凌一边说着，一边转动着相机上的转盘，过了一会儿便停了下来，微笑着看向大家。

只见在一片漆黑里，点点萤火如散落空中的野火，寂静而疯狂地燃烧，照耀着一片淤泥之中歪歪斜斜的野草。

叶泽琳愣住了，她脑海中的影像和眼前的影像分毫不差地重叠。这一刻，她突然想起了方凌许久之前说过的一句话：“我们是一类人。”

一旁的梁渊却表情不以为意，他打了个哈欠，懒洋洋地说道：“我最喜欢的照片，并不在这张卡上。”

“那在哪里啊？你今天带了吗？”方凌一下子来了兴趣，猛然翻开了梁渊的相机包，里面正好躺着一张一模一样的存储卡。

梁渊被方凌这猝不及防的行为惊呆了，正当方凌好奇地准备拿出那张卡时，他慌乱地一把抱过相机包，目光躲躲闪闪：“这张卡是空的，我说的那张还在家里放着。”

梁渊的神色若即若离，似乎在刻意掩藏着什么，方凌狐疑地看着他，但也没有多问。

“梁渊，你在这里啊！”一个胖胖的男生欢天喜地地小跑了过来，猛地拍了一下梁渊。方凌突然想起来，他就是大一时自己在咖啡馆看到的，和梁渊大声打招呼的男生。

他和梁渊聊了一会儿之后，突然讪讪地笑着说：“你帮我在草坪那里拍张毕业照吧！用我的相机就行，我知道，没人拍得比你更好。”

梁渊有些不好意思地笑着答应，胖胖的男生顿时乐开了花。梁渊转头冲着方凌、叶泽琳和江若云说：“我去去就回。”随即和那个男生一起向草坪走去。看到梁渊走远后，方凌偷偷将他的相机包拿了过来，掏出了里面的那张卡，不声不响地插到了相机里。

“你这是……”叶泽琳怔怔地看着方凌。

“哎呀，看一眼也不会怎么样嘛！谁让他莫名鬼鬼祟祟的，引起了我的好奇呢。”方凌眨着一双充满期待的眼睛，那张明净的脸庞顿时变得狡黠又充满魔力。

按下开关键后，方凌便开始转动按钮，下一秒，她的脸像是被点着了的火柴，突然恨恨地大声喊道：“你们看，我一打开居然就是我的黑照！太过分了！”

只见照片里虚化的方凌翻着白眼，站在没有虚化的人群中，活像一个正在飘着的冷漠的弹幕。

江若云扑哧一声笑了出来：“怪不得他刚才遮遮掩掩的。”

“这……也不能怪人家，这可是你自己非要看的。”叶泽琳哭笑不得地摇了摇头。

“叶泽琳，你怎么光向着他了！”方凌一边愤愤地念叨着，一边继续转动着转轮。

下一张照片里，方凌从一个洁白的雪人背后探出头来，她一脸神秘兮兮，仿佛在和大自然玩捉迷藏。方凌想起来，这是两年前自己和叶泽琳在宿舍楼下堆雪人，当时刚好遇到了路过的梁渊。她怔怔地看着相机的显示屏，再次陷入回忆里。少顷，方凌继续往下看，那是方凌第二次跟着摄影社去崇乐山秋游，她拿了一片沾着露水的树叶挡住一只眼睛，另一只眼睛澄澈天真地望着前方，她的身后，一片苍翠相连。

方凌一张一张地看着，终于，她的表情彻底凝固住了，不再言语。因为她发现，这张卡里的每张照片，都与她有关。旁边的叶泽琳和江若云也纷纷愣住了，神色变得愈发复杂。

不知不觉，方凌的手开始发抖，“啪”的一声，她放下了相机，朝着草坪的方向跑去。草坪上，两个人影正不停晃动着，一个瘦高，一个矮胖。草坪深处的喷灌器在不停地旋转着，一片水雾之中，阳光被揉碎重组，变成了一座小小的彩虹桥。

“有些话，你真的一直都不打算跟方凌说了吗？”叶泽琳望着方凌奔跑的背影，缓缓说道：“再晚一点，可能就真的来不及了。”

“可能没这个必要了。”江若云表情释然地笑了笑，“其实，有些人仅仅是存在于这世上，我的世界里就永远不会有真正的黑夜。这就足够了。”

叶泽琳若有所思地望着江若云，然后微微垂眸，露出了畅然的笑。

方凌的一头长发被高高吹起，如春日随风飘荡的垂柳，又如一面猎猎作响的旌旗。她遥望着前方的那片碧绿，想要离它越来越近，去拥抱自己的命运——那隐匿在万千次吐息中的命运。

有些人是因为自由而相遇的，可是彼此却生出了无比深刻的羁绊。自由和羁绊，就这样微妙地交织融合着。

远处，方凌的背影正渐渐变小，在夏日的阵阵微风之中，她不停地奔跑着，融进了一片广袤的绿色里。

后　记

我写的不是生活，我写的是生命。

近几年来，另一个世界仿佛平行宇宙般，在我的脑海中悄然出现，那个世界的每个人都格外的鲜活，宛如久别重逢的老友与知己，而我用文字将我与他们的距离一点点地擦除。当最后一行字敲完之时，那个世界的完整画卷终于在我眼前展开，而我的生命，也终于和它彻底交叠在了一起。

书中的几个主人公虽然都没有绝对的原型，但都集中了很多我热爱的人物和事物的影子，包括各种艺术家、小说人物，还有那些无法言喻的深刻感知。如果方凌是棱角分明的冰，叶泽琳就是弱小而温柔的水滴，冰终将化成流淌的水，而水滴终将汇成广博的海，二者融入彼此，成为彼此；江若云代表着人类文明中最珍贵的东西，代表着理性和向善的力量；而梁渊的身上则流淌着这个时代最稀缺的天真，他既出世又入世，既与社会保持着距离又热爱着众生。

在我的阅读经历中，最让我惊艳的小说人物当属《树上的男爵》中的柯西莫，而柯西莫除了本身的奇幻人生之外，他最为吸引我的，是他展现出的一个人可以拥有的完整性。

卡尔维诺说过："现代人是分裂的、残缺的、不完整的，充满着自我敌对，古老的和谐状态丧失了，人们渴望新的完整。"而他的祖先三部曲所描绘的正是人如何变得分裂，又如何获得完整，我觉得全然未过时。

虽然到目前为止，我的人生仅仅走过了二十三个年头，但我已经见过了太多的分裂。除了社会层面的裂隙，人与人的分裂之外，让我感触更多的是人自身的分裂，所以在这个小说里，我想追寻一种真正的完整。

在这个扁平化的时代中，我们活在泛滥的意义里，活在爆炸的信息里，活在碎片化的人格里，我们是匆忙的、焦虑的、无力的、分裂的。很长一段时间以来，我都感觉每个人本自具足的完整性正在一点点地如流沙般消散。所以我希望能创造出一个理想的世界、一个个拥有完整性的灵魂。

除了故事上的探索之外，我在创作中也在尝试探索语言带来的多重可能。

在语言方面，我对自己写作的第一要求就是"美"，不仅是文笔和形式，更是语言的内核，要让自己和读者都能感受到一种审美上的幸福感。它可以是悲伤的，可以有无尽的痛苦，但它一定要是美的，我无法接受文学沾染半分的粗陋。

如果真的有一刻，我必须要在贴切和美感之间做一个抉择，我一定会选择后者。我知道这对于文学创作来说不一定正确，但这就是我所追求的东西。

美是多种多样的，我希望尽自己所能，去展现世间那些真正的美。

其实经常阅读和写作的人应该都能感受到，语言其实是很有限的，世间的很多幽微时刻，都无法用语言来完全表达，正如契诃夫的小说《吻》中那个士兵留不住的意外之吻。我深知语言的有限性，但在这本小说中，我愿意知其不可为而为之。

这本小说最初的想法是在大一军训时诞生的，但其实是我到美国读研的时候才真正开始动笔创作，疫情期间我有了一段难得的独处时光，让我能专注地在一间方格之中探索整个宇宙。这本小说从构思到完稿历经了将近五年时间，我好像也在和它一同成长，这是一种非常独特的陪伴，让我得以一直活在多重现实的叠加态里。

文学创作这件事让我彻底明白了：人生没有任何一段路是白走的。这本小说完稿的那一刻，我似乎真正获得了一种“虚度时光而毫无愧疚的自由”。原来所有的经历都可以化作珍果，最后酿成一个个热爱的文字。光阴，原来从未有虚度之说。

书中的无数个对话，对我而言，也是无尽的自问自答。既是追问着自己，也是在叩问着时代。身为一个不太安分的人，我一直有着极其广泛的兴趣爱好。这些年来，我涉足了不少的领域，但无论是新闻、营销、影视、文学还是其他，从头到尾，我一直是一个讲述者。

而作为一个讲述者，则要对我们的时代有着持续的敏感性。这个时代有着独特的阵痛，却也充满着无尽的可能，有着泛滥的匮乏，却也闪烁着诱人的光辉。

在这本书中，我选择了青春文学作为这个时代的载体，未来我还会尝试不同类型的创作，估计科幻会更多一些，但我应该不会经常写青春文学了。美剧《新闻编辑室》里Will说过，他的发言是一个起床号，而起床号如果吹个不停，那么就成了唠叨。

青春文学于我，就是人生的起床号，我希望它永远不会变成琐碎的唠叨，而是生命的号角。

2021年4月5日

于西安